ARMIN ÖHRI

Die Dame im Schatten

ARMIN ÖHRI

Die Dame
im Schatten

Julius Bentheims dritter Fall

GMEINER SPANNUNG

Bisherige Veröffentlichungen im Gmeiner-Verlag:
Der Bund der Okkultisten (2014), Die dunkle Muse (2012), Sinfonie des
Todes (mit Vanessa Tschirky als Co-Autorin, 2011)

Besuchen Sie uns im Internet:
www.gmeiner-verlag.de

© 2015 – Gmeiner-Verlag GmbH
Im Ehnried 5, 88605 Meßkirch
Telefon 0 75 75 / 20 95 - 0
info@gmeiner-verlag.de
Alle Rechte vorbehalten

Lektorat: Claudia Senghaas, Kirchardt
Herstellung: Mirjam Hecht
Umschlaggestaltung: U.O.R.G. Lutz Eberle, Stuttgart
unter Verwendung des Bildes »Porträt der Berthe Morisot mit dem
Veilchenstrauß« von Edouard Manet, © http://commons.wikimedia.org/
wiki/File:Edouard_Manet_040.jpg
Druck: Libri Plureos GmbH, Friedensallee 273, 22763 Hamburg
Printed in Germany
ISBN 978-3-8392-1729-0

Für Katharina

Die kleinen Diebe, die müssen hangen,
die großen mit güldenen Ketten prangen.

(Georg Rollenhagen: *Froschmeuseler*)

ERSTES KAPITEL

DIE PFORTEN DER HÖLLE standen weit offen, und aus ihrem tiefsten Innern heraus krochen die Dämonen, jene Ungeheuer und Teufel der realen Welt in Form von Panzergranaten und Zündnadelgewehren.

Schwere, düstere Wolken bauschten sich an diesem 3. Juli des Jahres 1866 über dem böhmischen Landstrich nahe der Festung Königgrätz auf. Sie erinnerten an Schwämme, mit dreckigem Brackwasser vollgesogen und jederzeit bereit, ihren feuchten Inhalt über die Gegend zu entleeren. Zwischen Elbe und Bistritz, wo sich eine Reihe Hügelkuppen hinzog, blies ein Windstoß die Wolken an den Grat. Trübem Wetterleuchten folgte rollender Donner. Julius Bentheim richtete die Augen zum Horizont, als dieser für einen kurzen Moment von den Blitzen erhellt wurde, und bemerkte die Schattenrisse der österreichischen Befestigungen. Wie knorrige Finger eines Skeletts ragten die Rohre der feindlichen Geschütze in den Himmel.

Seit nunmehr vier Stunden plagte sich Bentheims Bataillon durch neblige Felder. Die Soldaten waren an einem Bahnhof mit schmalem Bahnsteig und niedrigem, rot gedecktem Dach abgesetzt worden. Ein Meldereiter hatte ihnen hastig ein paar Einsatzbefehle übergeben, bevor er davonpreschte, um beim nächstgelegenen Telegrafenamt neue Instruktionen zu erwarten. Mittlerweile waren die Sohlen von Bentheims Stiefeln abgewetzt und die Uniform haftete wie modrige Pappe an seinem Leib.

Die Luft war klamm. Diesige Schwaden stiegen aus den Bächen und Rinnsalen, welche die Wiesen durchzogen.

Als schließlich der Regenguss einsetzte, lenkte Generalmajor Fransecky, der Befehlshaber der 7. Preußischen Infanteriedivision, seine Männer in Richtung Swiepwald. Die Soldaten lösten die Marschordnung auf und schlugen sich, mit den Gewehren im Anschlag, durchs Unterholz.

»Schützenlinie bilden!«, erscholl der Befehl eines Adjutanten. »Rückt aus, und dann verschanzt euch, so gut es geht.«

Sie waren bereits 300 Meter weit ins Dickicht vorgedrungen, ohne auf eine Feindstellung zu treffen, als Julius auf eine kleine Anhöhe deutete: Eine alte, knorrige Kiefer stand dort, und ihre weit ausladenden Äste verhießen trockenen Boden. Der Unteroffizier neben ihm verstand den Wink und nickte. Es war Albrecht Krosick, Bentheims bester Freund. Er trug eine silberne Tresse am Kragen und an den Aufschlägen des fleckigen Waffenrocks. Die ursprüngliche Pracht seiner Erscheinung wurde durch die abgekämpften Augen und die eingefallenen Wangen getrübt. Albrechts ansonsten so unbedarft dreinblickendes Gesicht starrte vor Schmutz.

Die beiden Offiziere gaben den Gefreiten Zeichen, einen Wall aufzuschütten. Schwer atmend kamen diese der Aufforderung nach, und eine Viertelstunde später lag ein Dutzend erschöpfter Männer Seite an Seite in einem Schützengraben. Noch hielt die Baumkrone den Regen fern.

Julius kramte einen Zwieback aus dem Proviantbeutel. »Auch hungrig?«, fragte er Albrecht.

Als dieser nickte, hielt Bentheim ihm ein Stück hin.

Gedankenversunken kauten sie, während die anderen Männer ihres Zugs rauchten oder Spielkarten auspackten.

»Verdammter Bismarck!«, brach Krosick das Schweigen. »Wenn dieser Student nur besser gezielt hätte ...«

»Cohen-Blind?«

Nur ein Brummen war als Antwort zu vernehmen. Julius Bentheim schloss die Augen, um sich die Situation deutlicher zurückzurufen, in der sein Freund und er Zeugen gewesen waren, wie ein junger Student Ministerpräsident Bismarck auf der Prachtallee Unter den Linden auflauerte und auf ihn feuerte. Wie durch ein Wunder war das Opfer beinah unverletzt geblieben, während Cohen-Blind – nachdem man ihn zum Verhör ins Polizeipräsidium gebracht hatte – sich in einem unbeachteten Moment die Halsschlagader durchbohrte. Julius wusste um die Gepflogenheiten im Palais Grumbkow, dem Sitz der Berliner Gendarmerie. Eine bitterböse Ahnung, dass man dem Attentäter vielleicht etwas nachgeholfen haben könnte, ließ ihn nicht los.

Er griff nach einem zweiten Stück Zwieback, wobei seine Finger das Päckchen mit der Feldpost streiften, das er stets bei sich trug. Seit der Mobilmachung und dem Aufbieten der Landwehr waren erst vier Briefe seiner schwangeren Frau bei ihm eingetroffen. In der zweiten Maiwoche hatte man Albrecht und Julius sowie die beiden anderen wehrfähigen Männer in Witwe Loschs Studentenbude zwangsrekrutiert. Hunderttausende junger Soldaten wurden aufs Spielfeld der europäischen Politik geworfen, um in verwinkelten Zügen und Volten den Truppen des Deutschen Bundes entgegenzumarschieren.

»Irgendwo da drüben, am anderen Ufer der Bistritz«, sinnierte Bentheim und deutete in die Ferne, »da steht der Feind. Vielleicht ein Sachse, vielleicht ein Bayer, vielleicht ein junger Österreicher. Er kennt uns nicht, und wir kennen ihn nicht – und dennoch werden wir aufeinander anlegen und zielen, einfach weil es einer alten Kriegsgurgel in Preußen danach gelüstet.«

Albrecht bedachte seinen Freund mit einem müden Seitenblick. »Es macht keinen Unterschied, Julius, ändern wird es nichts. Verwirf die üblen Gedanken. Mach es wie ich: Lebe! Lebe im Hier und Jetzt. Denke nicht an morgen oder gestern. Lebe einfach.«

»Du meinst: Überlebe!«

»Ja, Julius, es geht ums Überleben. Alles andere wird sich zeigen.«

Bentheim kniff die Augen zusammen und ließ seinen Blick durch den Wald schweifen. Durch die Bindfäden des Regens hindurch machte er einige Kompanien oder Schwadronen aus, deren Männer sich auf den verschlammten Pfaden zusammendrängten und hinter umgestürzten oder gefällten Bäumen Schutz gesucht hatten. Irgendwo weiter weg war Gefechtslärm zu hören, der allmählich anschwoll, weil der Kampf sich verlagerte.

»Sie kommen näher«, bemerkte Albrecht düster. Er nahm einen Schluck aus seiner Feldflasche, verschloss sie sorgfältig und wischte den Matsch weg, der sich in Kimme und Korn seines Gewehrs angesammelt hatte. Julius tat es ihm nach. Der Lärm kam aus Osten, von dem vorrückenden 4. Armeekorps der Österreicher, das unter dem Kommando des Grafen Festetics stand. In einer Reihe zeigten die Läufe der preußischen Waffen in die Richtung, aus welcher der Feind erwartet wurde. Es war eine Eigenart des Krieges – dieses wie auch jedes anderen –, völlig unvorhersehbar zu sein und einen Verlauf zu nehmen, den niemand erahnen konnte. Julius fand es deshalb nur passend, wenige Tage nach den wichtigen Kämpfen in Münchengrätz, welche die gesamte Iserlinie den Preußen in die Hände gespielt hatte, auf dem feuchten Boden eines unbedeutenden Wäldchens zu liegen.

Plötzlich war ein Wiehern zu vernehmen. Irgendwo musste ein Reiter sein. Julius nahm einen dunklen Punkt ins Visier, einen Baum, der etwa 300 bis 400 Meter entfernt sein mochte. Dort, zwischen den Stämmen, würde der Feind vermutlich auftauchen. Erneut wieherte ein Ross, diesmal eindeutig näher. Mehrere einzelne Männer tauchten aus den Büschen auf, die Vorhut, bestehend aus einigen Feldwebeln und einfachen Gefreiten. Sie wateten durch den sumpfigen Untergrund, blieben bisweilen stehen, um auf Geräusche zu achten, doch der sturzbachartige Regen dämpfte jeglichen Laut.

Auf Bentheims Befehl hin wurde eine erste Salve abgefeuert, dann eine zweite, und bei ihrem dritten Schuss setzten die Waffen ihrer Kameraden mit ein. Das preußische Perkussionsgewehr, Marke M/41, tat seine schreckliche Wirkung. Während die Österreicher noch mit Vorderladern ausgestattet waren, die teilweise im Stehen und mit eisernem Stock geladen werden mussten, schossen Julius und seine Gefährten bereits mit dem neuesten Zündnadelgewehr, einer Büchse mit Schwarzpulverpatronen, die bis zu sieben Schuss pro Minute abgab. Die Kugeln pflügten eine Schneise durch den Wald, durchbrachen Blätter und Zweige, köpften die Wipfel einiger Jungtannen und bohrten sich in Arme, Beine und Bäuche der Österreicher. Eines der Pferde kam zum Vorschein, es war ein Schimmel. Er bäumte sich auf, setzte sich wie ein Hund auf die Hinterbeine und ging durch, wobei er seinen Reiter, der sich im Steigbügel verheddert hatte, hinter sich herzog. Wieder fielen Schüsse. Für kurze Zeit sah Julius nichts mehr, bis sich die Konturen des galoppierenden Tiers aus dem sich verziehenden Pulverdampf schälten. Es war nicht mehr zu lenken, auch nicht zu zügeln, und seine Flucht trieb den Schimmel geradewegs auf einen sumpfigen Tümpel zu, in dem er stecken blieb. Seine Flanken waren schweißnass, sein abgeworfener Reiter lag zerschunden am Boden. Der Soldat sank immer tiefer in den Morast, als seine Uniform das Wasser aufsog, und Julius visierte ihn an, um ihm den Gnadenschuss zu geben.

Doch feuerte er nicht ab, weil ihm Albrecht den Lauf nach unten drückte.

»Munition sparen. Dieser Schuss kann uns das Leben kosten, wenn uns später die Patronen ausgehen.«

Bentheim fluchte. Er wusste um die zynische Wahrheit hinter der lakonischen Aussage seines Freundes und schwenkte den Lauf seines Gewehrs wieder nach vorn. Eine trügerische Stille hatte sich über den Wald gelegt. Weder Preußen noch Österreicher schossen, und die Vögel, die in den Baumkronen nisteten, waren längst ihren Nestern entflogen. Bange Minuten verstrichen.

»Vielleicht war es gar keine Vorhut«, mutmaßte einer der Infanteristen, ein rothaariger Jungspund, noch keine 20 Jahre alt.

Albrecht Krosick nickte. »Womöglich versprengte Bataillone.«

»Wollen wir es hoffen«, meinte Julius. Seltsamerweise fürchtete er sich nicht. Das Adrenalin, das durch seine Adern strömte, hielt die Angst fern. Lediglich Hunger und Durst begannen ihn allmählich zu quälen. Die Zwiebackrationen hatten sie aufgebraucht, und ein Proviantwagen war ihnen nicht gefolgt. Wenigstens konnten sie die Feldflaschen mit frischem Regenwasser füllen.

Dann hörten sie den dumpfen Knall einer abgefeuerten Batterie. Es folgte weiteres schweres Geschützfeuer, doch die Kanoniere schienen sich uneins darüber zu sein, in welche Richtung sie schießen sollten. Der Beschuss verlagerte sich – zu ihrem Unglück jedoch nicht von ihnen weg.

Die nächsten Granaten schlugen 100 Meter hinter ihnen in den Wald ein, rissen gewaltige Krater in den Boden, knickten Bäume und schleuderten Riedgras und Matsch empor. Ein Blick genügte, um zu erkennen, dass ihr Trupp in der Falle saß: vor ihnen die Österreicher und hinter ihnen die sich nähernden Detonationen. Sie waren eingekreist, der Kontakt zum Hauptheer war abgeschnitten.

»Ihre Späher sind nicht zurückgekommen«, bemerkte Julius trocken. »Sie wissen, dass sie tot sind, und werden keine Rücksicht nehmen.«

Einer der Männer starrte nach oben, als könne er die heranfliegenden Geschosse erkennen, ein anderer steckte sich in aller Seelenruhe eine Zigarre an und reichte sein Etui gönnerhaft herum. So fatalistisch seine Handlung war, so willkommen erschien sie Julius Bentheim, als er nach einer herb riechenden Gail'schen Corona griff. In Ermangelung eines Zigarrenschneiders benutzten sie ein Rasiermesser, um die Zigarren kurz vor der Banderole abzuschneiden. Sie legten die Perkussionsgewehre beiseite, hielten die Hände schirmend über einen Kienspan, den Albrecht entzündete, und kokelten nacheinander die Außenseiten ihrer Zigarrenspitzen an.

Das Kreischen der heranfliegenden Kartätschen wurde lauter, Holz splitterte, die Erschütterungen ließen den Boden erbeben. Neben den Fontänen aus Erde schossen nun auch zerfetzte Körper und abgerissene Gliedmaßen in die Höhe, als es die ersten preußischen Bataillone erwischte. Julius' Finger klammerten sich fest an die Zigarre, während er sie an den Mund führte. Als ob dies helfen würde, der Situation zu entfliehen. Seine Kameraden dachten offenbar genauso, denn das Rituelle ihres Tuns hielt die aufkommende Panik in Schach.

Die Explosionen verschmolzen zu einem gewaltigen Donnern, einem rauschenden Furioso, da die einzelnen Granateneinschläge nicht mehr voneinander zu unterscheiden waren.

»Auf Preußen!«, rief einer, »Bismarck, du verdammter Lump!«, ein anderer.

Bentheim zurrte die Pickelhaube fest und legte sich erneut in Deckung. Albrecht kauerte dicht neben ihm, sie drückten sich an den aufgeschütteten Wall. Ein paar wenige Züge pafften sie, dann spuckten sie die Coronas aus, um sich die Ohren zuzuhalten. Unvermittelt sauste ein Schrapnell heran. Es prallte vom Stamm der Kiefer ab, bohrte sich in das Gesicht des Jungen, der das Etui herumgereicht hatte, und heftete ihn wie einen überdimensionierten Nagel mit aller Gewalt an den Boden. Entsetzt starrte Julius in die breiige Masse, die einst ein menschliches Antlitz gewesen war. Intuitiv griff er nach dem Kameraden, als eine weitere Explosion das Waldstück erschütterte. Weitere Granatsplitter surrten durch die Luft. Jäher Schmerz durchzuckte Julius. Er hielt die Linke vors Gesicht und schrie dabei auf. Ohne dass er etwas dagegen zu unternehmen vermochte, würgte es ihn in der Kehle, als er die stark blutende Fleischwunde betrachtete. Nur mehr Daumen, Zeige- und Mittelfinger besaß er, anstelle der restlichen Finger ragten zwei Knochenstümpfe aus dem Handwurzelknochen.

»Runter!«, schrie Albrecht gegen das Getöse des Krieges an. »Zieh den Kopf ein!«

Verwirrt sah Bentheim ihn an und blickte sich dann um. Was vor Kurzem noch ein schöner, dicht bewachsener Wald gewesen war, hatte sich binnen weniger Minuten in eine öde Landschaft aus Schlamm und Granattrichtern verwandelt. Trotz des Regens fingen einige Sträucher und Bäume Feuer und brannten unter beißendem Qualm. Erneutes Surren schwoll an, und Julius hob den Kopf. Vor dem dunkelgrauen Himmel sah er als schmierigen Pinselstrich eine rauchende Granate, einen Blindgänger, der viel zu früh und nicht richtig gezündet hatte. Das Geschoss beschrieb einen Bogen – und mitten in der Luft barst es auseinander wie eine Feuerwerksrakete.

Die Wucht der Entladung fegte Julius von seinem Platz. Albrecht wurde emporgeschleudert, während sein Freund gegen den Stamm der Kiefer prallte. Der Spitz von Bentheims Pickelhaube verfing sich in einem Gewirr aus knorrigen Zweigen, als sich ein Ast löste und auf die Männer niederprasselte. Julius spuckte Blut. Er war eingeklemmt, alle Knochen taten ihm weh, und mit einer Mischung aus Faszination und Abscheu betrachtete er das Inferno um sich herum. In der Nähe hob sich eine fünf Meter hohe Esche fast anmutig vom Boden ab und flog in die Luft, um kurz darauf auf sie herunterzukrachen. Begleitet vom dumpfen Wummern der Geschütze schwanden Julius die Sinne.

ZWEITES KAPITEL

FILINE BENTHEIM STUDIERTE JEDEN MORGEN die Gefallenenlisten. Tag für Tag besuchte die 17-Jährige den Gendarmenmarkt und ging die Verzeichnisse durch, die ein Dienstmann pünktlich um 9 Uhr an eine Bretterwand heftete. Sie schenkte dem Glanz des Platzes, den E. T. A. Hoffmann einst als den schönsten der Hauptstadt bezeichnet hatte, keine Beachtung, sondern durchmaß zielstrebig das Karree und drängte sich durch das Volksgewühl. Die amtlichen Aushänge für den Bezirk Friedrich-Wilhelms-Universität und Umgebung waren

beim Schiller-Denkmal vor dem Schauspielhaus angebracht, und mittlerweile kannten sich die Frauen, die sich
regelmäßig dort einfanden.

Eine verhärmt wirkende Mittfünfzigerin stand neben
einer dicklichen Bäckerin, eine Hutschneiderin neben
einer Müllerin, die Dirne neben der Bürgersfrau: Krieg
und Tod waren die großen Gleichmacher. Filine nickte
ihren Leidensgenossinnen zu, als sie an die Wand trat,
und hielt sich keuchend die Seite. Hochschwanger, wie
sie war, schlief sie schlecht. Ihr Ungeborenes strampelte
zu den ungünstigsten Zeiten, ihr Rücken schmerzte und
ihr Bauch ließ nur wenig angenehme Positionen zu. In
den Nächten wälzte sie sich schlaftrunken herum. Selten
fand sie noch tiefen, traumlosen Schlummer.

Ihr Finger glitt müde über die Namen. Zuerst über
jene der als vermisst Gemeldeten, dann über jene, die
in feindliche Gefangenschaft geraten waren, schließlich
über die der Gefallenen. Niemand hatte sich die Mühe
gemacht, die Aufzählung alphabetisch zu ordnen, und so
war es eine tägliche Qual, alle Namen einzeln durchzu-
gehen. Hinter jedem Eintrag stand ein Schicksal. Diese
jungen Männer – viele von ihnen kaum dem Knaben-
alter entwachsen – hinterließen Geschwister, eine Mutter, einen Vater.

»Stabshauptmann Longolius, Leutnant Bemburg,
Obristwachtmeister Graevenitz, Fähnrich Burkart«,
ging sie eilends die Liste durch. Plötzlich stockte sie.
»Krosick«, murmelte Filine und wiederholte erschro-
cken: »Premierleutnant Albrecht Krosick, Regiment von
Braunschweig.«

Keiner war da, um ihr einen Arm um die Schulter zu legen oder sie an sich zu drücken. Ihr Atem ging schneller, stoßweise, und Filine spürte, dass sie kurz vor einer Ohnmacht stand, als ihr Kind sich bewegte und sie davor bewahrte, die Besinnung zu verlieren. Zum ersten Mal war sie dankbar für die kleinen Tritte, die so stark und schmerzhaft waren, dass sie ihr keine Zeit ließen, an etwas anderes zu denken. Tränen traten ihr in die Augen, als sie kehrtmachte und den Gendarmenmarkt verließ.

Wie sie heimfand, wusste sie nicht.

In einem Dämmerzustand war sie durch die Straßen geeilt, bis sie auf der Schwelle zu Amalia Loschs Studentenwohnheim stand. Die Offiziersgattin, eine rüstige Alte mit einem Herz aus Gold, umsorgte die Schwangere, als wäre sie ihre eigene Tochter, und kümmerte sich liebevoll um ihr leibliches Wohl. Vom Küchenfenster aus musste sie Filine gesehen haben, denn als diese nach der Klinke griff, wurde die Tür bereits geöffnet und die Vermieterin bat sie herein.

»Du liebe Güte, mein Kind, wie siehst du denn aus?«

Filines blonde Locken umspielten ein Gesicht, das viel zu hager war und jene gesunde rosige Frische vermissen ließ, welche Frauen in guter Hoffnung sonst auszeichnet. Vor Monaten hatte sie sich eine Lungenerkrankung geholt, als sie im eisigen Wasser des Stechlinsees beinah ertrunken wäre. Die Wärme des Sommers behagte der jungen Frau, sodass ihr Husten allmählich abklang, doch die Anstrengungen und Belastungen der Schwangerschaft hatten ein vollständiges Auskurieren bislang verhindert. Dunkle Ringe verunstalteten ihre Augen.

»Albrecht«, stammelte Filine Bentheim. »Er ist auf der Liste.«

»Herr im Himmel!« Erschrocken hielt Amalia Losch die Hand vor den Mund. Kreidebleich und mit pochendem Herzen schloss sie die Schwangere in die Arme. »Komm rein, Kindchen«, meinte sie dann energisch, wie um sich aus der Erstarrung zu reißen, »brühen wir Tee auf. Und irgendwo habe ich noch ein Schnäpschen herumstehen.«

Sie packte ihre Mieterin resolut am Oberarm, um sie ins Haus zu ziehen, als ein Ruf sie mitten in der Bewegung innehalten ließ. Die Witwe Losch kniff die Augen zusammen. Im blendenden Licht der tief stehenden Vormittagssonne erkannte sie die Umrisse eines Herrn im grauen Gehrock mit langen Schößen. Beim Näherkommen entpuppte sich der Mann als Gideon Horlitz, Kriminalkommissar bei der preußischen Gendarmerie und zugleich Albrechts und Julius' Mentor. Schwer atmend hielt er vor den zwei Frauen, lüftete aus gebotener Höflichkeit den Hut und deutete sogar eine kurze Verbeugung an.

»Ich bete zu Gott, dass Sie die Listen noch nicht gesehen haben.« Er griff nach Filines zitternder Hand. »Sie haben Sie gesehen, nicht wahr? Ihr Gesicht spricht Bände. Aber, Frau Bentheim, und auch Sie, Frau Losch – ich habe eine gute Nachricht für Sie beide. Nicht nur eine, nein, zwei gute Nachrichten. Albrecht lebt, und auch Julius geht es gut. Aber so kommen Sie doch, bereden wir es drinnen und nicht hier auf der Straße.« Mit sanftem Druck führte er sie über die Schwelle, dabei unablässig auf sie einredend: »Herr Krosick, und damit meine ich unseren Herrn Krosick, ist in der 7. Preußischen Infanteriedivision. Sein unbekannter Namensvetter – der Allmächtige sei seiner Seele gnädig – war hingegen Premierleutnant im Regiment von Braunschweig.«

Filine schnappte nach Atem. Albrecht lebte. Und auch Julius, der Vater ihres ungeborenen Kindes. Sie war tief bewegt, ihre Lippen öffneten und schlossen sich, ohne dass sie ein Wort zu sagen vermochte. Inzwischen waren sie in Amalias Küche angekommen, wo sie auf der Eckbank Platz nahm, während die Hausherrin ihr geliebtes Dresmer Teegod auftischte, das Dresdner Geschirr mit der roten Rose als Verzierung. Amalia Losch stellte einen Krug mit kaltem Wasser vor sie hin und warf ein paar Teeblätter hinein.

»Spannen Sie uns nicht auf die Folter, Herr Kommissar«, meinte die Alte. »Sie sprachen von zwei guten Nachrichten.«

Sich den Schweiß von der Stirn tupfend, erklärte Horlitz: »Seit Wochen versuche ich, unsere Freunde von der Front loszubekommen. Fürwahr, ich gebe mein Bestes, das wissen Sie. Ich hofiere meine Vorgesetzten, ich schmeichle mich bei allen möglichen Dienststellen ein. Mit einem Wort: Ich erniedrige mich, wo es nur geht, um irgendjemandes Gunst zu gewinnen, der mich ans Ziel bringen kann.«

»Zur Sache!«, forderte die Witwe energisch.

Bevor der Kommissar antworten konnte, sah Filine zu ihm hoch und sagte mit leiser, matter Stimme: »Sprechen Sie nicht weiter, Gideon. Nicken Sie nur oder schütteln Sie den Kopf. Das genügt. Wird mein Mann zur Geburt seines Kindes in Berlin sein? Mitte Monat sollte es so weit sein.«

»Ich wage es zu hoffen, Frau Bentheim. Obwohl zwei Wochen eine äußerst knappe Vorgabe sind.«

»Filine. Bitte, nennen Sie mich Filine.«

»Sehr gern, dann also Filine. Ich bin guten Mutes, wie gesagt. Es ist nämlich etwas eingetroffen, was mir Handlungsfreiheit in dieser Angelegenheit gibt: Ich leite eine Sonderkommission, die neu gebildet wird. Die Sache ist ernst, und ich besitze ausreichend Vollmachten, um nach eigenem Wunsch oder Ermessen zu agieren. Heute Morgen war ich in der Wilhelmstraße, wo ich meine Carte blanche erhielt.«

Amalia Losch zog eine Augenbraue hoch. »Hausnummer 76?«

»Bei Graf Bismarck persönlich, ja.«

»Wenn sich der Ministerpräsident Zeit für Sie nimmt, obwohl gerade die Schlacht bei Königgrätz geschlagen wurde, muss es sich um gewichtige Angelegenheiten handeln«, folgerte sie.

»Ich darf nichts verraten, Frau Losch. Amtsgeheimnis. Sie verstehen das gewiss. So viel ist sicher: Der Herr Graf war meinen Anregungen gegenüber sehr aufgeschlossen. Ich verlangte nach einem Tatortzeichner, und dies wurde genehmigt. Ich wollte einen Fotografen: genehmigt. Eigentlich benötige ich weder die Dienste des einen noch die des andern, aber das hat Bismarck nicht zu kümmern. Hauptsache, unsere Freunde kommen heim.«

Die blinde Unbesonnenheit, die Filine zuvor erfasst hatte, war inzwischen einer Klarheit gewichen, die sie die Zukunft hell und strahlend erhoffen ließ. Ihr Atem und ihr Blut, die wie miteinander verschmolzen waren, um gemeinsam auf ihre Sinne einzuhämmern, beruhigten sich. Ein verklärtes Lächeln zeigte sich auf dem Gesicht der jungen Frau. Sie streichelte sich den Bauch und flüsterte glücklich: »Mein Julius kehrt heim.«

DRITTES KAPITEL

ES DAUERTE KEINE ZWÖLF STUNDEN, bis ein Meldegänger die Nachricht von Bentheims und Krosicks Abberufung in das provisorisch eingerichtete Lazarett in der Stadt Königinhof an der Elbe brachte. Die Kämpfe um Königgrätz waren vorüber, und von den mehr als 400.000 Soldaten, die sich beschossen und befehdet hatten, blieben 7.500 auf dem Felde, während die gleiche Anzahl Männer als vermisst galt.

Auf dem Vorplatz der Kreuzkirche beim unteren Markt schlugen die Preußen ihre Lager für die Kranken und Verletzten auf. Stabile Feldbetten wurden in die Zelte getragen, wo die einfachen Soldaten lagen, während die Räume der angrenzenden Häuser umfunktioniert wurden, um den Bequemlichkeiten der Offiziere Genüge zu tun.

Auf eine Ottomane hingestreckt wie eine verwöhnte Katze, lächelte Krosick in sich hinein, als er nach einer Spielkarte griff, um sie auf den Beistelltisch zwischen ihm und drei weiteren Männern zu legen. Konzentriert blickte er in die Runde. Der Sekondeleutnant, der ihm gegenüber auf einer Liege lag, war Mitte 20. Seine weichen Gesichtszüge verrieten nichts von der Verbissenheit, mit welcher er sich dem Feind entgegengestürzt und dabei die vier Kugeln eingefangen hatte, die nun in seinem Bein steckten. Auf dem Stuhl daneben saß ein junger Besucher. Seitdem ein Geschoss seinen Helm durchbohrt und ihn am Kopf gestreift hatte, steckte sein Haupt in einem Verband. Der Vierte im Bunde war Julius Bentheim. Da ihn die dicken Bandagen um seine linke Hand ohnehin daran gehindert hätten, an dem Spiel teilzunehmen, dessen Regeln er leidlich beherrschte, notierte er mit Grafitstift den Verlauf der einzelnen Runden.

Albrecht hatte erfolgreich gereizt und war als Solist eingestiegen, während die zwei anderen Spieler als Gegenpartei auftraten. Er spielte Trumpf an, die Gegner mussten bedienen, und er stach mit der höchsten Karte. Nachdem er die Karten eingezogen und vor sich auf den Stapel gelegt hatte, meinte Julius zu ihm: »Ein letzter Stich genügt. Du hast 60 Augen.«

»Gespaltener Arsch.«

Irritiert sah Julius von seinem Klemmbrett auf. »Wie bitte?«

»Es heißt: gespaltener Arsch. Insgesamt sind 120 Augen im Spiel. Ich brauche mindestens 61 davon, um zu gewinnen. Die Hälfte ist zu nichts Nutze und wird gespaltener Arsch genannt.«

»Das ist Fachjargon, Kumpel«, meinte Hindenburg, der 18-jährige Soldat mit dem Kopfverband, jovial.

»Paulchen hat recht«, sagte Krosick. »Nicht wahr, Durchlaucht?« Der Prinz auf der Liege – Anton von Hohenzollern – nickte gutmütig, worauf Albrecht fortfuhr: »Ganz allgemein solltest du dich ein wenig mehr um die Ausdrücke beim Skat bemühen, mein Freund. Ihre poetische Tiefe, ihre gehaltvolle Bedeutung lassen mich immer wieder restlos in Verzückung geraten. Ich denke, es ist an der Zeit, meine geliebten Frau-Wirtinnen-Verse durch Skatsprüche zu ersetzen. Was meinst du, Julius? Klingen diese Phrasen nicht schön? An der Eichel spielt der Knabe. Aus jedem Dorf 'ne Nutte. Pikus der Waldspecht. Hinten hat der Fuchs die Eier. Kommt der König, geht's gewöhnlich. Oh, entschuldige vielmals, Anton …«

Der Prinz hob abwehrend die Hände, und die Freunde schmunzelten. Gerade als Krosick zur nächsten Runde ansetzen wollte, klopfte es an den Rahmen der offen stehenden Tür. Eine hübsche Novizin in der Ordenstracht der Elisabetherinnen kündete Besuch an.

»Für die Herren Bentheim und Krosick«, sagte sie, resolut auf den Mann neben ihr deutend. »Nachrichten aus dem Ministerium.«

Der Meldegänger, die Pickelhaube unter den rechten Arm geklemmt, betrat den Raum. Er nahm Haltung an, salutierte vor dem Prinzen, bevor er ein amtlich versiegeltes Dokument aus seiner Tasche nahm, und wandte sich wieder an die Pflegerin: »Wie steht es um die Verletzungen der Herren Offiziere?«

Etwas an seinem Ton ließ die Soldaten aufhorchen.

Die Novizin erwiderte ruhig: »Herr Bentheim ist imstande, auf eigenen Beinen zu stehen. Die Verwundung seiner Hand bedarf jedoch weiterer ärztlicher Pflege. Was Herrn Krosick betrifft, so litt er bei der letzten Visite angeblich noch unter starken Kopfschmerzen. Wenn ich die vielen Weinflaschen neben seiner Ottomane sehe, zweifle ich nicht daran. Außerdem ist der Patient vorwitzig und von unbedarfter Naivität. Fragen wir ihn aber selbst: Herr Krosick, fühlen Sie sich transportfähig?«

»Ich weiß nicht, Fräulein. Immer, wenn ich Sie sehe, verspüre ich eine kleine Versteifung.«

Die Wangen der Novizin röteten sich, und sie atmete schwer durch.

»Wie ich bereits sagte: eine Gehirnerschütterung. Debil, frivol, jegliche sittliche Norm verletzend. Nehmen Sie den Schwachkopf mit.«

Ein Lazarettzug, je zur Hälfte mit Bänken und Betten versehen, brachte Julius und Albrecht nach Berlin. Sie ließen die Frontlinie hinter sich, indem der Zug erst auf einem Nebengleis Richtung Nordosten fuhr, ins schlesische Breslau, wo sie auf die Niederschlesisch-Märkische Eisenbahn umstiegen. Beißender Qualm entströmte dem Schornstein, als die Tenderlokomotive an Fahrt gewann. Mit einer Höchstleistung von ungefähr 60 Stundenkilometern dampfte sie den Schienen entlang. Bäume, Felder und Dörfer sausten an dem Fenster vorbei, an dem die beiden Studenten saßen. Sie waren wieder Zivilisten, zwei schweigende, in Gedanken versunkene Eigenbrötler, welche die Gegend betrachteten. Das regelmäßige Prasseln auf das Waggondach war verstummt, was Julius plötzlich gewahr werden ließ, dass der Regen der letzten Tage endlich aufgehört hatte. Trotz des Lärms der Treibräder, der pfeifenden Kessel und des quietschenden Kohlekastens war es dem Studenten, als herrsche eine melancholische Stille.

Wie von der Stimmung verzaubert, hielt er den Stumpf seiner linken Hand ans Fenster und zuckte schmerzhaft zusammen, als er mit den verbliebenen drei Fingern die Scheiben berührte. Wenn er auf die Kämpfe im Swiepwald zurückblickte, wurde ihm klar, dass das, was sie getan hatten, im Grunde genommen äußerst primitiv war: Sie waren keine Menschen mehr, sondern Werkzeuge, Instrumente der Politik. Fünf Stunden lang waren sie eingeklemmt gewesen, bis der Spähtrupp eines preußischen Bataillons sie fand. Um die Erinnerung daran zu verscheuchen, versuchte Julius, die Melodien zu erraten, die Albrecht von Zeit zu Zeit vor sich hin summte. Dann wiederum dachte er an Filine. Nur eine Handvoll Briefe hatten ihn erreicht. Er wusste nicht, ob seine Frau ihn bereits zum Vater gemacht hatte, und er hatte keine Ahnung von ihrem Befinden. Albrecht, der die düsteren Gedanken seines Freundes erahnte, wedelte mit ihrem Abberufungsschreiben.

»Ein Hoch auf Gideon Horlitz!«, meinte er fröhlich. »Was wohl der Grund dafür sein mag, uns nach Hause zu beordern? Etwa ein bestialischer Todesfall? Eine brav abgeschlachtete Leiche wie weiland diese Lene Kulm? Oder eine neue Affäre wie jene um unseren Bund der Okkultisten? Sag, Julius, weckt das nicht dein Interesse?«

Bentheim lächelte über Albrechts unverhohlene Neugier. »Irgendwie schon. Er wird wohl einen Fotografen und einen Zeichner brauchen …«

»Herrje, das ist mir völlig entgangen. Kannst du denn noch zeichnen?«

»Ich bin Rechtshänder«, beruhigte ihn Julius.

»Sehr gut, sehr gut«, brummte Albrecht und verstrickte Julius in ein Gespräch. Vergnügt betrachtete er das Gesicht seines Freundes, dessen Augen den trüben Glanz ablegten und zu leuchten anfingen, sowie sich die Stimmung aufheiterte. An der nächsten Station betraten Zivilisten die Wagen. Ein hochnäsiger, wenngleich äußerst hübscher Backfisch, von einer Anstandsdame begleitet, setzte sich zu ihnen ins Abteil. Der Fotograf musterte die junge Frau mit kundigem Blick. Als die Alte eingeschlafen war, meinte er unvermittelt: »Fräulein, würden Sie für 50 Taler mit einem Helden des Vaterlands schlafen?«

»Niemals!«, entfuhr es ihr.

»Schade«, meinte Albrecht, »ich hätte das Geld gut gebrauchen können.«

Entrüstet starrte sie ihn an. Sie schnaubte verächtlich, als sie ihre Gouvernante weckte und mit ihr das Abteil verließ. Die Soldaten grölten. Das Rattern und Schaukeln der Waggons wirkte ermüdend, und als es dunkel wurde, schliefen sie. Stunden später, mitten in der Nacht vom 10. auf den 11. Juli, fuhr der Zug in Berlin ein.

VIERTES KAPITEL

Sie standen in der Garderobe von Amalia Loschs Studentenwohnheim und umarmten sich: die Witwe, die Schwangere und die zwei Kriegsheimkehrer. Filine sah Bentheim lange an, ohne ein Wort zu sagen. Sie weinte bloß, und schließlich deutete sie auf seine Schlinge und fragte: »Bist du schwer verletzt?«

»Nein.«

»Du bist dünn geworden.«

Er fuhr ihr über den Bauch. »Und du dick.«

Sie lachten alle, und die alte Witwe meinte, es sei an der Zeit, ins Bett zu gehen. Filine ging voran, und Julius folgte ihr eiligst die Treppe hinauf. Auf dem Flur verabschiedeten sie sich von Albrecht und zogen sich in ihr Zimmer zurück. Sanft löste Filine den Verband von Bentheims Hand und träufelte im Kerzenschein eine milde Chlorwasserstofflösung auf die Wunde. Es brannte fürchterlich, doch es gab keine Anzeichen einer Infektion. Nachdem sie neue Kompressen aufgelegt und die Verwundung versorgt hatte, deutete Filine auf die Matratze. Sie zwang ihn, die Initiative ihr zu überlassen, und ließ ihre Finger sprechen.

Danach erzählte sie ihm von sich, von den Ängsten, die sie ausgestanden hatte, als er fort war, und er befühlte das Kind, das in ihr heranwuchs und gerade heftig strampelte.

Am nächsten Tag holte eine Kutsche der Gendarmerie die Studenten zu Hause ab, um sie ins Palais Grumbkow zu bringen, dem Verwaltungsgebäude der preußischen

Polizei. Das Gefährt fuhr ohne Dach, denn der diesjährige Berliner Juli war ein schöner, sommerlicher Monat, dessen erste Hälfte sich bereits als heiter und mild erwiesen hatte. Auch dieser Mittwoch nahm sich ausgesprochen angenehm aus. In der Eingangshalle wurden die beiden von Gideon Horlitz persönlich begrüßt und in sein Büro geführt. In einem Anflug von Betriebsamkeit kam es Albrecht in den Sinn, Wasser aufzusetzen und eine Kanne Tee aufzubrühen. Wenn Julius gelegentlich aus dem Fenster sah, erblickte er den stetig größer werdenden Strom der Arbeiter und Tagelöhner, die lachend und feixend durch die Berliner Gassen tippelten.

Der Wohlgeruch von Minze und Apfel riss ihn aus den Betrachtungen.

»Hier, Julius«, sagte Albrecht, als er eine dampfende Tasse auf den Schreibtisch stellte.

»Danke.«

Er bediente auch Horlitz, der sich in seinem Sessel zurücklehnte, unter heftigem Gähnen die Arme reckte und dann nach dem Getränk griff. In der Nacht zuvor hatte er einen einfachen Juwelenraub aufgeklärt und bereits den Bericht über die Ermittlungen verfasst. Das wieder erbeutete Schmuckstück, ein funkelnder Smaragd aus dem südlichsten Oberägypten, lag vor ihm auf der Tischplatte. Der einfache Teeaufguss belebte den Kommissar. Nach ein paar Schlucken befeuchtete er die Schreibfeder, zeichnete einige Schriftstücke gegen, die vor ihm lagen, und unterschrieb den Antrag auf einen Haftbefehl, der noch am selben Tag dem zuständigen Richter Karl Otto von Leps vorgelegt werden sollte.

»Entschuldigen Sie, dass Sie warten mussten«, wandte er sich endlich an seine Mitstreiter, während er den grünen Edelstein in der Tiefe seiner Schreibtischschublade verschwinden ließ. »Sie sind wohlauf, das ist das Wichtigste. Krieg ist nie schön, er ist auch nicht männlich, wenn Sie meine Meinung wissen wollen, sondern schlicht dumm und unnötig. Aber kommen wir zum Geschäftlichen. Wie ich gehört habe, wurden die Fakultäten aufgrund des Feldzugs früher geschlossen. Es stehen also keine Prüfungen an, ich kann auf Ihre Mitarbeit zählen.«

Die Studenten warfen sich einen Blick zu.

»Haben wir denn eine Wahl?«

»Nein«, antwortete der Kommissar und schob ihnen zwei neu ausgestellte Dienstausweise zu. »Sie sind mir direkt unterstellt. Würden Sie überhaupt zurück nach Böhmen wollen? Zwei Finger sind Verlust genug, nicht wahr, Bentheim?«

Julius nickte, und Gideon Horlitz kämpfte sich durch einen Stapel von Briefen, Laufzetteln und anderen Schriftstücken, bis er seiner Unordnung Herr wurde und tatsächlich das von ihm gesuchte Kuvert fand. »Sehen Sie«, sagte er, »das lag gestern Morgen in der Post. Sie sind gerade rechtzeitig zurück, um an meiner Seite dieses Rätsel zu lösen. Keine Briefmarke, kein Poststempel. Ein Brief, der sich in eine Reihe seltsamer Begebenheiten einfügt, welche hinter den Kulissen der Weltpolitik anscheinend für Aufregung sorgen. Es ist eine leidige Sache. Im April, bevor Sie in den Krieg zogen, halfen Sie mir bei einigen Ermittlungen.«

»Der Einbruch ins Bank- und Handelshaus Splitgerber & Daum?«

»Nein, der hatte nichts damit zu tun. Ich spreche von der Serie ungeklärter Diebstähle. Sie erinnern sich gewiss: verschwundene Smaragde, Rubine, Diamanten.«

Julius nickte, und Albrecht deutete auf den Brief: »Reichen Sie mal rüber. Wir lesen ihn, und danach gehen wir einen heben, oder?«

Groll lag in dem Blick, den Horlitz ihm als Antwort gab, was befürchten ließ, dass es mit dem Brief eine schlimme Bewandtnis auf sich hatte. Wortlos händigte der Kommissar den Studenten den Umschlag aus. Bentheim überflog die Zustelladresse. Es war jene des ehemaligen Palais Grumbkow am Molkenmarkt; als Empfänger wurde der Name des Kommissars angegeben. Das Kuvert bestand aus normalem, etwas härterem Papier, wie man es in jeder Schreibwarenhandlung im Dutzend erstehen konnte, und die Buchstaben waren mit Schreibmaschine aufgedruckt worden.

»Wahrscheinlich ein Modell mit Farbband, das von diesem Italiener. Wie hieß er schon wieder?«

»Ravizza«, sagte Horlitz. »Sie haben recht, Julius, der Absender benutzt tatsächlich ein Cembalo Scrivano, ein sogenanntes Schreibklavier. Was sagt das über ihn aus?«

»Er hat Angst vor einem forensischen Schriftgutachten«, überlegte Albrecht. »Seine Schrift könnte erkannt werden.«

»Nicht nur das«, warf Julius ein. »Er ist auch ausreichend begütert, um sich eine teure Ravizza-Schreibmaschine zuzulegen.«

»Exzellente Schlussfolgerung. Nun lesen Sie.«

Der Brief selbst bestand aus Büttenpapier, das auf einer Rundsieb-Maschine aus Hadern hergestellt worden war und sowohl einen ungleichmäßigen Rand als auch fast keinerlei Laufrichtung besaß. Zu Beginn der Lektüre war Julius noch leicht dösig und unkonzentriert, dann aber augenblicklich hellwach, sowie er die ersten Zeilen durchgesehen hatte.

»Das soll doch wohl ein Scherz sein!«, entfuhr es ihm, und er las weiter.

Albrecht rutschte aufgeregt auf seinem Stuhl hin und her, bis sein Freund ihm mit einem anerkennenden Pfiff den Zettel reichte und er sich ebenfalls an die Lektüre machte.

»Respekt, Respekt«, sagte Julius schließlich, als sein Freund vom Blatt aufsah. »Der Kerl hat Schneid.«

Horlitz neigte den Kopf. »Schenken Sie dem Inhalt Glauben?«

»Gezeichnet, gesiegelt und gegeben«, murmelte Krosick. »Schwierige Angelegenheit. Wenn die Gendarmerie den Bereitschaftsdienst vernachlässigt, heißt es im Nachhinein, man habe sie ja gewarnt.«

Es war offensichtlich, dass er Horlitz breitschlagen wollte, etwas zu unternehmen. Dieser lachte herzlich auf und meinte: »Der Schreiber scheint mir keineswegs dumm zu sein; seine Ausdrucksweise ist gewählt, seine Formulierungen zeugen von Stil. Einzig der Inhalt bekümmert mich ein wenig. Er ist so ... so ...«

»Wahnwitzig?«, kam ihm Albrecht zu Hilfe.

»Nicht alltäglich«, meinte der Kommissar mit Nachdruck.

Und da sich Bentheims Verblüffung noch immer nicht ganz gelegt hatte, las er den Brief erneut:

Sehr geehrter Herr Kommissar!

Als heimlicher Bewunderer Ihres kriminalistischen Spürsinns ist es mir ein Anliegen, Sie darauf aufmerksam zu machen, dass sich Ihnen morgen Abend Gelegenheit bieten wird, einen von mir geplanten Verstoß gegen das Gesetz zu verhindern.

Auf dem Platz vor den Kolonnaden bei der Ostfassade des Neuen Museums steht eine Leihgabe aus dem Porphyrsaal des Pariser Louvre. Es ist dies eine – meiner unbedeutenden Meinung nach – ziemlich abgeschmackte Skulptur des Bildhauers Maurice Meunier, welche Belphegor, jenen entzückenden, reizenden Dämon aus der Septuaginta und der Vulgata, darstellen soll.

Da die künstlerische Ausarbeitung dieser Statue keineswegs meinen Zuspruch findet, habe ich mich entschlossen, diese Beleidigung der guten Sitten zu entfernen, und zwar auf eine Art und Weise, die etwas Endgültiges und Erhabenes an sich hat.

Der Anschlag auf diese Monstrosität wird zwischen 23 und 24 Uhr stattfinden, sodass Sie nicht zu hetzen brauchen, werter Kommissar. Gehen Sie nach der Arbeit nach Hause zu Ihren Liebsten, essen Sie zu Abend, machen Sie sich frisch.

Sobald Sie sich, wohlweislich in Begleitung einiger Gendarmen, vor dem Museum eingefunden haben, hoffe ich, Ihnen eine gute Vorstellung bieten zu können.

Es sei denn, Sie wissen meinen Anschlag zu verhindern ...

Ich bitte Sie, die Störung des geheiligten Familienabends zu entschuldigen, und verbleibe mit vorzüglicher Hochachtung.

»Keine Unterschrift«, bemerkte Julius Bentheim.

»Hätte ich auch nicht gewagt«, meinte Albrecht. »Bei den prahlerischen Tönen, die der von sich gibt ... Aber was gedenken wir nun zu tun?«

Gideon Horlitz seufzte auf. Ade, trautes Essen. Ade, geruhsamer Abend. Sich in seinem Sessel drehend, blickte er nachdenklich auf das Kopfsteinpflaster des Molkenmarkts hinab.

»Die Statue ist doch nicht echt?«, stellte Julius in den Raum. »Vor ein paar Monaten wurde es zum Politikum, dass die Museumsleitung aus Sicherheitsgründen mehrere Exponate durch profane Nachbildungen ersetzen ließ.«

Horlitz antwortete: »Ja, und in der Vossischen Zeitung stand neulich, dass im Stülerbau gerade eine Sonderausstellung zu Ägypten entsteht. Der Dämon vor der Freitreppe soll tatsächlich ein Duplikat sein, ein kostengünstiges Imitat, das zu Werbezwecken dort aufgestellt wurde. Meine Herren, sind Sie mit an Bord? Ich werde zwei weitere Polizisten anfordern, damit wir zu fünft sind. Das sollte wohl genügen. Und Ihre Armeerevolver sind noch nicht im Zeughaus. Vergessen Sie sie nicht. Also, gehen wir auf Verbrecherjagd?«

»Unbedingt!«, meinte Albrecht. »Aber verraten Sie uns bitte, weshalb dieser Brief, wie Sie sagten, hinter den

Kulissen der Weltpolitik für Aufregung sorgen sollte. Und was hat er mit der Diebesserie vom April zu tun?«

»An den Tatorten«, erklärte Horlitz, wobei er sich am Bart kratzte, »fanden sich diverse Schriftstücke, die der Juwelendieb hinterlassen hatte. Eine Art Visitenkarte. Gewissermaßen Grüße an die Polizei. Dieser Brief hier stammt vom selben Absender.«

FÜNFTES KAPITEL

DER GROSSE ZEIGER von Bentheims goldener Mercier ging auf die Zwölf zu, während der kleine kurz vor der Zehn verharrte. Er steckte die Uhr in die Manteltasche zurück, wo er ihre Kette an einer eisernen Klemme festgemacht hatte, und beschleunigte die Schritte. Mit Albrecht Krosick an seiner Seite überquerte er die Friedrichsbrücke. Auf der anderen Seite des Flusses begannen die Nebengebäude des klobigen Museumsbaus, und ihnen folgend näherten sich die beiden unaufhaltsam ihrem Treffpunkt. Von Weitem konnten sie im Mondlicht die Silhouette des Kommissars erkennen. Daneben waren die Umrisse zweier dunkler Gestalten zu sehen.

Kurz darauf erreichten die Studenten Gideon Horlitz und seine Untergebenen, die in weiser Voraussicht vor der sich in Gefahr befindlichen Statue Aufstellung genommen hatten: Belphegor war ein schwarzer Koloss, der gut und gerne zwei Tonnen wog und über drei Meter groß war. Der Stein war nur grob behauen, was tatsächlich auf eine billige Anfertigung schließen ließ. Das Ungetüm stand auf zwei breiten, mit Krallen besetzten Füßen. Sein Körper war muskulös und erinnerte in seiner Beschaffenheit an die fantastischen Fabelwesen alter gotischer Wasserspeier. Der Kopf war stolz erhoben, mit brüllendem, weit geöffnetem Rachen, der den Blick auf eine Reihe raubtierhafter Reißzähne freigab.

Julius riss sich von dem grotesken Anblick los und erkundigte sich bei den Polizisten nach irgendwelchen besonderen Vorkommnissen.

»Das Übliche«, meinte der eine von ihnen, ein junger Rotschopf. »Zwei angeheiterte Paare, ab und zu eine Droschke.«

Mit finsterer Miene studierte Bentheim den Platz. Der gewaltige Museumskomplex erstreckte sich über einen großen Teil der nördlichen Spitze der Spreeinsel. Das Gebäude war vom Architekten Friedrich August Stüler errichtet worden, weshalb man es im Volksmund auch Stülerbau nannte. In seinem Innern beherbergte es eine der bedeutendsten kulturgeschichtlichen Sammlungen der Welt mit Exponaten aus Ägypten, der römischen und griechischen Antike und aus Byzanz. An den gewaltigen Mittelbau schlossen sich zu beiden Seiten Nebengebäude an. Durch eine Verbindungsgalerie mit drei Rundbögen war das Neue mit dem Alten Museum verbunden. Nach Osten, vom Haupteingang weg, erstreckte sich ein natürlicher Vorplatz. Eine wuchtige Säulenarkade zog sich der Gebäudefront entlang, und einzig die wenigen Stufen der Freitreppe glichen ihre erdrückende Schwere aus. Links und rechts neben den Studenten verliefen zwei pedantisch gestutzte Buchsbaumhecken. Am nordwestlichen Ende des ehemaligen kurfürstlichen Lustgartens war die Baustelle der abgerissenen Orangerie, die der geplanten Nationalgalerie hatte weichen müssen.

Gideon Horlitz wies den beiden Polizisten einen Platz an der linken Ecke zu, wo das Haupt- auf das eine Seitengebäude traf, während sich Bentheim und Krosick an ihrem gespiegelten Pendant, nämlich an der rechten Ecke, niederlassen sollten.

»Augen auf!«, befahl der Kommissar. »Jeder, der sich der Statue auf weniger als 50 Schritte nähert, wird auf mein Kommando hin überwältigt.«

Die beiden Polizisten nickten und trotteten davon. Julius konnte ihnen ihre Unlust nicht verübeln. Sosehr ihn am Morgen die Abenteuerlust gepackt hatte, wäre er nun lieber zu Hause gewesen, daheim im gemütlichen Bett, mit Federkernmatratze und Daunenkissen, seine Filine im Arm.

Lange Zeit tat sich nichts.

Eher gelangweilt ließ er seinen Blick über die Parkanlage schweifen. Das ganze Gelände war derart übersichtlich, dass ihn immer stärker das Gefühl überkam, einem Witzbold auf den Leim gegangen zu sein. Einzig während der spärlichen Augenblicke, in denen sich eine Wolke vor den Mond schob und für kurze Zeit den Ort verdunkelte, wurden seine Sinne geschärft. Er horchte in die Nacht hinein, achtete auf jegliches Geräusch, jedes leise Rascheln von Blättern im Wind, von knackenden Ästen oder knirschendem Kies.

Allein, vorerst war alles vergebens.

Nach zehn Minuten bog von der Bodestraße eine Gestalt auf das Parkgelände ein. Aus den Augenwinkeln heraus konnte Julius erkennen, wie die andere Gruppe in angespannte Haltung verfiel. Auch Albrecht schien sich verkrampft zu haben, jederzeit zu einem Wettlauf bereit, dessen Ziel die unbekannte Person war.

Plötzlich blieb der Fremde stehen. Die Studenten sahen, wie er an seinem dunklen Paletot herumnestelte und sich dann wieder in Bewegung setzte, diesmal jedoch in die andere Richtung. Bentheim atmete auf. Auch die Polizisten entspannten sich merklich und fielen in ihre unbefangene Lage zurück.

Eine Viertelstunde später huschten zwei streunende Kater durch die Blumenbeete. »Heute Abend hätten wir gemeinsam um die Häuser ziehen sollen«, seufzte Krosick. »Ich kenne da ein unauffälliges Weibsbild, mein Junge. Flach wie das Wattenmeer, aber ihre Schwester ist ein hübsches, zartes Jüngferlein, das mit mir gewiss zum Tanz ausginge.« Sein Blick schweifte suchend über den mit Granitplatten ausgelegten Boden, ob sich hier kein Kieselstein finden ließe, um die Katzenviecher mit einem gezielten Schuss zu verscheuchen.

Der unvermittelt ertönende Ruf einer tiefen Männerstimme, der hinter ihren Rücken erscholl, ließ sie herumfahren. Die große Schwingtür des Haupteingangs, die in den ausladenden Empfangssaal führte, stand offen, und ein korpulenter Mann in dunkler Uniform leuchtete ihnen mit einer tragbaren Gaslaterne entgegen. In der anderen Hand hielt er mit abwartender Drohgebärde einen Knüppel, ein Revolver steckte in einem Hüftholster.

»Darf ich fragen, was Sie hier zu suchen haben, meine Herren?«

Offensichtlich waren ihm die beiden Ermittler in ihrer Arbeitskleidung entgangen. Bentheim und Krosick trugen Zivil. Sie gewährten dem Nachtwächter einen Blick auf ihre Dienstausweise und erklärten in wenigen Worten ihr Tun und Handeln.

»Nehmen Sie's mir nicht übel«, lachte er auf, »aber der Kerl, hinter dem Sie her sind, besitzt meine volle Sympathie. Bin eh dafür, diese scheußliche Figur vom Sockel zu stoßen. Der vergällt mir jede Nacht den Appetit mit seinem nackten Hintern, den er mir entgegenstreckt.«

Ein kurzer Blick hin zu Belphegor, der ihnen seine Rückenansicht preisgab, ließ sie schmunzeln.

»Nun denn, viel Erfolg. Ich habe noch meine Runden zu drehen. In einer halben Stunde schaue ich nochmals vorbei.«

Sie verabschiedeten sich, und die Freunde starrten erneut in die nächtliche Umgebung. Noch immer tat sich nichts. Die Zeiger von Bentheims Uhr rückten unaufhaltsam vor. Als ungefähr 20 Minuten vergangen waren, stupste Albrecht Julius am Ärmel und deutete auf den Gehsteig, der ab der rechten hinteren Ecke des Parks der Geländegrenze folgte. Dort erkannten sie die Gestalt eines jungen Mannes. Er tat einige Schritte, blieb unerwartet stehen und sah sich um. Die ganze Szene hatte konspirativen Charakter, wie einem billigen Kolportageroman entlehnt.

»Was hat er da unter dem Arm?«, flüsterte Julius.

Krosick spähte angestrengt hinüber. Die Straßenlaternen kamen ihm zugute, indem sie alle paar Meter den nächtlichen Spaziergänger in einen sanften Lichtkegel tauchten. »Eine Schachtel«, antwortete er. »Da soll mich doch ein Affe lausen, wenn da drin keine Bombe ist.«

Die beiden Gendarmen blickten abwartend zu den Studenten herüber, und Horlitz, der bei ihnen stand, hob den Arm zum Zeichen, dass sie bald losschlagen würden. Unvermittelt bog der Mann in den Park ein. Er beschleunigte die Schritte, hielt immer schneller werdend auf die Statue zu.

»Los!«, brüllte der Kommissar, während er zur Freitreppe hastete. »Auf ihn!«

Julius, Krosick und die Beamten folgten in nicht minderer Geschwindigkeit nach, doch noch ehe sie den Verdächtigen zu fassen bekamen, hatte er sich abgewendet und eilte über den Platz davon. Bentheim keuchte. Der Schweiß drang ihm aus den Poren, er steckte all seine Kraft in die Beine, um den Unbekannten einzuholen, sprang über Hecken, umging eiserne Informationsschilder, während seine Lungenflügel wie die Kolben einer Dampfmaschine arbeiteten. Sein Herz pochte, das Blut schoss ihm in die linke Hand, ließ seine Kriegsverletzung schmerzen. Kaum war er dem Verfolgten auf einige Fußbreit nahe gekommen, schlug dieser wie ein Feldhase einen Haken und ließ den Studenten beinah in die ausgebreiteten Zweige eines Busches laufen.

Der Mann drehte nach links ab, wobei er der seitlichen Mauer des Nebengebäudes folgte und unbeirrt über die geometrisch angelegten Buchsbaumhecken hüpfte. Bei den noch nicht vollständig geschleiften Grundmauern der Orangerie stellten sie ihn: Mit einem Hechtsprung bekam Albrecht den Mann an der Kleidung zu fassen und riss ihn zu Boden. Ein Gerangel entspann sich, in dessen Verlauf der Fotograf einige blaue Flecken abbekam, aber schließlich mit einem beherzten Faustschlag den Gegner zur Strecke brachte. Inzwischen waren auch Horlitz und die Beamten zur Stelle. Der Mann, den sie arretierten, war jung, ein Mittzwanziger, und besaß das ausgezehrte Äußere eines Menschen, der weder einer geregelten Arbeit nachgeht noch einen Unterschlupf für die Nacht sein Eigen nennen kann.

»Was wollen Sie von mir?«, rief er mit dem breiten Akzent jener bemitleidenswerten Kreaturen aus den Elendsvierteln. Offensichtlich stammte er aus Wedding oder Kreuzberg, wo viele Mittellose in engen Mietwohnungen zusammengepfercht hausten.

»Die Schachtel!«, befahl Horlitz ungehalten. »Öffnen!«

»Spitzel, was?«, höhnte der Mann. »Wieder einmal hinter den armen Leuten her, während die reichen Verbrecher beim Stadtschloss im Café Josty sitzen und sich den Wanst vollschlagen.«

»Noch so eine Bemerkung, und ich vergesse mich.«

»Schon gut, Meister. Hier – werfen Sie einen Blick rein, wenn es Sie froh macht.«

Er stieß mit seinem Fuß an die Schachtel, die ihm zuvor entglitten war. Horlitz bückte sich, um sie vorsichtig in Augenschein zu nehmen, denn insgeheim saß ihm die Angst im Nacken, dass die Bombe darin losgehen könnte.

Sachte hob er den Deckel an. Ein derart seltsamer Geruch entströmte dem Inneren, dass sich Bentheim fragte, welch chemische Teufeleien wohl darin verborgen sein mochten.

»Stark säurehaltig«, bemerkte der rothaarige Gendarm. »Besser, wir rufen einen Spezialisten herbei.«

»Wollen Sie mich auf den Arm nehmen?«, feixte der Gefangene, noch immer in der Mangel. »Mit mir kann man so was ja machen … Ihre Wäsche riecht wohl nach Flieder?«

»Wie bitte?«

Horlitz verstand nicht.

»Wir sind doch alle nur Menschen«, plapperte der Mann weiter. »Ihre Socken sind auch nicht in Parfum gebadet, bevor man sie wäscht.«

Allmählich dämmerte es Bentheim, was die Ursache dieser penetranten Beleidigung ihrer Nasen war. Mit einem Ruck riss er den Deckel zur Gänze weg, und der Anblick, der sich ihnen bot, war im gleichen Maße banal, wie er auch ein schiefes Licht auf die Polizeiaktion warf: In der Schachtel befanden sich stinkende Unterwäsche und Wollsocken, von Schweiß triefend und ein solch ekliges Odeur verströmend, dass sich alle naserümpfend abwandten. Sie hatten den improvisierten Wäschesack eines Mitglieds der Unterschicht konfisziert! Von einem Sprengsatz keine Spur. Nichts, außer das seltsame Gebaren des Mannes, der vor der Polizei geflüchtet war, deutete mehr auf ein geplantes Verbrechen hin. Julius Bentheim stand im Mondlicht, die Stirn in Falten, nachdenklich mit der Hand die Barthaare kraulend, als ein gewaltiger Krach die Stille durchbrach.

Weithin hörbar vernahm man das Bersten von Stein, das Aufprallen der einzelnen durch die Luft geschleuderten Brocken auf dem Vorplatz und den Kieswegen des Gartens. Dann folgte der Widerhall der Explosion, der sich der Fassade des Stülerbaus entlang zu verflüchtigen schien.

»Schockschwerenot!«, entfuhr es Albrecht, während sich Gideon Horlitz vor seinem geistigen Auge bereits die Haare raufte. Wie dumm und vermessen war es doch gewesen, auch die zweite Abteilung von ihrem Posten abzuziehen, bloß um einem einzelnen Individuum nachzujagen.

Sie übersprangen die geschleiften Mauerreste der Orangerie und eilten um eine Buchsbaumhecke, bis sie freie Sicht auf die Front des Neuen Museums hatten. Belphegor war verschwunden. Einzig der Sockel stand einsam und verlassen in der Mitte des Platzes, und dort, wo einst die Beine der Statue gewesen waren, befanden sich nun zwei zersplitterte Stümpfe.

SECHSTES KAPITEL

FASSUNGSLOS STARRTEN DIE GENDARMEN auf die kläglichen Überreste des zerstörten Kunstwerks. Dass es sich dabei lediglich um eine Kopie gehandelt hatte, minderte ihre Selbstvorwürfe nicht im Geringsten. Um das Podest herum lagen angekokelte Seilreste, die stumm Zeugnis davon abgaben, wie der Sprengsatz befestigt gewesen war. Kommissar Horlitz fluchte lautstark, was ihm einen amüsierten Blick der Studenten einbrachte. Bald war sein Gleichmut wiederhergestellt, und er suchte flüchtig die Gegend ab.

Niemand war zu sehen.

Im Nordosten, auf der anderen Seite der Spree, gingen an der Burgstraße bei einigen Wohnungen die Lichter an, was darauf schließen ließ, dass die Neugier der Bürger erwacht war. Vorhänge wurden aufgezogen, Fensterläden geöffnet. Im Tumult hatten die Gendarmen vergessen, dem Fremden Fesseln anzulegen, doch die Neugier hatte ihn ebenfalls auf den Platz getrieben. »Nehmt seine Personalien auf«, befahl der Kommissar unwirsch, damit wenigstens der Form Genüge getan war.

Irgendwo hatte sich der Attentäter verborgen gehabt, irgendwohin war er nun verschwunden. Bentheim sah sich um, und er hielt es für angebracht, keine auffällige Regung zu zeigen, die seine innere Unruhe verraten hätte. Vielleicht lag der Mann noch auf der Lauer, womöglich beobachtete er sie und lachte sich gerade ins Fäustchen ob ihrer Naivität. Etwas an den Umständen war seltsam, doch fiel ihm nicht auf, was es war. Ein Wolf oder zumindest ein Hund hätte an seiner Stelle jetzt Witterung aufgenommen. Dem Tatortzeichner wurde die Unzulänglichkeit der Menschen schmerzhaft bewusst, worauf er sich umso angestrengter auf seinen Intellekt besann.

Wo war der Nachtwächter? Wieso war er noch nicht aufgetaucht, wo doch ringsum die ganze Nachbarschaft aus den Fenstern spähte? Ein Blick auf die Uhr genügte, um ihm klarzumachen, dass der Mann schon längst wieder hätte vor Ort sein sollen. Bentheim packte Albrecht am Arm, drehte sich um und hielt geradewegs auf den Eingang der großen Front zu, die im schlichten, klassizistischen Stil gehalten war. Es schien ihm, als ob die Zinkgussfiguren oberhalb der Fensterkreuze mit wachsamem Blick ihr Vorgehen verfolgten.

Bentheim trat an die Schwelle der Glastür und spähte, das Gesicht an die Scheibe gepresst, ins Innere des Gebäudes. Zu seinem Erstaunen gab die Tür nach und schwang leise nach innen. Horlitz, der den Gendarmen inzwischen Befehl gegeben hatte, auf dem Vorplatz zu warten, gesellte sich zu den Studenten. Sie sahen einander an und verstanden sich wortlos. Ein Griff nach der Waffe gab Julius trügerische Sicherheit. Das Klicken eines Abzugshahns verriet ihm, dass Albrecht seinem Beispiel gefolgt war und nach seinem persönlichen Revolver gegriffen hatte, einem Modell von Lefaucheux, das erste, das für Metallpatronen und für das Laden von hinten eingerichtet war.

Sie nickten sich zu und betraten die Eingangshalle, zu deren beiden Seiten der Mythologische und der Vaterländische Saal lagen. Alles präsentierte sich düster und verlassen. Die linke Tür war verriegelt, wie eine Überprüfung ergab. Zu ihrer Rechten standen einige verwaiste Empfangstresen, geradeaus führte das Treppenhaus in den oberen Stock. An den Wänden flackerten zwei Lämpchen, welche wohl von der Nachtwache entzündet worden waren, um die angrenzenden Durchgänge wenigstens spärlich zu beleuchten.

»Können Sie etwas erkennen?«, flüsterte Horlitz.

Die Waffe im Anschlag, tappte Bentheim voraus. Nur langsam gewöhnten sich seine Augen an die Umgebung.

Er deutete auf einen der Tische beim Empfang. Von der hellen Mauer dahinter hob sich ein dunkles Beinpaar ab, das zusammengeschnürt hinter dem Möbel hervorragte. Sie lugten über die Tischkante: Die Person zu ihren Füßen war sorgsam verpackt, einem Postpaket nicht unähnlich. Es war der Nachtwächter, an Händen und Füßen gefesselt. In seinem Mund steckte ein Halstuch, der süßliche Geruch von Chloroform, der sich noch nicht vollständig verflüchtigt hatte, erfüllte die Luft. Die Platte des Empfangstresens abtastend, wo neben Broschüren und Werbezetteln auch Schreib- und Büromaterial aufbewahrt wurde, fand Bentheims Hand eine Schere. Er ging in die Knie, um die Fesseln durchzuschneiden, darauf bedacht, den Knoten nicht zu zerstören. Schließlich sollte die Spurensicherung auch noch etwas zu tun haben.

Er entfernte den Knebel, während Albrecht dem Dienstmann frische Luft zufächelte, bis dieser allmählich zu sich kam. Er gähnte herzhaft, wobei er unablässig die Augen verdrehte und wirre Satzfetzen stammelte, bis er sich gefangen hatte.

»Wo ist der Kerl?«, fragte er verärgert.

»Haben Sie ihn zu Gesicht bekommen?«

»Gesehen habe ich ihn nicht, aber er muss ziemlich klein von Wuchs sein. Klein und drahtig. Er kam von hinten; ich habe noch mit ihm gerungen, ihn sogar hochgestemmt, als er sich an mich geklammert hatte, doch das Betäubungsmittel war einfach stärker.«

»Er ist noch hier«, meinte Horlitz mit einer Bestimmtheit in der Stimme, die keine Widerrede zuließ. Die Studenten ahnten, dass er recht hatte. Das Attentat auf die

Statue sollte sie ablenken, und inwieweit der Arbeiter mit der Schachtel in die ganze Angelegenheit involviert war, musste noch geklärt werden. »Keine Frage, der hat uns ganz schön an der Nase herumgeführt.«

»Ich muss den mechanischen Alarm auslösen«, meinte der korpulente Nachtwächter, dem mittlerweile aufzugehen schien, dass etwas ganz und gar nicht in Ordnung war. Mühsam richtete er sich mit wackligen Beinen auf. Unweigerlich kam Julius das Bild des Kolosses auf tönernen Füßen in den Sinn.

Er fasste ihn am Arm.

»Wir sind von der Polizei«, sagte Horlitz. »Und jetzt können wir Lärm und Sirenengeheul ohnehin nicht gebrauchen; so etwas würde bloß den Kerl verscheuchen. Ich will ihn aber in flagranti erwischen. Unbedingt.« Er deutete auf die offen stehende Flügeltür. »Wohin führt dieser Durchgang?«

»Da geht's zum Mythologischen Saal, dann weiter in den Gräbersaal.«

»Auf die Gefahr hin, eine ziemlich dumme Frage zu stellen, will ich dennoch wissen: Was lohnt es sich, hier zu stehlen?«

Der Dicke lachte auf. »Dies ist das Neue Museum! Hier ist alles wertvoll, angefangen bei den alten Papyri und der Antikensammlung, weiter mit den Fresken von Kaulbach, den Relieffriesen von Schievelbein und den Kunstgegenständen aus Afrika und Ozeanien, bis hin zu den Statuen des Endymion und der Diane.«

»Denken Sie nach, Mensch! Es muss klein und handlich sein. Eine Statue kann man nicht einfach so wegschleppen.«

»Die Antikensammlung«, bemerkte Albrecht. »Die neue Ausstellung in der ägyptischen Abteilung.«

»Smaragde und Rubine«, pflichtete Bentheim bei und bat den Nachtwächter, sie zu den Mumien zu führen.

Der Mann, der ihre Bewaffnung bemerkt hatte, wollte gleichfalls nach dem Revolver greifen, fasste jedoch ins Leere. »Potzdonner!«, fluchte er. »Kein Holster mehr da. Wir müssen aufpassen. Unser Freundchen ist jetzt bewaffnet.« Schicksalsergeben trat er seufzend an einen Wandschrank hinter dem Tresen, öffnete ihn und entnahm ihm drei gusseiserne Öllaternen.

Sowie er sie entzündet hatte, erhellte ein warmes Flackern den Raum.

»Wo ist denn der grässliche Hintern abgeblieben?«, fragte er plötzlich, als sein Blick zum Fenster schweifte und er nach draußen sah.

»Hat sich verabschiedet«, klärte ihn Albrecht auf. »Ist ihm wohl zu kalt geworden.«

Die Augen des Mannes verengten sich zu zwei Schlitzen, während er angestrengt auf den Vorplatz schaute. Er kam tatsächlich nicht umhin, vergnügt zu lächeln.

»Gibt es noch andere Wärter hier?«, erkundigte sich Horlitz.

»Natürlich, aber nicht auf dieser Etage und nicht in diesem Sektor.«

Der Kommissar nickte verständig. Die Männer griffen nach den Lampen und richteten die Blenden so ein, dass das Licht gebündelt wurde.

»Wir müssen uns aufteilen«, schlug Albrecht vor, nachdem die Vorbereitungen abgeschlossen waren und er beim Treppenhaus eine Tafel beleuchtete, auf welcher der Grundriss des Museums angezeigt war. Bentheim nickte.

»Ich gehe in den westlichen Teil, gleich hier, durch die Passage neben dem Treppenhaus«, sagte Horlitz entschlossen.

»Der ist sehr weitläufig«, bemerkte der Wächter. »Mich zieht's deshalb mit Ihnen, aber ich werde den Historischen Saal abklappern, derweil Sie den Ägyptischen Hof übernehmen können.«

»Ich durchkämme die Vor- und Zwischenräume«, schlug Albrecht vor. »Die beim Vestibül und die zwischen den Säulen und den Rückwänden. Da kann man sich überall verstecken und verkriechen.«

»Dann nehme ich mir den Norden vor«, meinte Julius und deutete im flackernden Licht auf den Teil der Karte, der mit Gräbersaal und Hypostyl beschriftet war.

»Dorthin gelangen Sie am besten durch den Mythologischen Saal«, erklärte der Dicke, während er mit dem Finger den Weg beschrieb. »Gehen Sie einfach geradeaus. Der Saal hat keine Säulen, einzig Wandpfeiler und eine gelblich bemalte Holztäfelung. Von da geht's in die neue Ausstellung. Sobald es noch dunkler wird, befinden Sie sich in einer der drei Grabkammern. Übrigens, ich heiße Christoph Brietzke.«

»Angenehm, Julius Bentheim.«

»Albrecht Krosick, stets zu Diensten.«

»Gideon Horlitz.«

Sie lächelten und gingen in verschiedene Richtungen davon.

SIEBTES KAPITEL

DIE LANG GEZOGENE HALLE, deren Gestaltung von Karl Richard Lepsius, Preußens führendem Ägyptologen, überwacht worden war, wirkte im kalten Licht des Mondes gespenstisch. Oberhalb der Holztäfelung befand sich ein Band mit Nachahmungen altägyptischer Malereien, und noch weiter oben, bis an die Tragbalken stoßend, zog sich ein schmaleres Band dahin. Dort waren Szenen des Totenkults abgebildet: eine schreckliche Dekoration mit Bildern von Verstorbenen, denen das Herz herausgerissen und gewogen wird. Unterhalb der Waagschale kauerte – zum Sprung bereit – die Totenfresserin, jenes furchtbare Wesen mit dem zahnbewehrten Kopf eines Krokodils, dem Vorderteil eines Löwen und dem Hinterteil eines Nilpferds.

Der Saal selbst beherbergte eine gewaltige Sammlung an Schriftstücken, die auf unzähligen Regalbrettern und in Vitrinen lagerten. Die Ausstellung hätte Julius in ehrfürchtiges Staunen versetzt, wenn ihn nicht die Pflicht davon abgehalten hätte, hier eine Pause einzulegen.

Die Decke, die sich über den Raum spannte, war riesig. Auf tiefblauem Grund hatten die Künstler in Goldfarbe Darstellungen aus der Himmelskunde eingelassen: Tierkreiszeichen und Sternbilder, Kopien aus der Tempelanlage von Dendera, nördlich von Luxor. Ein Bauwerk für die Ewigkeit.

Bentheim durchschritt den Saal, wobei seine Schritte dumpf widerhallten, und hielt auf den zweiten Durchgang zu, der ihn in den Gräbersaal bringen sollte. Die stillen und rätselhaften Ausstellungsstücke in den letzten Vitrinen vor der Tür passten zu dem Gefühl, das Julius erfüllte. Die Antikensammlung mit ihren Mumien, die wie stumme Beobachter die Szenerie überblickten, besaß eine schauerliche Ausstrahlung. Der Tatortzeichner holte erst einmal Atem, bevor er leise die Klinke drückte.

Geräuschlos schwang die Tür auf. Julius schlüpfte hinein und ließ sie hinter sich leise ins Schloss fallen. Fahles Mondlicht drang durch ein winziges Seitenfenster, doch vermochte es keineswegs, das Dunkel der Nacht zu vertreiben. Die Umrisse einiger Statuen von Anubis, Horus und vorzeitlichen Ungeheuern hoben sich von der Finsternis ab. Der Lichtkegel seiner Blendlaterne, die er mit den verbliebenen drei Fingern seiner versehrten Hand festhielt, leuchtete ihm den Weg. Er kam nur langsam voran, denn er wollte sich möglichst geräuschlos anschleichen. Links jedoch, in beinah 40 Metern Entfernung, machte er hin und wieder ein Leuchten aus. Erst dachte er, es handle sich um eine Reflexion der eigenen Lampe, doch dann wurde ihm bewusst, dass es Horlitz sein musste, der gerade im Historischen Saal zugange war.

Bentheim schalt sich einen Narren. Wenn man schon auffallen musste, wieso dann nicht bei voller Beleuchtung? Es wäre besser gewesen, gleich zu Beginn die Räume zu erhellen und die möglichen Rückzugsorte für den Einbrecher nach und nach zu verkleinern. Dass man beim Anzünden der Lampen über den Haufen geschossen wurde, traute er dem Verbrecher nun doch nicht zu.

Schließlich entbehrte sein Bubenstreich mit Belphegor nicht einer gewissen Komik und Feinheit des Geistes.

Entschlossen trat er einen weiteren Schritt in den Raum hinein, sodass der Schein der Lampe auf vier Kanopenkrüge fiel, in denen man einst die Eingeweide eines Pharaos separat beigesetzt hatte. Für einen kurzen Moment spiegelte sich die Flamme auf der weißen Alabasteroberfläche der Gefäße und vervielfältigte sich zu einer Vielzahl von kleinen Lichtpunkten. Irgendwo hier, in den verwinkelten alten Grabkammern mit ihren zahlreichen Exponaten, vermutete Julius den Einbrecher. Er dämpfte das Licht, indem er die Blenden vorschob, und horchte ins Dunkel hinein, ob er nicht jemanden vernahm, der konzentriert zu Werke ging und seiner kriminellen Ader frönte.

Nichts war zu hören.

Er ging weiter, folgte dem natürlichen Lauf der Ausstellung, der durch die Anordnung der Exponate vorgegeben war, und kam an silbernen Sphingen, goldenen Skarabäen und Büsten einer altägyptischen Königin vorbei. Als er um eine weitere Ecke in einen Nebenraum der Kunstsammlung einbog, fand er sich in einer künstlichen Sakristei wieder, die an die heiligen Räume von Karnak erinnerte. Die Wände waren mit weißem Putz verkleidet und dunkelrot gestrichen, wobei helle farbige Hieroglyphen einen Kontrast dazu abgaben. An jeder Seite des Raumes bildeten jeweils drei hölzerne Särge einen Blickfang, zwischen denen Alabasterschreine standen, geschmückt mit Abbildungen der Prozessionsbarken des Amun. Die Särge waren geöffnet, ihre Verschlussdeckel nur seitlich angelehnt. Aus einem von ihnen starrte – mit Amuletten und Götterfiguren behangen – die grausige Leiche eines mumifizierten Hundes heraus.

Mitten im Raum befand sich ein riesiger Sarkophag aus Basalt. Auf dem Deckel erkannte Bentheim die stilisierte Zeichnung eines menschlichen Kopfes. Im Zentrum der Frontwand vor ihm war eine kleine Steinsäule aufgestellt, auf der in Hüfthöhe ein durchsichtiger Kasten aus gepanzertem Spezialglas stand. Ein Messingschild wies den Inhalt als ein wertvolles Geschmeide aus der 18. Königsdynastie aus. Ein kreisrundes Loch klaffte in dem Schaukasten, und von dem Schmuckstück war nichts mehr zu sehen.

Julius trat auf das ausgeschnittene Glasstück. Er stellte die Lampe auf den Sarkophag, bückte sich, um die Scheibe aufzuheben, und musterte sie. Das Glas war stabil und kompakt, seine Ränder waren scharf abgeschnitten; exakt in der Mitte erkannte der Tatortzeichner den Abdruck von Gummi. Offensichtlich war das Schneidewerkzeug hier angesetzt worden. Das Innere des Kastens war leergeräumt, jemand hatte ganze Arbeit geleistet. Hinter Julius flackerte die Funzel der Lampe und warf bewegte Schatten auf die Scheibe.

Missvergnügt atmete er tief durch.

Der Einbrecher hatte nicht den Weg zum Hintereingang eingeschlagen; er musste sich also noch im Gebäude aufhalten. Im Geiste überschlug er den Schätzwert, den das gestohlene vorchristliche, über 3.000 Jahre alte Schmuckstück besitzen mochte, wenn man es auf dem Schwarzmarkt anbot.

Ein Schatten, der über das reflektierende Glas strich, zog plötzlich seine Aufmerksamkeit auf sich, und noch ehe er sich umdrehen konnte, traf ihn ein Schlag im Nacken, sodass er in die Knie ging. Ihm war es, als stoben Funken vor seinen Augen, als explodiere hell und leuchtend etwas in seinem Kopf. Ein Griff nach der Steinsäule, ein letzter Versuch, sich irgendwo festzuhalten. Doch seine Finger fassten ins Leere und seine Beine sackten ab. Hart schlug er auf dem Boden auf, und das letzte Bild, das Julius mit in tiefen Schlaf nahm, war jenes einer schummrigen schwarzen Gestalt, die wankend in einem sich immer schneller drehenden Raum stand.

Allmählich kam Julius Bentheim wieder zu sich. Seine Glieder fühlten sich zerschlagen an, wie gerädert. Für einige Augenblicke hatte er nicht die geringste Ahnung, wo er war, doch dann kam mit der körperlichen Belebung auch die Erinnerung zurück. Er war zu Boden gegangen, fiel es ihm wieder ein, während das Blut pochend durch seinen Kopf schoss. Warum aber fühlten sich die Steinfließen so seltsam an, als er mit den Fingern über sie fuhr? Er öffnete die schwer gewordenen Augenlider, um sich über seine Lage klar zu werden, und wollte nach der Laterne greifen, deren Funzel mittlerweile ausgegangen sein mochte, so dunkel es hier war.

Doch was war das?

Er stieß an etwas Hartes, noch ehe er die Rechte eine Armlänge weit bewegt hatte. Als er dagegen drückte, um das Ding zu bewegen oder zu verschieben, wurde ihm die schreckliche Wahrheit seiner Situation bewusst.

Da lag keine irgendwie geartete Sache vor ihm, sondern schlicht und einfach ein hölzernes Brett: die Innenwand eines Sarges. Auf der anderen Körperhälfte, mit sanftem Gegendruck an ihm anliegend, fühlte Julius ein längliches Objekt, das seine Linke beschwerte und sie vor Schmerzen pochen ließ. In seiner misslichen Lage gelang es ihm nicht auszumachen, was genau es war; eine leise Vorahnung ließ ihn aber schaudern, und er sandte ein Stoßgebet zum Himmel, auf dass sie nicht bestätigt werde. Er wusste, dass Worte niemals die Kraft hätten, den Schrecken und das Gefühl von Ekel zu beschreiben, die er durchlitt, als er mit den gesunden Fingern das seltsame Gebilde, das an ihn lehnte, abzutasten begann.

Es fühlte sich robust an, gab jedoch leicht nach, als er darüber hinwegfuhr, um in der Hosentasche nach einem Schwefelholz zu suchen. Er fand eines, riss es an und ließ die Flamme gegen die Dunkelheit seines Gefängnisses ankämpfen. Im trüben Lichtschein erkannte der Tatortzeichner die zotteligen Lefzen eines verdorrten Hundekörpers.

Erschrocken fuhr Julius auf … Doch bloß, um hart anzuschlagen.

»Verdammt!«

Jetzt schmerzte nicht nur sein Nacken, sondern auch noch die Stirn. Er versuchte, sich abzuwenden, hin zur freien Seite, und bemerkte nicht einmal, wie ihm das Streichholz entglitt und auf der Leinwand der Hundemumie zu schwelen begann.

Bentheim rief um Hilfe, während er gleichzeitig mit den Schuhsohlen gegen den unteren Teil der Holzverschalung trat. Irgendjemand musste ihn doch hören. Albrecht, Gideon oder dieser Christoph Brietzke waren vielleicht nur wenige Schritte von ihm entfernt. Oder waren sie doch noch mehrere Räume weit weg? Der Gedanke daran ließ ihn Blut und Wasser schwitzen, zumal er keine Ahnung hatte, wie lange er schon in seiner makabren Falle feststeckte.

Fortwährend gegen das Holz tretend, bis es ein wenig nachzugeben schien, schrie sich Julius die Lunge aus dem Leib. In seiner Erregung war ihm sogar der stechende Geruch entgangen, den er erst wahrnahm, als er erschöpft innehielt.

Etwas glimmte. Die Luft war dichter geworden und beißend. Ein Hustenreiz plagte den Studenten. Er trat um sich, keuchte, hämmerte mit der rechten Faust gegen den Deckel und weiterhin mit den Füßen gegen den Boden. Je größer dort das Loch wurde, desto mehr Luft drang in die Kiste und fachte den Brand an. Der Rauch wurde dichter, rußiger. Bentheim hustete immer mehr, und bevor es ihm ganz schwindlig wurde und er die Besinnung verloren hätte, drangen Geräusche heraneilender Schritte an sein Ohr.

Die Hebelverschlüsse, die den Deckel festgehalten hatten, wurden gedreht. Ein rostiger, quietschender Klang – dann das Flackern zweier Lichtquellen, hinter denen nebelhaft mehrere konturlose Gesichter auftauchten.

»Na, Julius, Rettung in letzter Sekunde, was?«, meinte Albrecht lächelnd, als er seinen Freund aus dem Sarg zog. »Aber wieso legst du dich denn auch ausgerechnet hier drin schlafen?«

»Witzbold.«

In Krosicks Begleitung befanden sich der Kommissar, Nachtwächter Brietzke und zwei weitere Männer, die ihren Uniformen nach ebenfalls zu den Museumsangestellten gehörten. Mit den Schuhen traten sie gerade die letzten noch glühenden Stofffetzen der Hundemumie aus. Brietzke reichte Bentheim einen Flachmann. Dankbar nahm Julius den Muntermacher entgegen. Angesichts des sehr zuvorkommenden Naturells des Nachtwächters hielt er es nicht für angeraten, diesen zu fragen, warum er Alkoholika mit sich herumtrage, wo er doch im Dienst war. Wortlos nahm Julius einen kräftigen Schluck und ließ sich über den Stand der Dinge informieren.

»Der Kerl ist uns durch die Lappen gegangen«, berichtete Gideon Horlitz. »Im Säulensaal steht ein Fenster sperrangelweit offen. Die ganze Sache mit dem Attentat auf die Statue war eine Ablenkung, um ins Museum zu gelangen und das Geschmeide zu klauen.«

Krosick schüttelte bedächtig den Kopf. »Nein, etwas an der Sache stinkt zum Himmel. Das war keine Ablenkung. Wieso sollte man die Polizei informieren, wenn das Museum allem Anschein nach ohnehin nicht ausreichend bewacht ist? – Nichts für ungut, Meister Brietzke.«

Der Wärter winkte ab. Sein Gesicht strahlte, als ihm Julius die Schnapsflasche zurückgab.

»Zumindest wissen wir, was gestohlen wurde«, meinte Albrecht. »Das Geschmeide einer ollen Pharaonin. Sehr teuer, aber auch sehr schwer abzusetzen auf dem Schwarzmarkt.«

»Und wir wissen noch etwas«, fügte Bentheim im Hinblick auf Belphegor und sein Abenteuer im Sarg hinzu: »Der Täter besitzt ein ausgesprochenes Faible fürs Theatralische.«

ACHTES KAPITEL

Erst gegen fünf Uhr morgens kamen die beiden Studenten nach Hause. Filine lag tief und fest in Morpheus' Armen, weshalb Julius auch darum bemüht war, so wenig Lärm wie möglich zu veranstalten, als er auf seiner Seite des Betts unter die Decke kroch. Die zwei Stunden, bis ihm der wärmende Strahl der Morgensonne in betulichem Tempo über das Gesicht wandern würde, wollte er noch genießen, und als er allmählich aus dem kurzen, aber erholsamen Schlaf in einen sanften Halbschlummer hineinglitt und schließlich blinzelnd die Augen öffnete, war die Betthälfte neben ihm leer. Filine war demnach schon aufgestanden.

Er warf sich einen Morgenmantel über und betrat den Flur. Von unten schwebte der aromatische Geruch von frisch gerösteten Kaffeebohnen herauf. Er stieg die Treppe hinab, bog in die Küche ab, wo er seiner Frau den obligaten Gutenmorgenkuss gab, und setzte sich zu ihr an den Tisch. Albrecht saß auf einem Stuhl, und Amalia Losch, die an der Anrichte stand, nickte Bentheim freundlich zu.

»Wie ich sehe, gibt es keinen Tee. Heute nicht mehr in norddeutscher Laune?«, erkundigte er sich gut gelaunt.

»Herr Krosick hat uns bereits oberflächlich über Ihr nächtliches Abenteuer ins Bild gesetzt«, lächelte die Witwe und und deutete auf das Küchenbord, wo zwischen Gewürz- und Zuckerdosen ein noch unaufgeschnittenes Buch lag. »Ich weiß, wie gern Sie lesen, Julius, und nach solch einem Schrecken war Lektüre noch stets eine willkommene Abwechslung«, erklärte sie. »Kennen Sie William Thomas Beckford?«

Bentheim schüttelte den Kopf. Dabei erhob er sich, um nach dem Wälzer zu greifen. Auf seinen fragenden Gesichtsausdruck hin nickte Amalia gütlich und reichte ihm ein scharfes Küchenmesser, damit er die gefalzten Buchseiten aufschneiden konnte. Nach wenigen Handbewegungen ließ sich der Deckel öffnen. Auf der Rückseite des Schmutztitels befand sich ein Frontispiz, das Lust auf mehr machte: die schwarz-weiße Illustration eines orientalisch gekleideten Mannes mit Turban, an dessen Seite ein grinsender Dämon stand. Julius blätterte weiter, um den Titel zu lesen. »Klingt verheißungsvoll: *Vathek. Eine arabische Erzählung*. Wohl ein Schauerroman?«

Die Witwe bejahte.

Schmunzelnd legte Julius den Band auf den Tisch und streckte die Beine weit von sich. Vor ihm stand ein Blech mit frischen Sandwaffeln und Räderkuchen, von dem er sich bediente. Amalia schenkte den Eheleuten eine Tasse Kaffee ein, während Albrecht ihnen Zucker und Milch reichte. Sowie er einen Schluck genommen hatte, berichtete Julius den Frauen, was er in der Nacht erlebt hatte.

Amalia Loschs Miene verdüsterte sich; doch Julius kannte sie gut genug, um zu wissen, dass sie ihm keine Vorwürfe machen würde.

»Deshalb stank deine Kleidung so fürchterlich nach blauem Dunst«, meinte Filine. »Ich habe sie übrigens bereits im Keller deponiert; und dort bleibt sie auch, bis ich die Zeit finde, sie zu waschen.« Sie nippte an ihrer Tasse. »Ist der Schaden eigentlich groß?«

»Du meinst im Museum? Hm, schwer zu sagen. Kurz bevor wir uns auf den Heimweg machten, erfuhren wir von Brietzke, dass zumindest der Sarg und die Hundemumie nicht antik waren. Bloß schmückendes Beiwerk sozusagen. Der Hund ist zwar echt, aber neueren Datums. Irgendeine Töle musste dran glauben, bevor ihr vom Abdecker das Fett entzogen wurde. Danach stopfte man den Kadaver mit Stroh aus und wickelte ihn in Tücher. Fertig war der Mummenschanz. Anscheinend ist so etwas gang und gäbe bei Kulissenmachern und Dekorateuren.«

»Und das Geschmeide?«

»Das wird schon seine Hunderte an Talern wert sein«, bestätigte Bentheim. »Eins wissen wir mit Bestimmtheit: Der Täter ist versiert, was Pretiosen und Kunst anbelangt. Zweimal wurden gestern Kunstwerke zerstört, und beide Male entpuppten sie sich als Fälschungen. Der gestohlene Schmuck aber ist echt.«

»Klingt nach einem neuen Fall.«

»Höre ich da etwa eine kleine Verstimmung heraus?«

»Mein lieber Julius«, begann Filine, »ob du studierst oder einem Bund der Okkultisten beitrittst, ob du Dirnenmördern auf die Schliche kommst oder eben dieses verschwundene Geschmeide wiederfindest, ist mir alles einerlei. Hauptsache, du vergisst darüber nicht, bisweilen die Mutter deiner zukünftigen Kinder zu küssen.«

Wenn Filine etwas unterstreichen wollte, so kräuselte sie die Lippen. Julius sah sie an, betrachtete ihre Mundpartie und hatte verstanden.

Wenig später, als der Tatortzeichner ausgehfertig war und in einem neuen Anzug steckte, der hervorragend zu seinem schwarzen Halbzylinder passte, klingelte es an der Haustür. Schnell richtete Bentheim die Geldbörse her und ging wieder nach unten, wo Gideon Horlitz im Türrahmen stand und spielerisch die Klingelschnur durch die Finger gleiten ließ.

Auch Krosick erschien aus der Küche, und der Kommissar begrüßte seine Freunde mit Elan in der Stimme. »Sie werden es nicht glauben«, offenbarte er, während er hinter sich auf die Straße deutete, wo eine viersitzige konvertible Kutsche mit geöffnetem Verdeck stand, »aber heute Morgen wartete dieser riesige Landauer vor meiner Wohnung. Extra für uns bereitgestellt.«

»Wozu das denn?«, fragte Albrecht.

Julius äugte an der Figur des Kommissars vorbei, um einen Blick auf die Kutsche zu werfen, deren Tür vom königlichen Wappenadler geziert wurde.

»Wir sind nach Charlottenburg geladen, meine Herren«, erklärte der Polizist. Er schnupperte, drängte sich an Albrecht vorbei und schlug ungebeten, aber forsch den Weg Richtung Küche ein. »Erst jedoch muss ich der Sache auf den Grund gehen, weshalb es hier so verdächtig angenehm nach Kaffee riecht.«

Julius zuckte mit den Schultern, als ihn der fragende Blick seiner Frau traf. Horlitz indessen tat sich an den Resten des Frühstücks gütlich und verschlang bereits den dritten Bissen Kuchen. »Köstlich, einfach köstlich«, meinte er mampfend, »meine Empfehlung, Frau Losch.«

Der Anflug eines Lächelns huschte über das Gesicht der Witwe.

»Oh, bevor ich es vergesse«, meinte Albrecht. »Das hier ist für Sie.«

Er langte in die Jackentasche und überreichte dem Kommissar ein Blatt Papier, auf dem die Kopie eines berühmten Fotos des Franzosen Bruno Braquehais zu erkennen war, nämlich der schamlos auf einer Ottomane hingefläzte Körper einer splitternackten Frau, bedeckt von einem durchsichtigen Seidentuch; im Hintergrund Gerümpel, eine kleine antike Statue, eine Vase, ein Bild, eine Ritterrüstung. Es war der berüchtigte *Verschleierte Akt mit Rüstung*, der noch in jeder gehobenen Gesellschaft für Skandal gesorgt hatte.

»Albrecht, Sie altes Ferkel!«, rief Amalia aus.

»Nicht doch!«, meinte er unbekümmert. »Man muss es umdrehen, sehen Sie? Ich hatte einfach nichts Besseres zur Hand.«

Die Vermieterin seufzte auf. Dieser Schwerenöter war einfach unverbesserlich.

Horlitz schmunzelte, als er der Aufforderung nachkam. Auf der Rückseite konnte man mit Mühe Albrechts Kritzeleien entziffern. Er hatte sich die Namen und Adressen der Wachmänner notiert, die in der Nacht im Museum gewesen waren.

»Gut gemacht«, lobte ihn Horlitz.

Gerade als er das Foto zusammenfalten und in seine Weste stecken wollte, fiel ihm der eiserne Blick der Vermieterin auf. Er hüstelte verlegen, gab Krosick die Liste zurück und meinte mit kaum überhörbarer Enttäuschung in der Stimme: »Am besten, Sie schreiben das auf einen anderen Zettel und hinterlegen ihn später im Revier.«

NEUNTES KAPITEL

SIE VERLIESSEN DAS HAUS und öffneten den Verschlag des Landauers. Es war tatsächlich ein außerordentlich gediegenes Gefährt, die Innenwände mit Atlas ausgeschlagen, die Sessel gepolstert. Von ihrer Fahrt bekam Julius nicht viel mit, da er in ein angeregtes Gespräch mit dem Kommissar vertieft war. Zuweilen warf er einen Blick aus dem Fenster, und einmal bemerkte er dabei, dass sie durch das Brandenburger Tor fuhren; denn im linken Torhaus erblickte er die bekannte Skulptur der sitzenden Göttin Minerva mit ihrer Lanze. Später, als er erneut die Gegend betrachtete, hatten sie bereits ein Drittel der Charlottenburger Chaussee hinter sich gebracht. Bentheim vernahm das Bimmeln der neuen Berliner Pferdestraßenbahn, die erst vor wenigen Monaten ihren Dienst aufgenommen hatte.

Als es nichts mehr zu besprechen gab, verfielen die Reisenden in andächtiges Schweigen, bis sie bei der hölzernen Klappbrücke über dem Landwehrkanal ankamen. Die beiden Steuerhäuser, in denen das Zollhaus und die Einnahmestelle für das Straßengeld untergebracht waren, wurden von der Sonne bestrahlt und glitzerten hell und erhaben. Der Landauer überquerte den Kanal und fuhr ohne Umweg weiter zum Schloss Charlottenburg.

Zur Überraschung der Fahrgäste hielt der Wagen – statt einen Nebeneingang zu wählen – direkt auf das geöffnete Hauptportal zu, obgleich die Durchfahrt nur Mitgliedern der Königsfamilie und einem kleinen Teil der Gardetruppen erlaubt war. Als sie die zwei Wärterhäuschen mit Kriegerskulpturen darauf, den sogenannten Borghesischen Fechtern, passierten, machte selbst der nie um einen Spruch verlegene Albrecht Glotzaugen, die einem Schaf zur Ehre gereicht hätten. Dass man ihnen von höchster Stelle eine Kutsche schickte, war die eine Sache; dass man sie auf den Ehrenhof des Schlosses einfahren ließ, jedoch eine ganz andere. Etwas Wichtiges musste im Gange sein, etwas, das die hohe Politik bewegte.

Der Landauer verlangsamte die Fahrt.

Der zentrale Mittelbau der Hohenzollernresidenz mit seiner gewaltigen, etwas zu groß geratenen Kuppel und den Seitenflügeln nahm sich prächtig aus und präsentierte sich in verschwenderischer Pracht. Als das Gefährt hielt, stiegen die drei Ermittler aus und wurden von vier Wachsoldaten zum Kuppelturm geführt. Diese öffneten das große Haupttor, und die Gäste traten ein.

»Meine Herren, bitte folgen Sie mir«, empfing sie ein ergrauter Diener.

Sie schlossen sich ihm an, nachdem er militärisch die Hacken zusammengeschlagen und sich umgedreht hatte. Von dem muffigen Geruch, über den die Berliner Gesellschaft noch vor wenigen Jahren gelästert hatte, war nichts mehr zu spüren. Das Manko der einstmals so ungeeigneten Belüftung des Schlosses war in der Zwischenzeit anscheinend behoben worden. Auch die rauchige Atmosphäre, welche von den angeblich so rußigen Kaminen verursacht wurde, hatte sich verflüchtigt.

Der Diener führte die Besucher durch mehrere Räume, die mit mythologisch-allegorischen Deckenmalereien ausgestattet waren. An den Wänden machte Julius Verzierungen aus, die aus rosafarbenem und blauem Lasurstein bestanden. Die Möbel waren ausnahmslos dem Frühklassizismus zuzuordnen.

Ihr Weg schien kein Ende zu nehmen.

Es ging durch zwei weitere Räume, eine Treppe hoch, wo ein Moleskinbänkchen stand, und weiter einem langen roten Läufer entlang, bis sich eine in der Wand verborgene Geheimtür öffnete und die Gäste sich zur allgemeinen Überraschung plötzlich einer leicht bekleideten, aber üppig dekolletierten Vaudeville-Dame gegenübersahen, die kichernd ihre Blöße bedeckte.

Der Mann, der ihr nachfolgte, stand ihr in nichts nach, was die Bekleidung anbelangte. Er zählte fast 70 Jahre, trug einen zerzausten Backenbart und besaß einen auf das Minimum zurückgedrängten Haarkranz.

»Ihre königliche Hoheit Wilhelm Friedrich Ludwig

von Preußen«, stellte ihn der Diener mit stoischer Miene vor.

Verdattert sah Wilhelm I. sie an, winkte sie dann unwirsch weiter und zog die Dame wieder in sein Zimmer, wobei er ihr in den Po kniff, was erneut ein schrilles Kichern nach sich zog.

»Gott schütze den König!«, raunte Albrecht seinen Freunden zu, als sie außer Hörweite waren. »Dieser geile Bock, wie Pikus der Waldspecht ihn betiteln würde. Dann stimmen also die Gerüchte um ein Zerwürfnis zwischen ihm und Königin Augusta …«

Noch drei weitere Räume mussten sie durchqueren, bis sie in einen kleineren Empfangssaal im Régencestil kamen: kleine Konsoltische, niedrige Bücherschränke, flache Schreibtische. Alle Möbel waren farblich dem Erscheinungsbild des Zimmers angepasst, und einige der hölzernen Armsessel bestanden aus indischem Palisanderholz.

Julius Bentheim zählte drei Männer, die um einen Tisch standen und geflissentlich ihre Pfeifen pafften. Einer davon war Albrecht Graf von Roon, jener umtriebige Divisionskommandeur und Politiker, der für Bismarcks Heeresreform gekämpft hatte. Die zwei anderen Herren, junge Burschen in Uniform, waren offenbar Assistenten, denen die lästige Aufgabe zuteilgeworden war, mit Mappen und Unterlagen voller Dokumente als Stichwortgeber zu dienen.

Sie nickten sich gegenseitig zu, doch niemand sprach ein Wort.

Voller Anspannung erwartete Bentheim den weiteren Verlauf des Treffens, denn noch hatte er nicht die geringste Ahnung, wieso sie nach Charlottenburg zitiert worden waren. Der Diener, der sie hergeführt hatte, war einstweilen verschwunden, tauchte jedoch nach geraumer Zeit mit einem Tablett voller Kognakgläser und einer Flasche wieder auf. Sie taten sich daran gütlich. Wenige Minuten später konnten sie sich ihnen nähernde Schritte vernehmen, fest und selbstbewusst auftretende Sohlen.

Als die Tür aufschwang, erkannte Julius den unverkennbaren Charakterkopf des Königs, die Augen stechend, die Nase wie bei Nüstern gebläht, der Backenbart frisch gekämmt. Der Hohenzollernherrscher sah verbissen aus. Womöglich lag dies an dem außenpolitisch verschärften Ton, den er in den letzten Monaten angeschlagen hatte, womöglich lag es aber auch nur an der peinlichen Situation, in der sie seiner ansichtig geworden waren.

Dicht hinter Wilhelm traten ein dunkelhäutiger Fremder und der Ministerpräsident ein. Dieser räusperte sich vernehmlich, nun da er im Raum stand. Augenblicklich verbeugten sich die Gäste vor dem König, dessen rundes, leicht feistes Gesicht erhaben und trotzig wirkte. »Dies sind also die werten Herrschaften, von denen wir neulich sprachen?«, wandte er sich an Otto von Bismarck.

Der Graf nickte katzbuckelnd und stellte Gideon, Albrecht und Julius der Reihe nach vor.

»Meine Zeit ist knapp bemessen«, meinte Wilhelm endlich. »Führen Sie die Herren in diese brisante Thematik ein, Otto, und lassen Sie uns dann zur Sache kommen.«

Zu gerne hätte Julius den König aus den Augenwinkeln beobachtet, doch der Anstand gebot es ihm, eine unbedarfte Miene zur Schau zu stellen und den Blick kurzzeitig zu Boden zu senken. Graf Otto von Bismarck fuhr sich derweil durch die Haare und begann mit seinen Ausführungen: »Die Lage ist ernst, meine Herren. Das Palais Grumbkow, der Innendienst und das Ministerium des Äußeren vermerken seit Anbeginn des Jahres eine rege Tätigkeit unter den hiesigen Hehlerbanden, noch geschäftiger als sonst. Bisher hatten wir sie scheinbar unter Kontrolle – oder besser gesagt: am Gängelband. Jetzt jedoch haben die Umtriebe dieser Subjekte Ausmaße angenommen, die uns vermuten lassen, dass mehr hinter all den Verbrechen steckt, als es offenkundig den Anschein hat.«

Er schnippte kurz mit den Fingern, worauf ihm Graf von Roon ein Dokument reichte. »Hier, meine Herren, ich fasse kurz zusammen: Im Januar wurden der Freiherrin von Ledebur drei Armreife gestohlen, Anfang Februar kamen fünf Smaragde aus der Sammlung des Grafen von Arnim abhanden; der Baron von Dohna beklagt den Verlust von vier schön eingefassten Rubinen. Die Liste geht noch weiter. Der verruchte Höhepunkt dieser Schandtaten jedoch ist der gestrige Einbruch ins Museum.«

An dieser Stelle stampfte Wilhelm gar nicht königlich mit dem Fuß auf.

»Diese Halunken!«, schnaubte er. »Diese Herostraten! Kunstschänder! Bisher wurden Kunstwerke einzig und allein von der Krone oder für die Krone gestohlen. Wo kämen wir denn hin, wenn plötzlich der einfache Mann von der Straße auf die Idee kommt, in Museen einzubrechen? Der ganze Kunstmarkt müsste von Grund auf umgekrempelt werden. Überall müsste man Wachen aufstellen, Sicherheitskonzepte entwickeln, gepanzerte Räume bauen. Natürlich, Preußen sammelt alte Schätze; es erhält sie aber auch, damit sie nicht verfallen.«

»Wenn Eure Königliche Hoheit gestatten«, meldete sich Gideon Horlitz zu Wort, »so gibt es womöglich eine ganz simple Erklärung für diese Diebstähle: Man verwendet ein gestohlenes Gemälde oder einen wertvollen Ring einfach als Geldanlage oder als Zahlungsmittel. Es ist weitaus unkomplizierter, einen millionenschweren Opium- oder Waffenhandel mit einem gestohlenen Kunstwerk zu begleichen als mit Geld, das erst einmal gewaschen werden muss.«

»Eines haben Sie bei Ihren Ausführungen übersehen«, unterbrach ihn der Fremde, der an Bismarcks Seite den Raum betreten hatte und nun die Aufmerksamkeit aller auf sich zog. Seine Stimme klang ungewohnt melodiös, mit seltsamem Akzent. »Den gestohlenen Wertsachen ist nämlich eines gemeinsam: Allesamt stammen sie ursprünglich aus meinem Heimatland.«

»Sie sind Ägypter?«, fragte Horlitz.

Der Angesprochene verbeugte sich dezidiert. »Verzeihen Sie vielmals, dass ich mich nicht vorgestellt habe. Mein Name ist Veysel Al-Hokra. Ich bin meines Zeichens der Sonderbeauftragte des Khediven und in geheimer Mission unterwegs.«

»Des Khediven?«

Al-Hokra lächelte versonnen, bevor er antwortete: »Des zukünftigen Khediven, um genau zu sein. Mein Herr, Ismail Pascha, hat vor zwei Monaten die Zustimmung zur Regelung der Erbfolge in direkter Linie erhalten. Es ist ein offenes Geheimnis, dass Sultan Abdülaziz ihn demnächst, spätestens im nächsten Jahr, offiziell zum Khediven ernennen wird.«

»Der osmanische Vizekönig sorgt sich um preußische Diebesbanden?«

Der Ägypter überhörte die Frage, und Graf von Roon meldete sich zu Wort: »Die Schmuckstücke oder vereinzelt auch die Edelsteine erscheinen nicht auf dem Schwarzmarkt. Die Berliner Wertpapierbörse an der Burgstraße überwacht alle Transaktionen, die den Kunst- oder Mineraliensektor betreffen, mit Argusaugen. Doch es tut sich nichts. Das gestohlene Gut verschwindet und taucht nie wieder auf.«

»Genau, meine Herren«, meinte nun Bismarck, »und das ist das Seltsame an der ganzen Sache; seltsam und deshalb wahrscheinlich auch gefährlich, weil es in kein Schema passt.«

Der König hüstelte, um auf sich aufmerksam zu machen, raffte seinen weiten Gehrock und sagte: »Nun wissen Sie, wie die Sache steht. Meine Anwesenheit ist jetzt wohl nicht mehr vonnöten. Otto, walten Sie Ihres Amtes. Enttäuschen Sie mich nicht, meine Herren, und finden Sie die Verbrecher. Bringen Sie zurück, was Preußen gehört.«

Mit diesen Worten drehte er sich in Richtung Tür und schritt davon.

ZEHNTES KAPITEL

DIE UNTERREDUNG ZOG SICH bis in die frühen Nachmittagsstunden hinein. Als Kommissar Horlitz schließlich zusammen mit Julius und Albrecht das Schloss verließ und sie beim Eisengitterzaun auf Höhe der Eingangspforte waren, sagte er: »Ich wollte es nicht vor den Kollegen vom Militär erwähnen, doch gibt es auch Neuigkeiten, die Ihnen gar nicht gefallen werden.«

»Was ist passiert?«

»Nun ja, der Smaragd in meinem Büro ... Sie erinnern sich an ihn?«

»Was ist damit?«, fragte Julius, die schlimme Nachricht bereits erahnend.

»Er ist weg«, sagte Horlitz zerknirscht. »Gestern Nacht, irgendwann zwischen Mitternacht und 3 Uhr morgens, wurde ins Palais Grumbkow eingebrochen. Allem Anschein nach ein Fassadenkletterer, der von außen durchs Fenster drang. Einen der Beamten, der Nachtschicht hatte und im Flur an der Schrankwand auf einem Stuhl saß und Dokumente durchblätterte, fröstelte es. Ihm fiel der Luftzug auf, der durch den Türschlitz aus meinem Büro drang.«

»Herrgott!«, ärgerte sich Albrecht. »Was ist sonst noch verschwunden?«

»Nichts.« Horlitz schüttelte den Kopf. »Da hatte es jemand explizit auf das Schmuckstück abgesehen.«

Sie blieben stehen und winkten die Kutsche herbei. Wenig später, als sie im Wagen saßen, bemerkte Albrecht nachdenklich: »Schon komisch, wie zeitgleich die beiden Einbrüche abgelaufen sind.«

»Das ist mir auch aufgefallen«, konstatierte sein Vorgesetzter.

»Der anonyme Briefschreiber wollte auf Nummer sicher gehen, dass wir auch wirklich außer Haus sind«, dachte Albrecht laut nach. »Er setzt also ein Schreiben auf, das er von irgendeinem unbescholtenen Laufburschen überbringen lässt, und liegt irgendwo in der Nähe beim Molkenmarkt auf der Lauer, um zu beobachten, ob wir auch wirklich das Palais verlassen. Sowie er zu seiner Zufriedenheit sehen kann, dass wir auf seinen Köder ansprechen, macht er sich an die Arbeit. Zwei Einbrüche, zwei Täter.«

Eine Stunde später standen sie in Horlitzens Büro, um das durchwühlte Zimmer in Augenschein zu nehmen. Ihre Arbeit gestaltete sich hektisch, mit all den Mühen, die ein neuer Fall in den ersten Stunden der Ermittlungen mit sich bringt. Albrecht wurde dazu abkommandiert, sich in der Empfangshalle zu erkundigen, wer die gestrige Post gebracht hatte, während Julius mit dem Kommissar ans Verhör des Mannes ging, den sie vor dem Museum in die Mangel genommen hatten. Doch alles Fragen erwies sich als nutzlos.

Angeblich habe sich ihm eine maskierte Person genähert, als er auf der Friedrichsbrücke gestanden sei, und ihm mit verstellter Stimme den Auftrag erteilt, mit seiner Wäscheschachtel doch den Umweg über das Museumsgelände einzuschlagen, wo er spätestens auf Höhe der Statue die Beine in die Hand nehmen und das Weite suchen möge. Gegen einen gewissen Aufpreis habe er nichts gegen diese sonderbare Bitte einzuwenden gehabt, erklärte der Mann weiter, und so sei es zu dieser komischen Verwicklung gekommen. Jetzt, im Nachhinein, sei er sich der sonderbaren Umstände natürlich vollends bewusst. Doch was tue man nicht alles für einen kleinen Batzen Geld, wenn man sonst nicht viel verdiene?

Genervt schlug Horlitz mit der Faust auf den Tisch, und der Mann zuckte angsterfüllt zusammen.

Auch die Nachforschungen darüber, wer den anonymen Brief abgegeben hatte, verliefen im Sande. Eine der Empfangsdamen wusste von einem rothaarigen Botenjungen zu berichten, eine andere meinte, einen älteren, distinguierten Herrn gesehen zu haben, und eine dritte behauptete, ganz sicher zu sein, eine hübsche Dame sei es, die sie suchten.

Offenkundig wurden mit einiger Regelmäßigkeit Schreiben hinterlegt, deren Absender im Verborgenen blieb.

»Wie kommt es dazu, Albrecht?«, wollte der Kommissar wissen.

»Das habe ich mich auch gefragt. Die Antwort ist leider ganz menschlicher Natur: Die Mädchen am Empfang nehmen so einen Brief entgegen, ohne viel Aufhebens darum zu machen; meist handelt es sich nämlich um ein kleines Billetdoux.«

»Ein Liebesbrief?«

»Auch wenn er von Berufs wegen auf der Hut sein sollte, ist auch ein königlich-preußischer Beamter nicht immer gegen Amors Pfeile gefeit«, flachste der Fotograf.

»Ich glaube, unten beim Empfang haben sie eine ziemlich gut gefüllte Trinkgeldkasse. Bei all dem, was für diese netten Gefälligkeiten herausspringt.«

Julius dachte nach.

Da dieser Aspekt der Suche nach dem Museums-Attentäter sie vorerst auf ein totes Gleis geraten ließ, konzentrierte er sich auf andere Hinweise. Ein hinzugerufener Gendarm präsentierte die ersten Ergebnisse der Spurensuche, die leider äußerst dürftig waren. »Nichts«, meinte er. »Oder anders gesagt: Wir haben alles: Hunderte von Spuren. Vom Putzpersonal, von den Besuchern, von Kuratoren, von Wächtern und Archäologen. Und wir haben Haare. Kurze Haare, lange Haare, rote Haare, …«

»Schon gut, schon gut. Beschränken Sie sich auf die Karnak-Sakristei.«

»Unzählige Staubflusen sowie ein einzelnes langes dunkles Haar.«

»Also nichts, was uns irgendwie weiterhelfen könnte?«

Der Mann schüttelte das Haupt, und die drei Männer zerbrachen sich den Kopf darüber, wie sie vorzugehen hatten, um erste Anhaltspunkte zu finden. Eine kleine Erkundungstour entlang der dem Museum gegenüberliegenden Verkehrsadern drängte sich auf. Eventuell fanden sich dort einige Augenzeugen. Neugierige waren in Berlin an jeder Straßenecke anzutreffen, und schwatzhafte Menschen gibt es immer und überall. So klapperten sie die Wege ab, lernten die Beschaffenheit des Asphalts aller Gehsteige in der Nähe der Museumsinsel in- und auswendig kennen und verbrachten Stunden damit, in muffigen Treppenhäusern nach Zeugen zu suchen.

Ein ums andere Mal gingen sie den Verlauf des unglückseligen Abends durch, an dem Belphegor auf der Strecke geblieben war, und kamen dennoch zu keinem Ergebnis. Sie traten mit Auktionshäusern in Verbindung, ob sich etwas auf dem Kunstmarkt tue oder ob im Verborgenen irgendwelche krumme Geschäfte abliefen, von denen sie Wind bekommen hatten. Sie warfen ein Auge auf entlassene Häftlinge, besonders auf jene, die früher Mitglieder in Schieberbanden gewesen waren, und ließen ihre Alibis überprüfen. Auch kamen sie nicht umhin, einen Aufruf an die Öffentlichkeit zu starten, indem sie in den großen Morgen- und Abendblättern inserierten und die Leser baten, offenen Auges durch die Stadt zu gehen und jegliche Verdachtsmomente der Gendarmerie zu melden. Den Zeitungen beigefügt war eine Tuschzeichnung, die das gestohlene Geschmeide darstellte.

»Noch immer kein Durchbruch?«, erkundigte sich Julius am übernächsten Morgen beim Kommissar. Nachdem etwas mehr als 50 Stunden vergangen waren und sie noch immer auf der Stelle traten, war die Stimmung des Tatortzeichners im Keller.

Das fröhliche Lächeln aber, das auf Gideons Gesicht erschien, ließ eine Wendung erahnen. »Wir haben Post zugestellt bekommen«, erklärte er, wobei er mit einem Blatt Papier wedelte. »Und raten Sie mal, von wem ...«

Er überreichte Bentheim den Brief, damit er die Zeilen überfliegen konnte. »Das ist ja wohl die Höhe«, murmelte er, als er zu Ende gelesen hatte.

»Es kommt noch besser«, meinte Horlitz und präsentierte eine Kartonschachtel, welche in Höhe, Breite und

Tiefe die Maße von ungefähr einer Elle aufwies. Sie war bereits geöffnet worden. »Ich war so frei«, entschuldigte sich der Kommissar.

Julius hob den Deckel. Er sah eine quadratische Karte, einer Visitenkarte nicht unähnlich. Darauf befand sich eine Notiz, die aus einer einzelnen schlichten Erklärung bestand: *Zum Zeichen meines guten Willens.* Der Student entfernte die Karte sowie das darunter zum Vorschein kommende zerknüllte Zeitungspapier, und sein Herz schlug augenblicklich schneller.

Er erblickte ein Geschmeide, das funkelte und glänzte, als sich die durchs Fenster scheinende Morgensonne in Myriaden von Facetten darauf spiegelte. Zu keiner Sekunde zweifelte Julius daran, das antike Schmuckstück aus dem Neuen Museum vor sich zu haben, und andächtig stellte er die Schachtel auf den Schreibtisch.

»Das hätte ich wirklich nicht erwartet«, konstatierte er trocken.

ELFTES KAPITEL

Als es auf 19 Uhr zuging, befand sich Julius an Albrechts und Gideons Seite in einer von einem einzigen Wallach gezogenen Kalesche auf dem Weg nach Lichtenberg. Sie durchfuhren Landsgemeinden und Gutsbezirke und kamen just zu jener günstigen Zeit an ihrem

Ziel an, als die Spezialitätenhändler ihre Stände bereits geschlossen hatten und die meisten Kunden wieder verschwunden waren.

Der Brief, der zusammen mit der Schachtel ins Palais Grumbkow geschickt worden war, wies exakte Instruktionen auf, die einzuhalten waren, wollten die drei Ermittler dem Dieb endlich von Angesicht zu Angesicht gegenübertreten. Lange hatten sie darüber diskutiert, ob sie in den April geschickt werden sollten oder ob das Schreiben ernster Natur war und sich ihnen tatsächlich eine einmalige Chance bot. »Wer nichts wagt, der nichts gewinnt«, lautete schließlich ihre Devise.

Die anonym überbrachte Nachricht bestand eigentlich bloß aus einer Art Verhaltenskodex, dem sie sich unterwerfen sollten, sowie einer kurzen Angabe von mehr oder minder leicht zu befolgenden Aufgaben. Bei Punkt eins auf der Liste musste es sich wohl zugleich auch um den Treffpunkt handeln, an den sie der Dieb zitierte, nämlich zum ehrwürdigen Hotel Herzogin Augusta in der Nähe des Dorfangers in Lichtenberg. Durch die Straßen schlurften müde Arbeiter nach Hause, und einige Müßiggänger, die ihr Abendmahl bereits hinter sich hatten, schlenderten an den Schaufenstern der Geschäfte vorbei. Es war die tägliche Übergangszeit, wo die Arbeit bereits beendet war, jedoch das Nachtleben noch nicht die gewohnte Fahrt aufgenommen hatte – wenn in diesem dörflichen Umfeld überhaupt so etwas wie ein Nachtleben existierte.

Horlitz entlohnte den Kutscher, als sie das Gebäude erreicht hatten, und die Männer betraten den Bau, der aus rötlichen Ziegeln bestand, was um die Wende zum 19. Jahrhundert in Übersee Mode gewesen war. Obgleich die Fassade ganz und gar nicht zu Preußen passen wollte, so gelang es dem ehrwürdigen Namen des Hotels, die Scharte auszuwetzen. Ein rühriger Herr, der die Obliegenheiten eines Concierge übernommen hatte und dem sie ihre Karten vorwiesen, deutete in einen edlen Speisesaal und schritt voran. Offenbar erwartete man sie. Schließlich, nachdem sie sich um Dutzende überladen wirkende Tische herumbemüht hatten, wies der Mann auf ein in die Mauer eingelassenes Separee. An einem Haken an der Wand hing ein roter Samtvorhang, den man bei Bedarf zuziehen konnte.

»Wenn sich die Herren bereits setzen möchten.«

Während sie der Aufforderung nachkamen und auf die gepolsterte Sitzbank rutschten, war ein zweiter Diener aufgetaucht, der einen kleinen Wagen schob, auf dem ein Samowar und ein chinesisches Teegefäß samt Tassen standen.

Der Concierge reichte ihnen je eine Tasse zur Ansicht. Bentheim fand diesen Brauch seltsam und dünkelhaft, doch warf er einen kurzen Blick ins Innere, wo eine gläserne Wölbung am Boden eingelassen war. Anscheinend eine Murmel oder ein sonst wie geartetes Stück Glas. Ein Lächeln huschte über das Gesicht des Kellners, und er schenkte ein.

Brühend heiß stieg der Dampf aus den Tassen. Gerade als Julius nach den Kräutern für den Aufguss greifen wollte, streifte sein Blick den Tassenboden. Die Flüssigkeit brach das Licht anders, als es zuvor die Luft getan hatte, und die Murmel offenbarte ein delikates Geheimnis, nämlich das im Boden eingelassene gemalte Bild eines obszönen Sexualaktes.

Albrechts Augen leuchteten. »Hier bin ich Mensch, hier darf ich's sein«, zitierte er fröhlich.

Horlitz verzog das Gesicht zu einer Grimasse. Die ganze Atmosphäre war bei ihm schlecht angeschrieben. An den Wänden hingen Gemälde, die üppig ausgestattete Damen zeigten, wahre Mannweiber mit riesigen Brüsten, denen man des Nachts nicht begegnen wollte. Der Kommissar dankte Gott dem Herrn für die Erfindung des Feigenblattes, dessen einziger künstlerischer Nutzen zu sein schien, das zu kaschieren, was man nicht sehen sollte. Je länger er sich umschaute, desto schrecklicher empfand er das ganze Interieur, das den unvoreingenommenen Betrachter an ein Freudenhaus erinnern musste.

Albrecht und Bentheim lehnten sich zurück, nippten an ihren Tassen und betrachteten aufmerksam die anwesenden Gäste. Eine junge Dame in Schwarz, deren Hände in Halbhandschuhen steckten, löste sich plötzlich aus dem Schatten hinter den Tischen und trat zu ihnen heran. Sie war hübsch – ausgesprochen hübsch sogar – und wirkte ungewöhnlich adrett. Ihre langen schwarzen Haare waren zu einem Knoten hochgesteckt, ihre Augenbrauen bildeten eine scharf gezogene Linie.

Ohne eine Einladung abzuwarten, setzte sie sich den Männern gegenüber und schloss die Vorhänge. Mit einer wegscheuchenden Gebärde gab Julius ihr zu verstehen, dass sie keineswegs auf gewisse Dienste aus waren und sie auch nicht die Absicht hatten, Champagner für sie zu bestellen.

Die Frau lachte herzhaft.

»Glauben Sie mir, Herr Bentheim, so viel Geld besitzen Sie gar nicht, dass Sie sich eine Liebesnacht mit mir leisten könnten.«

Julius errötete und fluchte auf seine Einfalt, die ihn zu diesem unverzeihlichen Fauxpas verleitet hatte.

»Bitte, verzeihen Sie vielmals.«

»Schon geschehen«, entgegnete sie nonchalant. »Wir sind ohnehin hier, um über andere Dinge zu reden, die sicherlich von weitaus größerem Interesse sind. Sie haben das Geschmeide erhalten?«

Horlitz nickte und deutete an, dass er nie und nimmer erwartet hatte, eine Dame anzutreffen.

»Das ist der Fluch dieses Jahrhunderts«, befand die Fremde. »Frauen werden unterschätzt und bisweilen auch unterdrückt. Aber belassen wir es dabei; genug der einleitenden Worte. Kommen wir zum Anlass unseres Treffens.«

»Ich bin ganz Ohr«, säuselte Albrecht, dem die aparte Schönheit dieses Weibsbildes nicht entgangen war.

»Umso besser, dann stört Sie nichts beim Denken, was uns Frauen fehlt«, konterte sie, worauf Julius ein Grinsen nicht unterdrücken konnte. Die Frau besaß eindeutig Stil.

Albrecht hingegen starrte sie mit offenem Mund an.

»Sie glauben, ich sei so oberflächlich?«, empörte er sich. »Was fällt Ihnen ein? Wie steht es mit Ihnen? Wäre denn die Antwort darauf, ob Sie mit mir schlafen würden, dieselbe wie auf diese Frage?«

»Ja.«

»Ja?« Er lächelte genüsslich. »Sehr gut. Gleich jetzt?«

»Wie bitte? Oh nein, ich meinte natürlich: nein!«

»Ihre Antwort wäre also nicht dieselbe? Sie würden also mit mir schlafen wollen?«

»Jetzt verwirren Sie mich, mein Herr.«

»Das habe ich bemerkt.«

Zufrieden lehnte er sich zurück und musterte die Frau interessiert. Lange blickte sie ihn mit undurchdringlicher Miene an. Dann fasste sie nach dem Samowar, und nach einigen Handgriffen hatte sie eine der Tassen für sich gefüllt und fuhr fort: »Ich werde Ihnen jetzt einen stark gekürzten Bericht geben. Hierzu erwarte ich Ihre uneingeschränkte Aufmerksamkeit. Zeit ist kostbar, und ich goutiere es nicht, mich wiederholen zu müssen, wenn ich schon meine Geheimnisse mit jemandem teile. Wohlan, da Sie sich recht possierlich verhalten, beginne ich mit meiner Geschichte.«

Sie griff nach der Zuckerdose auf dem Tablett und schaufelte sich einen Löffel voll in ihren Tee.

»Vor nicht allzu langer Zeit wurde ich von einer mir damals und auch heute noch unbekannten Person schriftlich kontaktiert. Ziel dieser ersten Tuchfühlung war es, meine Aufmerksamkeit auf einen speziellen Smaragd zu lenken. Irgendein stümperhafter Anfänger war in ein Haus eingebrochen und hatte diesen Edelstein entwendet. Es war keine Frage, dass über kurz oder lang der Dieb dingfest gemacht werden würde, denn der in dieser Angelegenheit ermittelnde Beamte hieß Gideon Horlitz.«

Als Zeichen seiner Anerkennung für dieses Kompliment nickte der Kommissar unmerklich.

»Mein Part in dieser Geschichte sollte keineswegs darin bestehen, den Smaragd seinem rechtmäßigen Besitzer zurückzugeben, sondern vielmehr, ihn ein zweites Mal zu entwenden, sobald die Beamten vom Palais Grumbkow ihre Arbeit erfolgreich zu Ende geführt hätten. Das finanzielle Angebot für meine Dienste bewegte sich in einem Bereich, der meiner hierzu festgelegten Preisklasse entsprach. Ich drehte in Ruhe Däumchen. Es vergingen keine drei Tage, bis die Gazetten den rühmlichen Erfolg des Kommissars in die Welt hinausposaunten. Der langen Rede kurzer Sinn: Da ich nun wusste, wo sich der Klunker befand, brachte ich meinen längst ausgereiften Schlachtplan zur Ausführung und wurde des Steins habhaft.«

»Und das Geschmeide im Museum?«, unterbrach sie Albrecht.

Ihre Stirn legte sich kurzzeitig in Falten, was der Fotograf als Zeichen des Unmuts auffasste, und sie meinte bissig: »Das ist eine ganz andere Unternehmung, die mit meinem Einbruch ins Palais nicht das Geringste zu tun hat.«

»Aber Sie waren es doch, die uns das Geschmeide zugesandt hat«, insistierte Krosick.

»Schluss jetzt!«, beschied sie ihm, indem sie wenig damenhaft mit der Faust auf den Tisch klopfte. »Die Abmachung war doch unmissverständlich: Sie hören zu – ich rede. Klar?«

Albrecht schluckte schwer. Mit einer einladenden Gebärde übergab er ihr das Wort.

»Meine Aktion war also von Erfolg gekrönt. Ich wartete ab, bis mein Auftraggeber wieder Kontakt zu mir aufnahm, und ließ mich, als es so weit war, mitten auf dem Pariser Platz von einem Mehrspänner abholen. Ich stieg ein. Der Kutschenverschlag war zweigeteilt, und ein Mann, der hinter dem Vorhang saß, gebot mir mit verstellter Stimme, mich mit dem Rücken zu ihm hinzusetzen. Sowie ich dem Befehl Folge geleistet hatte, drangen seine behandschuhten Hände aus den Schlitzen im Behang und zogen mir eine Binde über die Augen. Die nächste Stunde verbrachte ich schweigend damit, über das Straßenpflaster und später über Landwege zu holpern. Als das Gefährt anhielt, wurde ich von zwei Männern aus der Kutsche gehoben. An meinen Schultern spürte ich ihre starken Arme. Ich fühlte die Sonne auf meiner Haut, meine Füße schritten erst auf Kies, dann auf einer leicht ansteigenden steinernen Rampe. Schlagartig wurde es kühl, und meine Schritte hallten geräuschvoll wider. Ich befand mich offenbar in einer Art Halle. Im Hintergrund war leise Ballmusik zu hören. Mit leichtem Druck auf meine Schultern gaben die Männer die Richtung vor, in die ich zu gehen hatte. Endlich, als wir unzählige Treppenstufen hinter uns wussten, wurde mir die Augenbinde abgenommen. Ich befand mich in einem geräumigen Zimmer mit Rustika-Mauerwerk. Einige Teile der Wand waren getäfelt, an besonders exponierten Stellen hingen Stiche flämischer Meister. Zahlreiche Öllampen erhellten den Raum, dessen Fensterfront abgedunkelt war. Vor mir stand ein ausladender Schreibtisch, hinter welchem sich drei weitere Personen befanden, von denen eine saß, während die anderen beiden sie stehend flankierten. Alle, selbst die zwei Männer, die mich hergeführt hatten, waren grässlich kostümiert und trugen Totenkopfmasken zur Verschleierung. Auf einen Wink der mittleren Person hin forderte mich einer auf, ihnen den Smaragd auszuhändigen. Sie betrachteten das Schmuckstück durch ein Trommelmikroskop, wobei sich einer unter ihnen besonders hervortat. Er nickte – ich spreche bewusst von einem Mann, weil mir meine Intuition dies sagte –, und die Person in der Mitte hielt ein Bündel Geldscheine in die Luft. Ich trat vor, nahm mein Entgelt entgegen und ließ mir erneut die Augen verbinden. Wenig später saß ich wieder in der Kutsche und ratterte davon. So weit, so gut, könnte man meinen. Doch es kam anders als geplant …«

Gebannt waren die Männer der abenteuerlichen Geschichte gefolgt. Mit der Raffinesse einer bewanderten Erzählerin hielt die Dame in Schwarz inne, um sich nochmals nachzuschenken.

»Was geschah darauf?«, drängte Julius.

»Mir wurde hinterrücks, erneut durch die Schlitze des Vorhangs hindurch, ein in Chloroform getränktes Taschentuch vor die Nase gehalten, sodass ich kurzzeitig außer Gefecht gesetzt war und gefesselt werden konnte. Als ich wieder zu mir kam, hielt der Mehrspänner am Straßenrand. Mit einem unsanften Tritt wurde ich aus dem Wageninnern bugsiert und landete in der Gosse. Wiehernd stoben die Pferde davon, und die Übeltäter ließen mich schmutzig und zerschunden im Rinnstein zurück.«

»Diese Halunken!«, entfuhr es Albrecht in aufrichtigem Mitleid, womit er sich einen sanften Blick der Unbekannten verdiente.

»Wer hat Sie befreit?«

»Natürlich wartete ich nicht ab, bis irgendein Beschirmer hilfloser Damen auftauchte. Die Gegend war ohnehin übel genug beleumdet; ich befand mich nämlich irgendwo bei den Elendsvierteln von Friedrichshain, wohin sich die berittene Abteilung der Gendarmerie selten genug verirrt. Als geübte Entfesselungskünstlerin und Eskamoteurin entledigte ich mich meiner Fesseln und spazierte von dannen. Was mich ungemein störte, war nicht die rüde Art, wie man mit mir umgesprungen war, sondern vielmehr der Umstand, dass meine verdiente Entlohnung verschwunden war. Da verstehe ich keinen Spaß.«

Ihr Gesichtsausdruck sprach Bände: Die Entrüstung darüber, hintergangen worden zu sein, mochte tief in ihr sitzen. Gideon Horlitz machte sie darauf aufmerksam, dass ihre Geschichte wohl sehr abwechslungsreich sei, er jedoch im Trüben fische, was denn nun der genaue Grund ihres Treffens war.

»So undurchschaubar kann das doch nicht sein, meine Herren! Ich möchte, dass Sie diese Ganoven aufspüren und der königlichen Gerichtsbarkeit übergeben.«

Horlitz lachte schallend auf, sowie er ihre Worte vernommen hatte. »Glauben Sie ernsthaft, wir lassen uns anheuern wie die Botenjungen der Friedrichstraße, die auf ein bisschen Kleingeld aus sind? Ich denke vielmehr, dass wir Sie noch in diesem Moment verhaften sollten.«

»Diese unglückliche Neigung, den Stand der Dinge zu verkennen, hätte ich nicht von Ihnen erwartet, Herr Kommissar«, entgegnete sie nüchtern und schlug den Vorhang auf. »Schauen Sie sich um, und Ihr geschultes Auge wird womöglich unter den Gästen drei oder vier Subjekte erkennen, die hin und wieder in unsere Richtung schielen. Waren Sie wirklich der Meinung, ich hätte nicht vorgesorgt? Wie dem auch sei ... Ich gebe Ihnen jetzt einen Hinweis, dem nachzugehen sich lohnen könnte. Merken Sie sich die folgenden drei Worte: Hesperia, Hafen, übermorgen. Und noch etwas: Wenn wir uns das nächste Mal treffen, so bringen Sie mir ein gerichtlich beglaubigtes Angebot für Straffreiheit mit, damit ich mich als Kronzeugin zur Verfügung halte. Im Austausch dazu verrate ich Ihnen den Aufenthaltsort der von Ihnen gesuchten Verbrecherbande. In diesem Sinne wünsche ich einen guten Abend.«

Bentheim machte sich mit einem Bleistift Notizen, während ihre Tischbekanntschaft sich erhob. Mit der behandschuhten Rechten strich sie sich eine Locke, die sich gelöst hatte, aus dem Gesicht, lächelte verstohlen und beugte sich leicht zu Albrecht herunter.

»Sie waren heute so niedlich, Herr Krosick, so einfühlsam. Ich kenne Ihre Adresse; ein Großteil meines Heimwegs befindet sich auf Ihrer Strecke. Ebenso ein paar gemütliche Absteigen. Die Nacht liegt vor uns, und wenn Sie es wünschen, haben wir beide morgen ein Geheimnis.«

ZWÖLFTES KAPITEL

AM NÄCHSTEN TAG WAR ALBRECHT SELIG. Während Julius Bentheim und Gideon Horlitz sich anschickten, das Flottenregister zu durchstöbern, von dem sie sich von der Zollbehörde eine Kopie hatten bringen lassen, schwelgte ihr Freund in Erinnerungen. Die Beine auf die Tischplatte gelegt, saß er im Ohrensessel des Kommissars und starrte an die Decke. Auf Gideons Frage, wozu er eigentlich nütze sei, wusste er keine genügende Antwort vorzubringen.

»Es mag ein wenig indiskret klingen, Albrecht, aber allzu gern wüsste ich, ob Sie gestern Nacht noch einige Erfolge verbuchen konnten.«

»Sie haben recht, Gideon. Es ist indiskret.«

»Ich meinte in kriminalistischer Hinsicht, Sie alter Schwerenöter.«

»Oh.« Er nahm die Beine vom Tisch und sah zu ihnen hinüber. »Ich habe mir ihre Adresse ausbedungen«, erklärte er triumphierend, während er seine Brieftasche öffnete und nach einem Zettel suchte. Bentheim senkte den Blick und widmete sich wieder den Dokumenten. Als Albrecht selbst nach einer Minute noch keine Reaktion zeigte, sah Julius erneut auf.

»Das ist mir jetzt ein wenig peinlich«, stammelte Krosick.

»Herrgott, Albrecht. Was ist denn nun schon wieder?«

»Nun ja, mein Geldbeutel ist leer.«

»Sie haben sich beklauen lassen?«, entfuhr es Horlitz.

»Zumindest war es die Sache wert«, sinnierte er verträumt.

Seufzend warf Julius die Unterlagen auf einen riesigen Aktenhaufen zurück. »Haben Sie wenigstens etwas von der zweiten Person bemerkt? Wenigstens einen kleinen Hinweis, dem wir nachgehen können, bevor wir uns unter das Theatervolk mischen müssen?«

Albrecht musterte ihn verständnislos. Der Kommissar verspürte das dringende Bedürfnis, seinen Assistenten, der sich als so unpraktisch und blind erwies, ins kleine Einmaleins der Polizeiarbeit einweihen zu müssen: »Sie stolpern mit geschlossenen Augen durchs Leben, mein Freund. Hätten Sie zwischen den Zeilen gelesen, dann wäre Ihnen einiges an der Geschichte unserer lieben Unbekannten aufgefallen und Sie hätten Schlussfolgerungen gezogen. Wieso vermied sie es so konsequent, über den Einbruch im Museum zu sprechen? Wieso weiß sie, wohin die Kutsche sie geführt hatte?«

Krosick zuckte linkisch mit den Schultern.

»Sie ist nicht alleine, Albrecht. Es sind zwei Personen, die beide die gleichen Fähigkeiten besitzen: Sie sind ausdauernd, gewitzt, körperlich trainiert …«

»Biegsam«, unterbrach er den Fluss seiner Rede, worauf ihn der Kommissar böse anschaute.

»Meinetwegen auch biegsam, obwohl ich es gar nicht so genau wissen wollte. Worauf ich hinauswill: Die Frau, die wir getroffen haben, versteht sich auf die Eskamotage, und dennoch war nicht sie es, die uns im Neuen Museum entwischte und die für die äußerst theatralische Inszenierung auf der Freitreppe verantwortlich zeichnete. Das Faktum, dass am Tatort ein langes Haar gefunden wurde, lässt es wahrscheinlich erscheinen, dass der Geschmeide-Dieb gleichfalls weiblichen Geschlechts ist. Die ganze Angelegenheit atmet den Duft des Varietés, des orakelhaften Boulevardstücks und des Schmierentheaters. Während Sie gestern Nacht noch als Paradebeispiel eines Triebmenschen dienten, habe ich mich über die hiesige Theaterszene kundig gemacht.«

»Fündig geworden?«, fragte Albrecht kleinlaut.

»Ja«, brummte Horlitz. »Sobald wir die Sache mit der Hesperia zu Ende gebracht haben, statten wir einem gewissen Samuel Bellachini, dem Lieblingszauberer unseres Königs, einen Besuch ab.«

Es dauerte zwei geschlagene Stunden, bis sie die Schiffsregister durchgearbeitet hatten und auf den gesuchten Eintrag gestoßen waren. Die Hesperia war anscheinend ein kleiner Zweimaster, der unter ägyptischer Flagge fuhr und als Heimathafen Abukir angegeben hatte. Seit einer Woche lag sie, fest vertäut und mit bereits gelöschter Ladung, am Luisenstädtischen Kanal vor Anker.

»Schon wieder die Söhne des Nils«, meinte Albrecht. »Scheint, als ob wir auf ein Nest gestoßen wären.«

Horlitz stimmte zu. »Richtig, mein Freund. Und wir werden auch kräftig darin rumstochern.«

Die konzertierte Aktion, die ihm vorschwebte, war schneller auf die Beine gestellt, als Julius anfänglich geglaubt hatte. Eine Besprechung mit Richter Karl Otto von Leps, eine Notiz an den Nachrichtendienst des Militärs, auszuhändigen an Graf von Roon, sowie ein Telegramm an die zuständigen Stellen bei der Zollbehörde –

und schon war alles aufgegleist, was für eine reguläre Durchsuchung vonnöten war. Der Enthusiasmus, mit dem Horlitz zu Werke ging, musste ansteckend sein, denn er färbte schließlich auch auf Albrecht ab, als sie ihre Waffen putzten, luden und gesichert einsteckten.

»Auf zur Hesperidenjagd!«, verkündete er fröhlich. »Glauben Sie, wir stoßen auf die goldenen Äpfel der antiken Sage?«

»Wohl eher auf etwas Smaragdgrünes«, konterte Horlitz.

Eine Stunde später fanden sie sich auf dem Fischmarkt in der Berliner Luisenstadt ein, unweit der Kanalschleusen, welche die Spree mit dem Landwehrkanal verbanden. Nur wenige Häuserblocks weiter erstreckten sich die Uferpromenaden und die Anlegestellen der Segel- und Handelsschiffe. Graf von Roon, abwechselnd mit den Händen fuchtelnd und sich den Schnurrbart zwirbelnd, hatte neben einer Auslage an Barschen und Heringen Aufstellung bezogen und instruierte eine kleine Schar scharf bewaffneter und mit Brecheisen ausgestatteter Beamter.

»Also, Leute, wir wollen, dass alles in geregelten Bahnen verläuft. In viertelstündlichen Abständen patrouillieren wir in Zweiergruppen an der Hesperia vorbei und beobachten die Lage. Sobald das Schiff beladen wird, schlagen wir zu. Aber nicht vergessen: Es ist ein normaler unangemeldeter Besuch der Zollfahndung. Wir gehen an Bord, werfen einen Blick in die Papiere und schauen uns um. Nur diesmal sind wir besonders achtsam. Sobald einer der Matrosen eine falsche Bewegung macht oder auch nur Anzeichen zeigt, etwas heimlich über Bord zu werfen, greifen wir zu.«

Nachdem alles mehr oder minder geklärt war, verstreuten sich die Beamten und spazierten auf unterschiedlichen Wegen Richtung Hafenbecken. Zusammen mit Albrecht nahm Julius Position ein. Sie hielten sich an einen Imbissverkäufer, der einige Appetithappen im Angebot hatte, und versorgten sich mit Esswaren. Sich den Magen vollschlagend, zählten sie die Minuten. Bald kam die Reihe an sie, und sie drehten ihre Runde und fanden sich erneut bei dem Imbissstand ein, dessen Besitzer, wenn es nach seinem freudigen Gesichtsausdruck ging, wohl den Umsatz des Jahres machte. Er spendierte den Studenten einen Schnaps, einen richtigen Rachenfeger, und mit dem Verweis auf die Wahrung seines Inkognitos griff Albrecht unbeschwert zu. »Wenn jemand nicht trinkt, so kann er nur ein Beamter im Dienst sein«, erklärte er seinem Freund Julius seine Logik. »Also trinke ich, um die Umwelt von der Arglosigkeit meiner Person zu überzeugen.«

»Gute Schlussfolgerung«, bekräftigte ihn Bentheim in seinem Gedankengang, während sein Blick immer wieder zur Hesperia schweifte.

Das Schiff war von mittlerer Größe. Der Tatortzeichner schätzte die Mannschaftsstärke auf ungefähr acht bis zehn Mann. Der Schoner besaß zwei leicht geneigte Masten. Die Spanten waren mit Kupfer verkleidet, das Heck ragte weit ausladend in die Höhe. Bentheims Augenmerk wurde plötzlich auf einen mit Fässern und Kisten beladenen Karren gelenkt, der holpernd den Kai entlangfuhr.

Zwei Ochsen zogen ihn, und ein feister Mann mit Mütze saß blaffend und brüllend auf dem Bock. Da die Hesperia in unmittelbarer Nähe zu einem Hebe- und Lastenkran schwamm und der besagte Karren dort zum Stehen kam, stieß Julius seinen Freund sanft an. Nach einer halben Stunde, als die Hälfte der Ware bereits an Bord war, schlenderte Graf von Roon in einigen Metern Entfernung am Schoner vorbei und wedelte mit seiner Mütze: Es war das verabredete Zeichen für den Zugriff, und von ihrer gemütlichen Warte aus konnten die Studenten mitverfolgen, wie sich mehrere Personen aus dem Strom der Hafenbesucher lösten und direkt auf die Hesperia zuhielten.

Ein letzter beherzter Bissen noch, bevor sie den Imbissstand verließen. Wie sich herausstellte, wurde das Beladen des Schiffes eingestellt; mitten in der Verstauung wurden die Arbeiter von der Zollbehörde aufgehalten. Horlitz und Roon gingen an Bord, Bentheim und Krosick folgten ihnen, während die Agenten des Grafen Aufstellung bezogen und die Mannschaft mit Argusaugen beäugten. Der Kommissar verlangte die Frachtpapiere zu sehen. Der Zugang zum Kielraum war weit geöffnet und gab den Blick auf ein wildes Durcheinander von Schiffsgerät und alten eisernen Tranfässern frei, die weiß Gott wofür zu gebrauchen waren.

Es mutete seltsam an, dass die Arbeiter keinerlei Achtung vor den Fährnissen der stürmischen See hatten. Ob sich tatsächlich kundige Matrosen unter der Besatzung befanden, bezweifelte Julius. Selbst beim ärgsten Schlingern durfte der geladene Ballast eines Schiffes seinen Platz nicht verlassen, doch hier wurde dieses eherne Gesetz in eklatanter Weise gebrochen. Oberhalb der offenen Schiffsluke, in mehreren Metern Höhe, ließ der arretierte Schwenkarm des Hebekrans die letzte Ladung Kisten und Fässer baumeln, die vom Wind sanft hin und her bewegt wurde. Drei grobschlächtige Kerle hatten eben noch die Winden des Krans bedient, welche ansonsten etliche Flaschenzüge und Übersetzungen in Bewegung brachten. Die Körper dieser Männer – sowohl jener am Kai als auch jener an Bord – waren von dunkler Hautfarbe; unbestritten handelte es sich bei ihnen um Leute aus südlichen Breiten.

»Die Papiere sind in Ordnung. Wir hätten trotzdem ganz gerne die Fracht überprüft«, vernahm Julius die Brummstimme des Kommissars von steuerbord, wo er sich mit dem Kapitän unterhielt, einem drahtigen, beinah glatzköpfigen Nordafrikaner. Auf ein Schnippen Graf von Roons hin, trat einer der Beamten vor und reichte seinem Vorgesetzten eine Brechstange.

Der Kapitän verzog das Gesicht, sein Widerwille war ihm deutlich anzusehen. Der Graf sah sich um, blickte über den Rand der Öffnung in den Kielraum hinab und deutete auf eine große viereckige Holzkiste. »Diese dort, wenn's beliebt«, meinte er.

Julius machte sich anerbötig, hinabzusteigen und die Untersuchung durchzuführen. Von Roon, dessen Arbeit in den letzten Jahren wohl eher am Schreibtisch stattgefunden hatte, nickte ihm dankbar zu und reichte ihm das Eisen. Der Student bückte sich, klammerte sich fest an die eiserne Umrandung und ließ seinen Körper langsam absinken, bis seine Füße nur noch ein paar Fußbreit über den Schiffsplanken hingen, bevor er sich endgültig fallen ließ. Der Innenraum schwankte kaum spürbar.

Er positionierte die Stange an einer Stelle des Kistendeckels, die ihm günstig schien, und stemmte sich kräftig dagegen, bis die Eisenzähne sich im Holz verhakten, um für die Hebelwirkung eine gute Ausgangslage zu erhalten. Seine versehrte Hand begann zu pochen, das Eisen rutschte ab, und gerade, als er erneut ansetzen wollte, vernahm Julius über sich das Geräusch von Kettengerassel und den scharfen Knall von reißenden Seilen.

»Obacht!«, schrie Albrecht aufgeregt. »In Deckung!«

Die Ladung, die über der Luke schwebte, war in gefährliche Seitenlage geraten und drohte zu kippen. Überreizte Stimmen wurden laut, Julius hörte, wie einige der Beamten den Matrosen rüde Befehle zuriefen. Dann folgte Geschrei aus ungezählten Kehlen. Er konnte den Grafen erkennen, der auf den Kapitän einsprach. Ein Schuss fiel, ein dumpfer Aufprall an der Bordwand ließ ihn erahnen, dass jemand über Bord gefallen war. »Haltet sie auf!«, drang ein Befehl durch den wirren Radau. »Sie dürfen das Schiff nicht verlassen!«

Der Spektakel war ohrenbetäubend. Bentheim sprang mehrmals hoch, um die Eisenkante zu erreichen und sich an ihr hochzuziehen, doch blieben seine Versuche vergebens. Auf einmal, als er eben wieder abgerutscht und unsanft auf dem Hintern gelandet war, ließ ein knacksendes Geräusch das endgültige Brechen der Arretierung erkennen. Er blickte auf. Die Ladung sauste herunter wie Gottes stählerne Faust auf die Dämonen der

Hölle. Sie traf exakt den Schlund, der zum Kielraum führte, unweit der Stelle, wo der Student sich befand. Zu seinem Erstaunen besaß die Hesperia nicht einmal einen eisenbeschlagenen Rumpf, und die Wände mussten nach dem Geschehen unweigerlich neu kalfatert werden, die aufeinandergeschichteten Kisten hatten nämlich durch ihr Gewicht den Boden durchschlagen. Holzsplitter flogen Julius um die Ohren, brackiges Wasser strömte durch die gezackte Öffnung, Fontänen schossen hoch. Binnen weniger Minuten war der Rumpf mit stinkender Brühe angefüllt. Allmählich legte sich die Hesperia auf die Seite, und die noch nicht vertäuten Kisten kamen ins Rutschen. Kurzfristig verstopfte das Frachtgut das Leck. Aber dann sprudelte wieder Wasser nach. Bentheim prustete, rief um Hilfe, als sein Haupt für wenige Sekunden nicht umspült war, und musste doch wieder untertauchen und verheddere sich kurzfristig in losen Seilen und Netzen.

Schließlich bekam er ein Tau zu fassen, an dem er sich festklammerte. Intuitiv zog Julius daran. Ein kleiner, silbern schimmernder Fisch, der ihm durch das Leck entgegenschwamm, machte ihm klar, dass er in die falsche Richtung zog, und er kehrte um. Völlig außer Atem tauchte endlich sein Kopf aus dem Wasser, und er schnappte nach Luft. Bentheim hielt die Balance auf einer schwimmenden Kiste, deren Inhalt glücklicherweise dazu angetan war, nicht unterzugehen, und wartete darauf, dass der Schoner sank. Als es so weit war und das Schiff sich in immer schlimmerer Schieflage befand, schaffte er es, wieder an Deck zu gelangen. Albrecht hatte ihm dazu die Hände gereicht und zog ihn heraus. Er war es wohl gewesen, der das Tau hinabgefiert hatte.

Nur mehr wenige Männer waren an Bord geblieben. Etwas weiter weg sah Julius den Grafen von Roon, der sich an einem der Masten festhielt. Offensichtlich hatte er vorgehabt, sich zu Krosick durchzuarbeiten. Am Heck erblickte er zudem zwei Beamte, die damit beschäftigt waren, sich des nassen Elements zu erwehren, indem sie das Kabinenhäuschen erklommen. Auf dem Kai herrschte indes gewaltiger Trubel. Schaulustige jeden Alters und jeder Profession hatten sich eingefunden, und in all dem Lärm und Krach ging beinah unter, dass die Gendarmen versuchten, der Matrosen Herr zu werden, die zur Fahrt auf der Hesperia abgestellt waren.

Eine Viertelstunde später, als Bentheim wohlbehalten auf dem Trockenen stand, zeigte der Besitzer des nahen Imbissstands Erbarmen mit ihm. Seine Erscheinung musste gar jämmerlich sein, so wie er in triefend nasser Kleidung durch die Menge trottete. Der Verkäufer schenkte ihm ein Gläschen Bärenfang-Likör ein und bereitete einen brühend heißen Tee zu, während Albrecht darum bemüht war, einen Burschen nach Kleidern in Julius' Größe zu schicken. Mit einigen Wolltüchern, die verdächtig nach Seifenlauge rochen und ansonsten wohl für den sonnabendlichen Putztag herhalten mussten, rieb sich Bentheim die Haare trocken und wrang Hose und Hemd aus.

Der Likör aus Honig, Gewürzen und Alkohol brannte in seiner Kehle. Die klamme Kälte, die sich seiner Knochen bemächtigt hatte, verschwand allmählich und machte einem wohligen Gefühl der Zufriedenheit Platz. In sich gekehrt, saß er auf einem gepolsterten Holzfass, das als Barhocker diente, und erwartete die Ankunft seiner neuen Kleider.

Gideon Horlitz und Graf von Roon waren es schließlich, die sich an Albrechts Seite zu ihm gesellten. Der Gesichtsausdruck des Kommissars war mürrisch, eine Aura der Verdrießlichkeit ging von ihm aus.

»Schlechte Nachrichten?«, erkundigte sich Bentheim.

Es war an Albrecht, ihm zu antworten, denn Horlitz zog es vor, schweigend auf das Spreewasser zu starren. »Wir konnten einige Kisten aus dem Fluss ziehen«, berichtete Albrecht. »Dummerweise sind sie nicht gekennzeichnet. Es fehlen jegliche Brandzeichen oder Beschriftungen.«

Bentheim ahnte bereits, auf welche juristische Spitzfindigkeit dies alles hinauslaufen würde.

»Und im Frachtraum?«, fragte er.

»Man könnte theoretisch um das Wrack herum Eisenträger pilotieren und den eingeschlossenen Raum mit Wasserpumpen trockenlegen. Dann wäre eine gerichtliche Begehung des Tatorts denkbar, wenn wir hier überhaupt von einem Tatort sprechen können, und die vorgefundenen Kisten wären eindeutig dem Schiff zuzuordnen. Aber dieses ganze Projekt würde wohl Monate in Anspruch nehmen.«

»Die Alternative?«

Nun ergriff der Kommissar das Wort: »Wir lassen die Kerle laufen, aber behalten die Kisten. Dem Halunken auf dem Lastenkran, der bewusst die Arretierungen sabotiert hat, machen wir den Prozess wegen Fahrlässigkeit und buchten ihn für einige Wochen ein.«

Graf von Roon nickte, denn auch er sah diesen Weg als den einzig gangbaren. »Walten Sie Ihres Amtes«, ermunterte er Horlitz und klopfte auf den Tresen, da es auch ihn nach einem Glas Bärenfang verlangte.

DREIZEHNTES KAPITEL

AM NÄCHSTEN TAG fanden sich alle Ermittler in einer der großen Hallen der Zollbehörde ein. Dicht bei den Werften am Wassertorplatz gelegen, hatten sich diese seit jeher als Auffangbecken und Durchgangsstation der seltsamsten Waren und Handelsgüter erwiesen. Bentheim war zum ersten Mal in diesem Viertel der Stadt, und er stellte verwundert fest, dass das Wassertor, das dem Platz seinen Namen gab, lediglich ein profanes verschließbares Eisengitter war, an dem die Schiffe ihre Waren verzollen und kontrollieren lassen mussten.

Den Gendarmen hatte man eine weiträumige Fläche überlassen, auf welcher das geborgene Frachtgut der Hesperia abgestellt war. Beinah gleichzeitig mit den Studenten trafen zwei weitere Besucher, nämlich ein Ehepaar, beim Wassertorplatz ein. Julius kannte den Mann aus Zeitungsberichten. Die langen weißen Haare standen dem Neuankömmling wirr vom Kopf ab, was ihm aber keineswegs einen unsympathischen Ausdruck verlieh, sondern ihn im Gegenteil als schrulligen, aber einnehmenden Sonderling erscheinen ließ. Er trug einen schwarzen Anzug mit weißem Hemd samt schwarzer Fliege und ging, da er leicht humpelte, am Stock. Seine Begleiterin war eine edel gekleidete Dame in den Enddreißigern. Sie entsprach voll und ganz dem Ruf, der ihr durch alle Salongesellschaften Berlins vorauseilte: Sie war hinreißend, besaß einen seltenen Jungmädchencharme, aber gleichzeitig auch den geistreichen Esprit einer Frau von Welt. Um ihren Hals hing eine Kette aus Perlmutt, deren größte Zier ein geschliffener grüner Anhänger in Form einer Katze war.

»Professor Karl Richard Lepsius«, flüsterte Julius Albrecht zu, »der berühmte Ägyptologe. Noch im Frühjahr soll er am Nildelta mit Ausgrabungen beschäftigt gewesen sein. Und das muss seine Frau sein: Elisabeth Lepsius, Tochter des Komponisten Bernhard Klein.«

Das Ehepaar hielt auf den Grafen zu, der bei einem Schleusenwärterhäuschen wartete. Der Ägyptologe reichte von Roon die Hand und meinte jovial: »Worum handelt es sich denn nun, werter Freund?«

»Ihr Fachwissen ist gefragt.«

»Inwiefern?«

Gemeinsam schritten sie auf das steinerne Gebäude der Zollbehörden zu, dessen Mauerwerk in spätbarockem Stil gehalten war. Die Rocaille, ein von Muschelformen gekennzeichnetes Ornament, überzog zusammen mit Laub- und Bandwerk die tragenden Wände.

»Wir müssen eine Gesteinsprobe bestimmen.« Der Graf machte die Studenten mit dem Wissenschaftler und seiner Gattin bekannt und erklärte in kurzen Worten den Verlauf der Razzia, die wortwörtlich ins Wasser gefallen war. Lepsius hörte atemlos zu, als ob das Anrüchige der abenteuerlichen Unternehmung seine Fantasie beflügelte. »Einige der Kisten sind zum Glück mit Pech kalfatert. Sie sind absolut wasserdicht, und auf ihrem Boden fanden sich rötliche Sandspuren sowie einige Kieselsteine.«

Eine Wache ließ sie eintreten. Von Roon führte die Freunde einen Gang entlang, bog um die Ecke und öffnete ihnen die Tür zur improvisierten Asservatenkammer. Auf einem Dutzend Tischen, die aus Holzböcken und einigen darüber gelegten Brettern bestanden, hatte man den gehobenen Schatz ausgebreitet. Ein paar schmutzige Wachstücher zeugten noch davon, dass man den Inhalt jener Kisten, die undicht waren, gesiebt hatte, als man sie stürzte, um das Wasser ablaufen zu lassen. Bentheim zählte fünf Beamte, welche die Habe katalogisierten und auf den Tischen ausbreiteten. Mit Handschuhen wühlten sie sich durch die Haufen. Er sah in Salz eingelegtes Fleisch, das bereits gräuliche Farbe angenommen hatte, und zerbrochene Alkoholflaschen. In Hülle und Fülle gab es auch Stroh und getrocknetes Werg, die als Verpackungsmaterial gedient hatten, und außerdem noch Lumpen und Wolllappen.

»Die Halle ist groß und gut durchlüftet«, erklärte Gideon Horlitz, der auf die gerade angekommene Gruppe zuschritt, um sie zu begrüßen. An seiner Seite hatte sich Veysel Al-Hokra eingefunden, jener Sonderbeauftragte des ägyptischen Khediven, den sie im Schloss Charlottenburg kennengelernt hatten. Er deutete eine leichte Verbeugung an, als er Lepsius die Hand reichte.

»Wo ist nun das gute Stück, das ich in Augenschein nehmen soll?«, erkundigte sich der Professor, nachdem ein paar höfliche Floskeln ausgetauscht worden waren. Er stützte sich auf seinen Stock, verzog für einen Moment das Gesicht und wischte sich mit einem Taschentuch den Schweiß von der Stirn.

Horlitz wies ihm den Weg, indem er voranschritt und seine Gäste durch zwei Tischreihen lotste, bis sie alle vor einer aufgebockten Kiste standen. Sie hatte wenig gelitten durch das Kentern, und ihr Deckel war nur deshalb zerstört, weil er gewaltsam aufgebrochen worden war. In einem flachen Behälter aus Porzellan lagen einige rötliche Kiesel sowie eine Handvoll Sandkörner derselben Farbnuance. Karl Richard Lepsius zog einen Zwicker aus der Tasche hervor, klemmte ihn sich vor das rechte Auge und musterte die Steinchen.

»Wird uns das denn irgendwelche Geheimnisse offenbaren?«, argwöhnte der Ägypter. »Es sind doch nur Steine.«

»Eines ist gewiss«, meinte der Professor entschieden. »Dieses Material hier stammt definitiv ursprünglich nicht aus Preußen. Ich wage sogar zu behaupten, dass dieses Mineral von Afrika seinen Weg über das Meer zu uns gefunden hat.«

Al-Hokra sah ihn skeptisch an. »Per Schiff, meinen Sie? Verübeln Sie es mir nicht, Professor, aber irgendwie ist dies keine bahnbrechende Erkenntnis.«

Lepsius ließ sich nicht beirren. »Jeden zweiten oder dritten Herbst wird Mitteleuropa von einer außergewöhnlich dichten Staubschicht überzogen, die sich auf die Straßen und Gärten legt«, dozierte er gelassen. »Was wir für Blütenstaub halten, sind jedoch feinste, durch tausend Winde gemahlene Sandpartikel, die über das Mittelmeer von der Sahara herangeweht werden. Ihre mineralische Konsistenz ist anders. Schon das bloße Auge erkennt den farblichen Unterschied. Aber diese Körner hier«, sprach er, indem er auf die Schale vor ihm deutete, »sind vulkanischen Ursprungs. Ich biete Ihnen an, sie in der Königlichen Akademie der Wissenschaften untersuchen zu lassen, um Genaueres darüber zu erfahren. Lassen Sie einfach alle Proben einpacken und bei uns im Sekretariat im Haus Unter den Linden abgeben. Binnen weniger Stunden können wir dann dem Palais Grumbkow eine erste Analyse überbringen lassen.«

»Wo überall gibt es Vulkane in Afrika?«, mischte sich Horlitz an dieser Stelle ein, bevor der Ägypter noch mehr Aussagen in Zweifel ziehen würde.

Mit der lässigen Handbewegung des Experten unterstrich Lepsius seine Ausführungen: »Nun, es gibt sie natürlich am ostafrikanischen Kontinentalrand oder zum Beispiel in Südafrika. Ohne dass Sie mich jetzt darauf behaften, möchte ich aber behaupten, dass diese Proben hier aus der Gegend um die Meidob-Vulkane stammen.«

»Lächerlich«, meinte Veysel Al-Hokra, wobei sich sein Gesicht zu einer gehässigen Fratze verzog, wie Bentheim mit Erstaunen feststellte.

»Nun, es ist Ihr gutes Recht, meine unfachmännisch geäußerte Meinung in Zweifel zu ziehen. Aber, wie gesagt: Lassen Sie die Koryphäen an unserem Institut ihre Arbeit tun, und dann sehen wir weiter.«

»Pure Zeitverschwendung«, meinte der Ägypter lapidar, woraufhin er sich direkt an den Kommissar wandte: »Statt sie laufen zu lassen, hätten Sie besser die Halunken von der Hesperia ausgequetscht, was sie uns über ihre Hintermänner zu sagen haben.«

»Hat man denn überhaupt etwas Verbotenes aus dem Wrack geholt?«, fragte Elisabeth Lepsius, die sich bisher zurückgehalten hatte.

»Bisher waren wir leidlich erfolgreich«, antwortete von Roon. »Unsere Ausbeute besteht aus einigen Halsketten, Ringen und Schmucksteinen, die sorgsam eingepackt unter Frachtgut versteckt waren.«

»Wenigstens etwas«, meinte Albrecht.

»Dennoch fehlt uns das Gros der gestohlenen Waren«, entfuhr es dem Ägypter. Wütend ballte er die Faust, löste sie wieder und zeigte mit dem Finger auf den Smaragd am Hals der Professorengattin. »Schon dieser Katzenanhänger könnte das Nächste sein, worauf es diese Bande abgesehen hat. Wir kommen einfach nicht voran, es ist zum Haareraufen. Ich sitze hier und drehe Däumchen, während der Khedive allmählich ungeduldig wird.«

»Weshalb ist dem Khediven eigentlich so viel daran gelegen, diese Verbrechensserie aufzudecken?«, wollte Albrecht wissen. »Im Grunde könnte es ihm einerlei sein, welche Probleme uns Preußen gerade beschäftigen.«

»Es wirft ein klägliches Bild auf Ägypten. Ismail Pascha ist besorgt, dass sich die Stimmung im Ausland gegen seine Landsleute wendet, falls immer wieder von kriminellen Ägyptern die Rede ist. Zum Glück ist noch nicht viel an die Öffentlichkeit gesickert. Wir wollen keine Verdächtigungen und Ressentiments, die von der Presse geschürt werden. Stellen Sie sich nur vor, was passiert, wenn plötzlich die bösen dunkelhäutigen Ägypter an den Pranger gestellt werden. Idioten wie dieser Gobineau bringen rassistische Theorien unters Volk, und was bisweilen den Juden widerfährt, würde unweigerlich mit den Muselmanen passieren. Ein Pogrom jagt das andere; so viel hat uns die Geschichte gelehrt. Halten wir uns deshalb nicht mit Spitzfindigkeiten auf, während die Diebe in aller Gemütsruhe den nächsten Schritt planen. Ob dieser Sand nun aus Afrika oder aus China stammt, ist einerlei.«

Der Ärger des forschen Ermittlers war nur zu verständlich. Irgendwie tat er Julius beinah leid, wie er so neben ihm stand, mit pulsierender Schläfe und hochrotem Kopf. Angesichts der Diskrepanz ihrer Ansichten machte sich eine gewisse Verlegenheit breit. Elisabeth Lepsius half aus der misslichen Lage, indem sie Al-Hokra versicherte, die preußische Justiz tue gewiss ihr Möglichstes, um die Täter dingfest zu machen.

Man wünschte sich das Beste und reichte sich die Hand. Gideon Horlitz ließ den Grafen von Roon mit dem Ägypter zurück, während er zusammen mit den Studenten das Ehepaar Lepsius hinausgeleitete.

»Ich lasse Ihnen einige Proben schicken«, erklärte Horlitz.

Der Professor nickte zufrieden und meinte: »Kommen Sie alle doch auf einen Umtrunk zu uns, damit wir die Analyse besprechen können. Behrenstraße 60 in der Friedrichstadt. Ich lasse Sie wissen, wann wir so weit sind.

Ein kurzer Vorbericht wird Sie wahrscheinlich morgen schon erreichen.«

»Das wäre vortrefflich.«

»Meiner unmaßgeblichen Meinung nach klingt diese ganze Geschichte verheißungsvoll, sie ruft geradezu nach einem Abenteuer«, sagte Krosick, und in seinen Augen blitzte der Schalk. »Übrigens, wo sind diese Meidob-Vulkane gelegen?«

Der Professor kratzte sich am Kinn und klopfte mit seinem Stock auf den Boden, wie um sich Nachdruck zu verleihen. »Im nordwestlichen Sudan«, lautete seine Antwort.

VIERZEHNTES KAPITEL

Tags darauf stand ein Besuch bei Samuel Bellachini, dem berühmtesten Zauberer Deutschlands, auf dem Programm. Auf den unbebauten Feldern, die sich von der Köpenicker Straße bis an die Spree hinzogen, hatte dieser sein volkstümliches Zirkus- und Theaterspektakel aufgezogen, das in weitem Umkreis unter dem Namen *Ägyptische Magie* bekannt war. Direkt beim Fluss waren noch die Grundmauern der niedergerissenen Fabriken zu erkennen, in denen man früher Blutlaugensalz und Berliner Blau hergestellt hatte. Nun erhob sich dort eine Stadt aus Zelten und hölzernen Provisorien.

Bei all der Mühsal und Beschwerlichkeit, welche ihre Arbeit zuweilen mit sich brachte, sahen es Julius, Albrecht und Kommissar Horlitz als willkommene Abwechslung, die Annehmlichkeiten des gesellschaftlichen Lebens für einmal auf Spesenrechnung auszukosten. Bevor sie sich jedoch an diesem Abend vom Palais Grumbkow auf den Weg machten, warfen sie einen Blick in den Bericht der Preußischen Akademie der Wissenschaften. Diese hatte die Proben, die Horlitz kurz nach Lepsius' Abgang hatte überbringen lassen, tatsächlich umgehend analysiert. Form, Art und Zusammensetzung des mineralischen Inhalts deuteten tatsächlich auf die Gegend des oberen Niltals bis zum vierten Katarakt.

»Was sagt uns das?«, fragte Julius Bentheim, während er sich seinen Mantel überzog.

»Alles und nichts«, meinte Horlitz. »Es kann Zufall sein, dass die Kisten von dort stammen. Aber die Hesperia fuhr unter ägyptischer Flagge, ihr Heimathafen Abukir liegt in Ägypten, und seit mehr als einem halben Jahrhundert ist der Sudan unter ägyptischer Oberhoheit. Wohl auch deshalb bin ich der Meinung, dies ist ein weiteres Indiz, das unsere Ermittlungen früher oder später in diese Richtung lenken wird.«

Auch er zog sich den Ausgehmantel über und hielt seinen zwei Assistenten die Bürotür auf.

In einer überdachten Kutsche machten sie sich auf den Weg zur Köpenicker Straße, die nahezu parallel zum linken südlichen Spreeufer verlief. Die *Ägyptische Magie* erstreckte sich über eine Wiese von beträchtlicher Größe. In Schaubuden wurde eine Sammlung ägyptischer Exponate ausgestellt. Die hölzerne Außenfassade eines Zirkuszelts war ganz auf den Zweck der Unterhaltungsshow abgestimmt und präsentierte sich als eine Art ägyptische Tempelfront, deren Eingang von zwei riesigen Säulen flankiert wurde. Auf der Balustrade oberhalb der Türen standen zwei Statuen altägyptischer Gottheiten.

Die Nachtschwärmer waren bereits anzutreffen, als die drei Ermittler aus der Kutsche stiegen. In größeren und kleineren Ansammlungen hatten sie sich um die Schaubuden gruppiert, welche den Weg zum Fluss hin säumten. An Plakatwänden hingen Werbungen von allerlei Attraktionen und Singspielen. Die Männer hielten auf das berühmte Hauptzelt zu, wo sie an der Kasse ihren Eintritt lösten und einen Programmzettel ausgehändigt bekamen. Die Sitze, die sie ergatterten, befanden sich im hinteren Drittel.

Sie erhielten Einlass von einem Jungspund mit roter Kappe und gingen einen langen, mit rotem Samt ausgeschlagenen Gang entlang, der sich leicht nach unten neigte. An seinem Ende präsentierte sich ihnen das ovale Rund eines prächtigen Zelts, das bereits zu zwei Dritteln gefüllt war. Mehrere Sitzreihen zu je zwei Dutzend Zuschauern staffelten sich nach hinten, wobei hoch über ihren Köpfen auf zwei Etagen prächtige Logen für die reich Begüterten angebracht waren. Ein paar verblasste Hieroglyphen zogen sich als Schnörkelverzierung den Planen entlang um das Zelt.

Bentheim las die Reihennummer von seinem Ticket ab und zwängte sich unter allerlei Entschuldigungen an den

Zuschauern vorbei, bis er Platz nehmen konnte. Albrecht ließ sich neben ihm in seinen Sitz plumpsen.

»Glaubst du, wir finden hier meine Brieftasche?«, meinte er vergnügt.

»Zumindest die Dame, die sie entwendet hat.«

»Mir soll es recht sein. Schön genug war sie ja.«

Julius faltete den Programmzettel auseinander und überflog den Verlauf. Bellachinis berühmte Nummer mit der Enthauptung seines Assistenten war dort aufgeführt, ebenso einige der Tricks, bei denen Menschen und Gegenstände in Kisten verschwanden, um an völlig anderen Orten wieder aufzutauchen. Eine Illustration zeigte das Porträt von Samuel Bellachini: ein stattlicher Mann im Frack, geschätzte 40 Jahre alt. Eine weitere Tuschzeichnung präsentierte die Bühne, die bis anhin noch von schweren Vorhängen verdeckt war. Auf einer Panoramazeichnung erkannte man noch einmal den Zauberer sowie im Hintergrund eine aufreizend gekleidete Assistentin mit langen Haaren.

Amüsiert reichte Julius den Zettel an Albrecht weiter.

»Herrje! Da ist sie ja, diese miese Kleptomanin.«

»Tatsächlich?«, gab sich der Tatortzeichner überrascht.

»Wenn ich es doch sage. Und da steht sogar ihr Name: Vanessa Almond, Albions weiße Hexe.«

»Welch außergewöhnlicher Umstand«, bemerkte Gideon Horlitz süffisant. »Finden Sie nicht auch, Albrecht?«

»Ich verstehe nicht ganz ...«

»Wie alt schätzen Sie unsere Tischbekanntschaft aus dem Hotel Herzogin Augusta?«, lenkte er ihn auf eine neue Spur.

»Um die 30, würde ich sagen.«

»Sind Sie bewandert in der Etymologie des Namens Vanessa?«

Die Glotzaugen des Tatortfotografen bewiesen zur Genüge, dass er nicht den leisesten Schimmer besaß, worauf der Kommissar hinauswollte.

»Seien Sie nicht so verdattert«, meinte dieser freundlich, »und hören Sie mir einfach zu. Jonathan Swift, den meisten Zeitgenossen nur noch als Verfasser der beiden Bände von *Gullivers Reisen* bekannt, unterhielt – wie wir heute wissen – jahrelang eine geheime Liebesbeziehung zu einer Dame der Gesellschaft, die auf den Namen Esther Vanhomrigh hörte. Diese Frau verewigte er anonym in einigen seiner berühmtesten Gedichte. Das niederländische Adelsprädikat *van* stellte er der Koseform von Esther, nämlich *Essa*, gegenüber und bildete daraus den gänzlich neuen Vornamen Vanessa. Die 1726 veröffentlichten Gedichte um *Cadenus und Vanessa* machten den Namen kurzzeitig in Swifts Kreisen salonfähig. Er selbst entblößte sich in seinen Schriften jedoch nicht nur als Hypochonder, wie er im Buche steht, sondern war gleichfalls auch ein bösartiger Ehrgeizling und zynischer Menschenfeind, der sich durch sein übersteigertes Selbstbewusstsein bemüßigt sah, gegen alles und jeden mit der Feder zu Felde zu ziehen. Doch das Auffallendste, mein lieber Freund: Er war Ire.«

»Na und?«

»Sie haben Ihre Vanessa auf die 30 geschätzt. Glauben Sie tatsächlich, ein irgendwann in den 1830er-Jahren geborenes englisches Mädchen wäre auf einen verhassten irischen Namen getauft worden? Nein, Albrecht! Vanessa ist ein Pseudonym, und ein ziemlich schlecht gewähltes obendrein. Außerdem sprach sie ohne englischen Akzent.«

»Wer weiß?«, mutmaßte Julius. »Vielleicht hat der doppelte Ursprung des Namens ja einen tieferen Hintersinn ... Aber sehen Sie: Der Vorhang hebt sich.«

Tatsächlich hatte unter zunächst leiser, dann stetig anschwellender Musikbegleitung die Aufführung ihren Anfang genommen. Das Bühnenbild war karg. Im Hintergrund verdeckten schwarz lackierte Holzlatten die Zeltwand, an den Seiten war ebenfalls alles in Schwarz gehalten. Einige Kisten sowie ein Behälter mit alten Fechtdegen standen auf der Bühne, und unter aufbrausendem Applaus betrat ein rot gekleideter Mann mit Hut die Bretter, die die Welt bedeuten. Ihm zur Seite gesellte sich ein zweiter Herr in hellblauem Frack, jedoch mit identischem Hut.

Bellachini galt als einer der Erfinder der Großillusion. Während andere Magier auf ständig wechselnden Wochenmärkten jämmerliche Tricks an den Mann brachten, zog er es vor, die Kapazitäten eines dauerhaft bespielbaren Zeltes zu nutzen.

Albrechts starke Abneigung gegen alles Übersinnliche hatte ihn vor wenigen Monaten noch spaßeshalber einen Bund der Okkultisten gründen lassen. Nun aber reckte er interessiert den Kopf. Julius hingegen war bislang stets von einem zwiespältigen Gefühl, aber auch von einem wohligen Schauer überrascht worden, sobald er mit nicht erklärbaren Phänomenen in Berührung kam.

Hier jedoch sagte ihm sein gesunder Menschenverstand, dass die präsentierten magischen Kräfte Illusionen waren, Schimären, die sich der Zuschauer bemächtigen und sie in Ehrfurcht und Staunen versetzen.

Samuel Bellachini und sein Assistent stellten sich vor, plauderten ein wenig und machten Scherze, indem sie einige der anwesenden Damen mit Schalk und Charme hofierten. Trotz seines italienisch anmutenden Namens war Bellachini Pole, und so sprach er ein radebrechendes Deutsch, das zur Erheiterung der Zuschauer beitrug. Dann gingen die beiden zu einer banalen Ausgangssituation über, die als Beginn eines Theaterstücks angesehen werden konnte: Der Assistent setzte sich eine langhaarige Perücke auf und schnallte sich ein Baströckchen um. Mit verstellter Fistelstimme gab er sich als die Göttin Venus zu erkennen, mit welcher ihr Geliebter, der Kriegsgott Mars alias Bellachini, soeben ein Stelldichein hatte. Sie sprachen einige Dialoge, grässlich deklamiert und voller Pathos, und es war augenscheinlich, dass sie Schauspieler der übelsten Art waren.

Auf einmal vernahm man ein Klopfen.

»Wer mag das sein?«, kreischte die Venus erschrocken.

»Doch nicht etwa dein Gatte, der bucklige Hephaistos?«, rezitierte Bellachini.

»Husch, husch, hinfort! Verstecke dich in dieser Truhe.«

Unter allerlei Flüchen und garstigen Ausdrücken quetschte sich der Zauberer in sein hölzernes Gefängnis. Die Göttin setzte sich auf die Kiste, welche rappelte und sich bewegte, und schlug, den Gatten erwartend, die

Beine aufreizend übereinander. Unter dem Gelächter des Publikums wurden stark behaarte Schenkel sichtbar. Eine gebückte Person, der man durch umgebundene Kissen einen prächtigen Schmerbauch verpasst hatte, humpelte auf die Bühne.

Albrecht stupste Julius an.

Vanessa Almonds krächzende Frauenstimme nahm sich grotesk aus: »Hab ich dich erwischt, du untreues Weib. Hier drin ist er, dein Liebhaber. Warte nur, dem werde ich es zeigen.«

Beherzt griff sie nach einem der Degen.

»Gnade, Gnade, gütiger Gatte, habt Erbarmen«, flehte der Assistent. »Ihr zerstört mir meine Wäsche.«

Doch von rasender Eifersucht getrieben, konnte dieser nicht an sich halten. Voller Ingrimm rammte er eine Stichwaffe nach der anderen durch die Latten der Kiste. Immer wieder packte er einen neuen Degen, bis das vermeintliche Versteck des Nebenbuhlers sich dem Aussehen eines stachligen Igels angenähert hatte.

Ein Aufschrei ging durchs Publikum.

Nun kroch die Venus winselnd und heulend über die Bühnenbretter, während sich der triumphierende Hephaistos daranmachte, die Kiste gewaltsam zu öffnen. Wie Julius nicht anders erwartet hatte, offenbarte sich dem gehörnten Ehemann – und damit auch den Zuschauern – gähnende Leere.

Frenetischer Applaus brandete auf, als eine Kohlebogenlampe die hintere Ecke des Zelts in einen grellen Lichtkreis tauchte, in dessen Zentrum die unversehrte Figur des Samuel Bellachini erschien.

So verbrachten sie weitere Minuten, bis der erste Zwischenvorhang fiel. Das Schauspieltalent der beiden Zauberer ließ arg zu wünschen übrig, weshalb Albrecht von dem Gedanken gepackt wurde, draußen ein paar belegte Brötchen zu ergattern, damit sich der Abend wenigstens in dieser Hinsicht lohne.

Julius stimmte ohne Vorbehalt zu.

Als sie sich nach einer Viertelstunde wieder im Zelt einfanden, hatte sich ihr Hunger verflüchtigt und vorübergehend einem Gefühl der Zufriedenheit Platz gemacht. Gelassen sahen die Ermittler dem weiteren Verlauf des Abends entgegen. Der zweite Akt wurde hauptsächlich von Bellachini bestritten. Er jonglierte mit Bällen und anderen Gegenständen und indem er ab und zu auf einem Bein hüpfte, stellte er seine Geschicklichkeit noch mehr unter Beweis. Einmal trat auch sein Assistent auf die Bühne, um sich Hühnereier aus Mund und Ohren zaubern zu lassen. Julius und Albrecht verfolgten das Programm mehr oder weniger diszipliniert, bis sie im dritten Akt, als die hübsche Assistentin wieder auftauchte, aus ihrer Lethargie erwachten. Wie elektrisiert saßen sie auf den Sitzen und schauten dem Geschehen zu.

»Meine sehr verehrten Damen und Herren«, war Bellachinis Stimme zu vernehmen, »erleben Sie das Wunder der schwebenden Jungfer.«

Bei diesem Stichwort erschien Vanessa Almond.

»Jungfer … bah! Dass ich nicht lache«, murmelte Albrecht selbstgefällig.

Einen schlichten Holzreifen hochhaltend, trat Samuel Bellachini vor und reichte ihn einem Herrn aus dem Publikum, damit dieser sich überzeugen konnte, es nicht mit einem präparierten Werkzeug zu tun zu haben. Der Reifen hielt der Prüfung durch den Zuschauer stand und wurde wieder herausgerückt. Gleichzeitig stellte der Assistent im Abstand von anderthalb Metern zwei Holzböcke auf. Das Fräulein Almond eilte ihm zu Hilfe, als es darum ging, eine nicht allzu breite Platte hochzuhieven und darüberzulegen.

Der improvisierte Tisch, der auf diese Weise entstand, wirkte stabil. Ein rotes samtenes Tuch wurde darüber gebreitet, während Bellachini vorn am Bühnenrand wieder die Aufmerksamkeit auf sich zog, indem er über die Kunst der Hexerei schwadronierte und einige mystische Geschichten zum Besten gab. Zweifellos gehörte diese Ablenkung zum magischen Inventar, doch obgleich Julius sich bewusst auf das Geschehen im Hintergrund konzentrierte, blieb ihm dennoch der raffinierte, ausgeklügelte Mechanismus verborgen, mit dem der Trick vonstatten gehen würde.

Vanessa Almond legte sich indessen auf den Tisch. Sie tat dies mit der Anmut einer Märchenprinzessin, die sich auf ihr Lager niederlässt. Bellachini beendete seinen Sermon, und von irgendwoher ertönte Trommelwirbel. Gleichzeitig mit seinem Partner bückte sich der Zauberer und griff unter die Platte. Der Wirbel wurde lauter, hob noch mehr an, bis er in einem ohrenbetäubenden Crescendo kulminierte.

Ruckartig beförderten die beiden Bühnenmagier die Holzböcke hervor und präsentierten sie dem johlenden Publikum. Dann nahm Bellachini den Reifen – ob es der gleiche war, den einer der Zuschauer geprüft hatte, vermochte Bentheim inzwischen nicht mehr zu bezeugen – und setzte ihn am Kopfende des Tisches an, dem nun scheinbar jegliche Beine fehlten.

»Erleben Sie das Wunder der Schwerelosigkeit!«, salbaderte der Magier, als er mit dem kreisrunden Holz dem Körper der schwebenden Vanessa entlangfuhr. Kurz hielt er inne, um einige belanglose Worte ins Publikum zu werfen, bevor er den Reifen seinem Kompagnon übergab. Der Assistent, an der linken Seite stehend, nahm das Holz entgegen, führte es von der Hüfte die Beine hinab und ließ es dort wieder zum Vorschein kommen. Beide verneigten sich, und Vanessa Almond richtete lächelnd den Oberkörper auf.

»Ich korrigiere meine Meinung. Und auch Sie müssen zugeben, die Kerle haben echt was drauf«, flüsterte Albrecht dem Kommissar zu. Dieser enthielt sich eines Kommentars. Wie enttäuscht wäre Krosick gewesen, hätte ihn Horlitz darüber unterrichtet, dass Bellachinis Konkurrenten das Geheimnis um den schwebenden Menschen längst ausspioniert hatten: Hinter dem Zauberer führte ein stabiler Ständer bis zu seiner Taille und von dort um ihn herum nach vorn, wo ein waagerechtes Brett befestigt war, auf das sich die schwebende Jungfer gelegt hatte. Der Kriminalbeamte nickte gütig und beließ Albrecht sein Luftschloss.

Es folgte ein kurzer Unterbruch, während dem ein Sarg auf die Bühne geschoben wurde. Der Deckel wurde geöffnet, und Samuel Bellachini bat seine reizende Assistentin, darin Platz zu nehmen.

»Einmal müssen Sie sich ohnehin daran gewöhnen«, kalauerte er.

»Ich würde sowieso lieber sterben, als noch einen weiteren Ihrer schlechten Scherze anhören zu müssen«, erwiderte sie kokett, als sie in den Sarg stieg.

»Haben Sie es recht bequem?«

»Erst, wenn der Deckel drauf ist und ich Sie nicht mehr sehen muss.«

Die männlichen Theaterbesucher gaben lautstark Pfiffe des Beifalls von sich.

»Wenn Sie es wünschen, Fräulein Almond, so willfahren wir Ihnen gerne.«

Er gab seinem Assistenten einen Wink, den Deckel aufzuheben, und gemeinsam schlossen sie die Frau in ihre vermeintlich letzte Ruhestätte ein. Es mochte abgedroschen klingen, aber der einzige passende Ausdruck, der die Atmosphäre zu umschreiben vermochte, war »totenstill«, wie Julius fand. Einzig ein dumpfes Pochen war zu vernehmen.

»Ich wiederhole mich nur ungern«, meinte Bellachini, »und dennoch, meine Dame, muss ich Sie fragen, ob Sie bequem liegen.«

»Aber mitnichten!«, erscholl die kräftige Stimme der Vanessa Almond. »Ich habe es nämlich vorgezogen, diese muffige Enge zu verlassen.«

Alle Zuschauer drehten sich um, spähten nach hinten, denn von dort waren die Worte gekommen. Zu beiden Seiten des Eingangs – innerhalb der Zeltwände – waren Zirkuswagen abgestellt, auf deren Dächern sich die Logenplätze befanden. Hoch oben auf der Balustrade eines künstlichen Söllers erblickte man die leibhaftige Assistentin des Zauberers, in einen Lichtkegel getaucht und strahlend wie ein Mädchen vom Lande, das zum ersten Mal einen Pferdeomnibus sieht.

Bentheim war baff. Die Verwunderung, die ihn wie mit einem Vorschlaghammer getroffen hatte, hielt noch eine Zeit lang an. Schließlich aber nahm sein kriminalistischer Instinkt überhand, und in seinem Geiste zog er Parallelen und Analogien zwischen dem soeben Erlebten und den Ereignissen um das Neue Museum und die zerstörte Statue von Belphegor. Auch kam ihm der zwitterhafte Künstlername in den Sinn, und plötzlich musste er lächeln. Die Mundwinkel des Kommissars zogen sich gleichfalls nach oben. Horlitz beugte sich vor, den Kopf zu seinen Begleitern geneigt, und meinte: »Meine Herren, statten wir doch der Dame einen Besuch ab, sobald die Schau beendet ist.«

»Echt?«

»Echt.«

Es erübrigt sich zu erwähnen, dass daraufhin auch Albrecht wie ein Mädchen vom Lande strahlte.

FÜNFZEHNTES KAPITEL

IN ERMANGELUNG EINES BLUMENSTRAUSSES, den man sonst als Verehrer den Damen vom Varieté zu überbringen pflegt, nahmen die drei Männer mit ihren Dienstausweisen vorlieb, die erstaunlicherweise ebensolchen Erfolg zeitigten, wie es wohl ein Veilchen oder eine Rose getan hätte. Bereitwillig öffnete man ihnen Tür und Tor, als sie sich nach Fräulein Vanessa Almond durchfragten.

»Ist die disapparierte Jungfer wieder aufgetaucht?«, schmunzelte Julius.

»Kommen Sie, kommen Sie. Mir nach, meine Herren«, beschied ihnen eine angejahrte Zirkushelferin mit verhärmtem Gesicht, die damit beschäftigt war, Müll aufzulesen. Die Alte führte sie zu einem Wagen in unmittelbarer Nähe zum Flussufer. An der Tür hing Vanessa Almonds Namensschild, und die Frau übernahm ungefragt das Anklopfen.

»Herein.«

Horlitz öffnete, und die Ermittler betraten einen schlichten, jedoch liebevoll ausgestatteten Raum, an dessen Längswand ein großer Schminktisch mit Spiegel stand. An einem Paravent, der eine Ecke des Wagens abtrennte, hing das Bühnenkostüm der Assistentin. Sie selbst saß bereits umgezogen vor dem Spiegel auf einem Polsterstuhl und schenkte den Eintretenden ihr bezauberndstes Lächeln.

»Verehrer meiner Kunst?«, fragte sie, als sie aufstand und ihnen die Hand reichte. »Leider bin ich nur das Accessoire, das schmückende Beiwerk für die Zauberschau des Herrn Bellachini. Falls Sie Blumen gebracht haben, muss ich sie weiterreichen.«

Albrecht, der als Letzter eingetreten war, trat nun vor. »Wir haben keine Blumen«, meinte er beschwingt, »wir selbst sind das Geschenk. Und ich bin äußerst enttäuscht darüber, dass du mir meinen Geldbeutel geleert hast.«

Das verständnislose Gesicht der Frau sprach Bände. Irritiert blickte sie erst von Albrecht zu Julius und dann wieder zurück zu Albrecht. Der Kommissar genoss die Komödie in vollen Zügen. »Bewahren Sie Haltung, Albrecht. Wir sind im Dienst«, wies er ihn zurecht. »Sie wollen doch nicht, dass uns die Dame die Tür zeigt?«

»Die Tür zeigen?«, ereiferte er sich. »Die Dame da hat mir neulich noch viel mehr gezeigt als nur die Tür.«

»Sie Flegel!«, fuhr Vanessa Almond hoch. »Halten Sie Ihr loses Mundwerk im Zaun. Ich verbitte mir solch unflätige Bemerkungen.«

»Ruhe jetzt!« Horlitz erhob die Stimme. »Beruhigen Sie sich, Albrecht. Und Sie, Fräulein Almond, befehlen Ihrer Partnerin, sie möge endlich hervortreten. Diese Scharade hat lange genug gedauert.«

»Partnerin?«

»Ach, Albrecht, benutzen Sie Ihren Verstand.«

Noch als der Kommissar dies sagte, glitt der Paravent zur Seite und gab den Blick auf eine zweite Dame frei. Sie trug noch die Kleider der Vorstellung, und ihre Statur, ihr Gesicht, ihr ganzes Wesen glichen ihrem Ebenbild auf dem Stuhl in solch vollkommenem Maße, dass die Männer um die Verschiedenartigkeit ihrer Kleidung froh sein mussten. Andernfalls wären die Frauen nicht voneinander zu unterscheiden gewesen.

Krosick dämmerte langsam, worauf die ganze Komödie hinauslief. Er wandte sich an die Sitzende: »Zwillinge! Da soll mich doch der Waldspecht picken! Wenn ich das gewusst hätte … So also ist das. Des Mannes schönste Liebesstund war mit zwei Damen im Verbund, um Pikus zu zitieren. Sie konnten mich ja gar nicht kennen, da es Ihre Schwester war, die mit mir … die mich … also …«

»Sie müssen es nicht aussprechen«, unterbrach sie ihn hastig. »Wir wissen auch so, worum es geht.«

»Kommen wir ohne Umschweife zur Sache«, merkte Horlitz grantig an. »Ich wäre Ihnen beiden sehr verbunden.«

»Was möchten Sie wissen, Herr Kommissar?« Es war die Stehende, die nun das Wort führte. Sie deutete auf zwei Schemel, die sie als Sitzgelegenheit offerierte. In Anbetracht seiner Würde als Polizist schlug Horlitz das Angebot aus und zog es vor, sich an die Wand zu lehnen. Albrecht hingegen lächelte wie ein verliebter Narr und setzte sich nieder, indem er die Beine umständlich zum Schneidersitz ineinander verschlang. Er gab das klägliche Abbild eines türkischen Paschas ab.

»Ich möchte rekapitulieren«, schlug Horlitz vor. »Falls ich etwas falsch verstanden oder interpretiert habe, unterbrechen Sie mich bitte.«

Die Frau beim Paravent schritt an den Männern vorbei durch das Zimmer und gesellte sich zu ihrer Schwester. Sanft umschlang sie sie. Ihr Verhalten, das keine Widerrede erkennen ließ, bekräftigte den Beamten in seinem Unterfangen.

»Verweilen wir doch einen Augenblick bei jener Mainacht vor ein paar Tagen, wenn Sie gestatten. Ich denke, hier werden wir die meisten Aufschlüsse darüber erhalten, was diese Affäre anbelangt. Irgendjemand in Preußen hortet ägyptische Schmuckstücke. Diese jedoch werden nicht regulär auf dem Markt erstanden, sondern durch

Diebstahl erbeutet. Klammheimlich werden brave Bürger erschreckt, Museen ausgeraubt oder es wird gar in Polizeistationen eingebrochen, was ich persönlich als den Gipfel dieser abgeschmackten Frechheit erachte. Diese Person – wir wollen ihn einmal Herr Unbekannt nennen – ist selbst nicht in der Lage, die von ihm ersehnten Schmuckstücke zu rauben. Deshalb braucht er das passende Personal. Dieses findet er in der Akrobatin Vanessa Almond, die vor ihrer Zeit bei Bellachini auf verschiedenen Tingeltangel-Veranstaltungen als Marionettenspielerin, Fassadenkletterin und Eskamoteurin aufgefallen ist. Mittlerweile dient ihr das Engagement als Assistentin des Zauberers nur mehr als Fassade, da sie in ihrer Freizeit weitaus lukrativeren Geschäften nachgeht. Einer ihrer Abnehmer empfiehlt sie unserem Herrn Unbekannt weiter, und so kommt irgendwann ein erster Kontakt zustande. Sie sehen, meine Damen, ich habe meine Hausaufgaben gemacht.«

»Bravo«, meinte eine von ihnen lustlos.

»Jetzt kommt der schwierigere Teil; schwierig eigentlich nur bezüglich der Namensgebung der zwei Einbrecherinnen. Wenn ich also bitten darf ...?«

Die stehende Vanessa gab der sitzenden Vanessa einen leichten Stoß, woraufhin diese zögernd ihren Namen preisgab: »Henriette«, murmelte sie kaum hörbar.

»Und Sie?«

»Anna. Anna Ehmsbeck.«

»Nun gut, fahren wir mit unserer Geschichte fort. Fräulein Anna wird also angehalten, das Schmuckstück aus dem südlichen Oberägypten, das sich im Palais Grumbkow befindet, an sich zu bringen. Womöglich hat der ominöse Herr Unbekannt aus der Zeitung von dem Klunker erfahren. Wie dem auch sei, jedenfalls heckt Anna einen ausgeklügelten Plan aus, um Julius, Albrecht und mich aus dem Büro zu locken. Der angekündigte Anschlag auf die Belphegor-Statue war einzig dazu da, unser Augenmerk auf das Kunstwerk zu richten. Was wir sodann auch taten. Doch plötzlich läuft etwas schief ... Habe ich nicht recht?«

Für einen Augenblick glaubte Julius, ein enttäuschtes Funkeln in Annas Augen zu erkennen, als sie aufseufzte. »Meine kleine Schwester – sie ist die jüngere von uns beiden, wenn auch nur um einige Minuten – handelte auf eigene Faust, und ihre Eigenmächtigkeit brachte den Plan durcheinander. An diesem Abend war es lediglich ihre Aufgabe, sich irgendwo in einem Gasthaus hinzusetzen und öffentlich Präsenz zu markieren. So hatten wir es bisher immer getan. Eine von uns übernimmt die Arbeit, während die andere für das Alibi zuständig ist. Außer Samuel Bellachini und einigen Mitarbeitern weiß niemand, dass Vanessa Almond aus zwei Personen besteht. Hätte man mich bei einem Verbrechen erkannt, so war stets dafür gesorgt, dass es Dutzende von Zeugen gab, die meine Anwesenheit an einem anderen Ort bestätigen konnten.«

»Und an diesem einen Abend?«, bohrte Albrecht nach.

»Da lief alles aus dem Ruder«, meinte Anna. »Meinen Teil der Aktion brachte ich gut über die Bühne. Doch als ich in unserer Wohnung war und auf Henriette wartete, erschien sie später als abgemacht. Im Handgepäck schleppte sie ein altertümliches Geschmeide mit sich.«

»Es klappte doch alles reibungslos«, meldete sich Henriette eigensinnig zu Wort. »Was willst du noch mehr? Du hättest es mir eh nie zugetraut, dass ich einmal eigenständig etwas auf die Reihe bekomme.«

»Überhaupt nichts hat geklappt«, meinte Anna schnippisch. »Sieh dir nur einmal unseren ungebetenen Besuch an.«

»Meine Damen, beruhigen Sie sich. Und Sie, Fräulein Henriette, erzählen uns bitte Ihre Sicht der Dinge.«

Trotzig wischte sie sich eine Haarlocke aus dem Gesicht. Man hätte eine verhaltenere, eher kleinlaute Reaktion erwarten können, doch die Jüngere verteidigte ihr unbotmäßiges Verhalten mit Inbrunst. »Immer bist du es, die alles plant, die alles in Angriff nimmt, während ich abseits stehe«, wandte sie sich direkt an ihre Schwester. »Einmal in meinem Leben wollte ich beweisen, dass ich auch dazu fähig bin, einen Coup zu landen. Erst dein Brief an den Inspektor brachte mich auf die Idee mit dem Museum. Wieso nicht einmal allein etwas in Angriff nehmen? Du warst immer das Genie mit den vielen Ideen und Projekten, ich bloß das Pferd, das auf Platz läuft, wie man so schön sagt.«

»Wie ging der Einbruch vonstatten?«, fragte Julius, den das familiäre Zerwürfnis nicht sonderlich interessierte.

»Nachdem ich mir Sprengstoff besorgt hatte, heuerte ich den Erstbesten an, der mir über den Weg lief. Unser altes Puppenspielertalent kam mir zugute. Maskiert und mit verstellter Stimme sprach ich einen jungen Kerl an, der auf die Friedrichsbrücke eingebogen war. Der Zufall kam mir sogar dadurch zu Hilfe, dass der Mann eine Schachtel bei sich trug, womit er die perfekte Erscheinung abgab. Ich steckte dem armen Tropf einige Taler zu und erklärte ihm mein Ansinnen. Er ahnte wohl, dass etwas an der Sache faul war, nahm aber keinen Anstoß daran. Alles war generalstabsmäßig geplant, selbst die Runden des Nachtwächters waren in meine Überlegungen mit einbezogen. Als die Zeit gekommen war, schickte ich meinen Handlanger ins Gefecht. Den Rest kennen Sie ja, meine Herren. Sowie Sie die Verfolgung des vermeintlichen Attentäters aufgenommen hatten, schlich ich mich im Schutze der Dunkelheit an die große Front des Museums heran, brachte einen Sprengsatz an der Statue an und fasste mich in Geduld, bis der Nachtwächter erneut die Empfangshalle betrat. Sodann zündete ich den Sprengkörper, erwartete geduldig das Öffnen der Tür, wenn die Neugier den armen Mann nach draußen treiben würde, und zog ihm eins über den Schädel. Ich schleifte den bewusstlosen Körper ins Innere, knebelte und verschnürte ihn und hastete schnurstracks in die Antikensammlung, wo ich mich daranmachte, das Glas des Schaukastens zu durchschneiden. Die Arbeit ging mühsamer vonstatten, als ich es eigentlich eingeplant hatte, denn bereits kurz nachdem ich erfolgreich war, vernahm ich das Geräusch eines sich anschleichenden Mannes.«

»Das war meine Wenigkeit«, meinte Bentheim.

»Sie verzeihen, dass ich Sie nicht erkannt habe, als ich Sie eben in die Garderobe bat. Aber es war schließlich dunkel in jener Nacht, und ich habe Sie lediglich von hinten gesehen.«

»Von wo aus Sie mich auch ins Reich der Träume schickten.«

»Es war eine Notwendigkeit«, meinte sie verlegen. »Und die Sache mit dem Sarkophag war einfach zu verlockend. Ich hoffe, Sie sind mir deswegen nicht böse.«

Dem Tatortzeichner lag eine üble Bemerkung auf der Zunge, doch beherrschte er sich. Gideon Horlitz indessen nahm sich erneut Anna vor, die in seinen Augen wesentlich intelligentere der beiden, von der er sich mehr erhoffte. Mit grausamer Langsamkeit, um der nun folgenden Forderung Nachdruck zu verleihen, zog er seine Dienstpistole hervor. »Sie haben mir im Hotel Herzogin Augusta aufgetragen, ein gerichtlich beglaubigtes Angebot für Straffreiheit aufzutreiben. Aber wissen Sie was, Sie ausgebuffte Verbrecherin? Ich kann den Spieß auch umdrehen. Entweder Sie stellen sich ohne Vorbedingung als Zeugin zur Verfügung oder ich lasse Sie beide noch heute Nacht einbuchten.«

»Was wollen Sie wissen?«, gab sich Anna geschlagen.

»Sie haben erwähnt, den Weg zu dem ominösen Landhaus zu kennen. Wie kommt es dazu?«

»Ich habe mich abgesichert. Eine mir liebe Person war mir stets auf den Fersen und folgte mir in sicherem Abstand heimlich nach. Aber da Ihr Assistent mir gefällt, verrate ich Ihnen auch, wer mein Komplize war.«

Albrecht schien aufzublühen, sowie er diese Worte vernommen hatte. Sein Brustkorb schwellte an, wie von einer magischen Beschwörung dazu verdonnert. »Wer denn?«, fragte er.

»Unsere Mutter«, meinte sie leichthin.

Horlitz räusperte sich. »Hoffen Sie auf Straferlass, weil Sie uns in Ihre Geheimnisse einweihen?«

Anna lachte auf.

»Ich glaube, Sie haben nicht ganz verstanden, Herr Kommissar. Aber ich werde Ihnen ein wenig auf die Sprünge helfen: Was genau haben Sie in der Hand? Sie haben die inoffiziell gemachten Aussagen zweier Schwestern, die sich so ähnlich sind, dass Sie sie nicht auseinanderhalten können. Unnötig, darauf hinzuweisen, dass wir vor Gericht ganz andere Geschichten vorbringen würden. Außerdem können wir uns auf das Verweigerungsrecht berufen, da wir miteinander verwandt sind. Dem ehrenwerten Richter, der den Vorsitz führen würde, stünden die Haare zu Berge ob dieser mickrigen Ausgangslage, da es sich schwerlich beweisen ließe, wer von uns beiden die Täterin war. Die Beweispflicht liegt beim Gericht, und in Ermangelung irgendwelcher glaubwürdiger Indizien muss man uns freisprechen. In dubio pro reo – so heißt es doch, wenn ich mich nicht irre.«

Horlitz atmete tief durch, als er seine Dienstwaffe wieder einsteckte.

»Na, die ist uns aber über, was?«, meinte Albrecht beeindruckt.

»Lassen Sie den Kopf nicht hängen, Herr Kommissar«, fuhr sie fort, indem sie Krosicks lapidaren Spruch überging. »Übermorgen werde ich Sie im Palais Grumbkow besuchen, und dann überreichen Sie mir eine Bescheinigung zur Straffreiheit, bestätigt und gesiegelt von Richter Karl Otto von Leps. Eine Vanessa Almond geht immer auf Nummer sicher, merken Sie sich das. Im Gegenzug erhalten Sie die gewünschten Informationen. Freiwillig und ohne Zwang. Ihr sogenannter Herr Unbekannt soll nämlich dafür büßen, dass er mich hinters Licht führen wollte.«

Mit der forschen Gebärde einer selbstbewussten Dame, die durch nichts aus der Ruhe zu bringen war, deutete sie zur Tür. »Nun aber lassen Sie uns in Ruhe. Gehaben Sie sich wohl, auf Wiedersehen! Und wenn Sie an der Putzfrau vorbeikommen, so haben Sie ein Einsehen, entrichten Sie ihr ein kleines Trinkgeld. Die gute Frau kann es gebrauchen.«

»Als ob ich noch einer einzigen Ihrer Bitten nachkommen würde!«, erwiderte Horlitz griesgrämig, den Türgriff des Wagens bereits in Händen haltend.

»Das sollten Sie aber, Herr Kommissar. Es ist angeraten, sie zu hofieren. Sie nämlich ist die Dritte im Bunde. Sie ist unsere Mutter.«

SECHZEHNTES KAPITEL

DER NÄCHSTE TAG war ein Sonntag, und ein Telegramm, das frühmorgens in Amalia Loschs Studentenwohnheim abgegeben wurde, lud Julius und Albrecht beim Ehepaar Lepsius zum Tee. Natürlich würde auch der Kommissar vor Ort sein, doch es sollte vordergründig ein zwangloses Treffen werden, bei dem ihnen der Ägyptologe auch von seinen abenteuerlichen Fahrten auf dem Nil berichten wollte. Zuvor jedoch hatte Horlitz per Eilboten bei

Richter Leps um eine Bescheinigung gebeten, Fräulein Almond Straffreiheit zu garantieren.

Als es auf 14 Uhr zuging, fanden sich die Studenten in der Behrenstraße 60 ein. Das Viertel war ruhig und beinah verschlafen, da sich der sonntägliche Droschkenverkehr auf ein Minimum beschränkte. Das Haus der Eheleute Lepsius war modern, und die rückwärtige Flanke des Anwesens wurde durch einen noch vorhandenen Abschnitt der früheren Stadtbefestigung der Dorotheenstadt begrenzt, welcher nun von Efeu überwuchert war.

»Madame Lepsius ist eine Augenweide«, meinte Krosick, als er mit Julius Bentheim die Stufen zum Eingang nahm. »Herausgeputzt wie ihr Anwesen.«

»Reiß dich zusammen, Albrecht.«

Sie klingelten.

Es war Elisabeth Lepsius persönlich, die anstelle eines Dienstmädchens die Tür öffnete, und sie war es auch, die freundlich lächelte und die zwei Freunde in die Diele bat. An diesem Tag trug sie einen dunklen Rock, der jedem Calvinistenherz wohlgefällig sein musste, sowie eine graue Bluse aus Schafwolle. Der Fotograf konnte seine Enttäuschung ob der prüden Aufmachung nur schwer verbergen. Nachdem sie sich ihrer leichten Sommermäntel entledigt hatten, schritt Frau Lepsius voran und lotste Bentheim und Krosick durch den Flur in ein ausladendes Wohnzimmer, an dessen Wänden – wie auch sonst überall in dem weitläufigen Haus – Souvenirstücke von den Reisen ihres Gatten hingen. In einer Ecke erblickte Julius den Professor, der sich gerade angeregt mit Gideon Horlitz unterhielt. Ein Dienstmädchen huschte mit Appetithäppchen und Weingläsern durchs Zimmer. Auf einer Récamière hatten Graf von Roon und Otto von Bismarck Platz genommen, die lachend irgendein Thema diskutierten, das wohl zurzeit die Welt bewegen mochte. Rechter Hand führte ein Durchgang in einen angrenzenden Raum, doch die Flügeltür war noch geschlossen.

Frau Lepsius wechselte ein paar herzliche Worte mit den Studenten, wenig später gesellten sich der Professor und der Kommissar zu ihnen. Karl Richard Lepsius humpelte ein wenig, tat dies aber leichthin mit dem Hinweis auf eine Verstauchung des Fußgelenks ab, als sich Julius nach der misslichen Ursache erkundigte. Einige Minuten brachten sie mit netten Plaudereien zu, bis das Mädchen sie ins Speisezimmer führte, wo sie eine geschickt gewählte Sitzordnung überraschte. In der Mitte des Raumes befand sich der Esstisch. Ein von fachkundiger Hand besticktes Tuch war über die Tischplatte gebreitet worden, während die Tafeldekoration mit ihrer Anordnung von goldenen Bechern und Geschirr aus Porzellan von erlesenem Geschmack war.

Bentheim zählte fünf leere Stühle. Offenbar war die Teegesellschaft klein gehalten. Was den Tatortzeichner jedoch in höchstem Maße irritierte, war der sechste Stuhl, der am Kopf des Tisches stand und bereits besetzt war.

»Da sitzt ein Herr an Ihrer Tafel«, bemerkte Graf von Roon mit ungerührter Stimme.

»Ich weiß«, meinte Lepsius leichthin. Noch immer stützte ihn ein Stock als Gehhilfe.

»Aber er ist gefesselt und geknebelt, werter Professor.«

»Auch das ist mir bewusst.«

Ohne weiter auf die Einwände einzugehen, humpelte er zu einer Kommode mit verglasten Schwenktüren, die er öffnete, um ihr eine Flasche Weinbrand zu entnehmen. Wortlos füllte er vier Kognakschwenker und reichte sie an den Grafen, an Horlitz und an die Studenten weiter, bevor er auch für sich selbst ein Glas füllte.

»Auf Ihr Wohl, meine Herren.«

»Auf das Ihre.«

Gemeinsam stießen sie an.

»Da nun der Gastfreundschaft genüge getan ist, können wir auf das Paket zu sprechen kommen. Ich nenne es der Einfachheit halber ›das Paket‹, da wir es dergestalt verschnürt haben.«

Der Mann auf dem Stuhl war ungefähr 40 Jahre alt. Seine Größe, bedingt durch die sitzende Haltung, war schwer einzuschätzen. Er hatte dichtes schwarzes Haar, war rasiert und trug dunkle, eng anliegende Kleidung. Das einzig Helle an ihm war das Weiß seiner weit aufgerissenen Augen. Bisweilen rüttelte er an den Stricken.

Der Professor stellte sein Glas ab und tätschelte die Hand seiner Gattin. »Elisabeth wurde vergangene Nacht unsanft aus den Träumen gerissen. Ein Einbrecher hatte es sich in den Kopf gesetzt, ohne Voranmeldung bei uns eine Stippvisite zu machen. Wäre sie nicht gewesen, ich wüsste nicht, wie ich reagiert und was ich getan hätte. Aber, erzähle doch selbst, meine Liebe«, forderte er sie zu einem Bericht auf.

Die Frau machte eine abwehrende Geste, die nicht ernst zu nehmen war, sondern eher zeremoniellen Charakter besaß, und begann: »Gestern Nacht bekundete ich

Mühe, zu christlicher Zeit einzuschlafen. Während Karl bereits in Morpheus' Armen lag, entschloss ich mich, eine Gruselgeschichte zu lesen. Nun ja, mein Gatte ist ein kleiner Hasenfuß, und so nutzte ich die Gelegenheit, dieses eine Mal eine Lektüre nach meinem Geschmack auszulesen. Ich entschied mich für Alexej Tolstoi und dessen *Familie des Wurdalak*, eine wirklich schauerliche Erzählung. Ich hatte mich also gerade kuschelig in mein Bett gelegt und die ersten spannenden Seiten hinter mich gebracht, als ich seltsame Geräusche vernahm. Sie schienen von draußen zu kommen. Ich öffnete die Läden, um aus dem Fenster zu spähen, doch es war zappenduster. Und dennoch war da dieser Widerhall, der leise an mein Ohr drang. Im Garten bewegte sich nichts, keine Menschenseele war zu sehen. Just als ich den Laden wieder schließen wollte, polterte ein loser Ziegel über das Dach, hüpfte über die Regenrinne und fiel – gerade mal eine Handbreit an meinem Gesicht vorbei – unten ins Blumenbeet. Da war doch tatsächlich so ein Schurke über die alte Wehrmauer geklettert und schlich über unser Dach. Sie waren ja dabei, meine Herren – noch vorgestern hat mich dieser Ägypter gewarnt, ich solle auf meine Perlmutt-Kette aufpassen. Zum Glück hängen bei uns an den Wänden so manche Souvenirs, die Karl von seinen zahlreichen Forschungsreisen mitzubringen pflegt. Schnell stibitzte ich einen afrikanischen Bantu-Speer, mit dem ich den Einbrecher notfalls piken konnte, und griff nach einigen der Bimsstein- und Lavabrocken, die er von der *Königlich Preußischen Expedition* aus dem Zentralsudan mitgebracht hatte und die als Dekoration auf meinem Frisiertisch lagen. Derart bewaffnet, schlich ich auf Zehenspitzen zum Flur, um auf den Verlauf der Schritte zu achten.«

»Und Ihr Mann?«, warf Albrecht staunend ein.

»Das brave Kerlchen wäre mit seinem Hinkebein doch nur im Weg gewesen«, wischte sie die Frage weg. »Ich horchte also auf die Tritte, und nur das Dach bildete die natürliche Trennlinie zwischen mir und dem Verbrecher. Ich war bereits zum Ende des Flurs vorgedrungen, wo eine Anrichte steht, als unversehens die Standuhr die dritte Nachtstunde zu schlagen begann. Wie das Vorspiel zu einem Walzer erklangen die vier hellen Töne, die das Vollenden der vollen Stunde anzeigen, und wurden dann abgelöst durch drei dumpfe, tiefe Töne. Als dieser plötzliche Ausbruch verklungen war, hatte ich die Spur des Fremden verloren. Angestrengt lauschte ich in die Nacht hinein, und das nächste Geräusch, das ich vernahm, war ein leises Klirren, das aus unserem Schlafzimmer drang. Just im dümmsten Moment war mir die Uhr in die Quere gekommen und hatte mir einen bösen Streich gespielt, denn dass der Einbrecher umgekehrt war, war mir bei dem ganzen Lärm entgangen. Der Anblick, der sich mir bot, war gar gräulich. Das Fenster geöffnet, die sich bauschenden Vorhänge im Wind und ein dunkel gekleideter Mann, der gerade im Begriff stand, sich über meinen lieben Karl zu beugen, der lautstark schnarchte und der Welt entrückt war. In der Hand des Unholds blitzte die scharfe Klinge eines Messers im Mondlicht.«

»Und in diesem Moment haben Sie ihn gepikt?«, mutmaßte Albrecht.

»Aber natürlich. Wozu hätte ich denn sonst dieses Ding gebraucht?« Julius lächelte insgeheim. Diese wunderliche Komponistentochter besaß einige Marotten, von denen das trockene preußische Naturell nichts hielt. »Außerdem habe ich ihm einen Lavabrocken an den Kopf geworfen, als er fluchend hochfuhr, und darauf noch einen, worauf er ausgestreckt am Boden lag. Den bewusstlosen Körper zu fesseln, war dann ein Kinderspiel. Falls ihm jetzt sein Hintern weh tut, ist er selber schuld.«

»Aber weshalb haben Sie nicht die Gendarmerie gerufen?«, fragte Gideon Horlitz erstaunt.

»Am Sonnabend? Mitten in der Nacht? Aber ich bitte Sie, Gideon. Sie wissen doch aus eigener Erfahrung, dass man nur sehr ungern zu solch nachtschlafender Zeit das Haus verlässt. Wozu die Umstände, wenn ich ohnehin auf den nächsten Tag einen Kommissar zum Tee geladen habe?«

»Diese Überlegung hat etwas für sich.«

Nun räusperte sich der Gelehrte. Seine Hände klatschten aufeinander, als er zu Tisch bat. Mit ein paar wenigen Worten gab er seiner Hoffnung Ausdruck, dass man das Thema ruhen lasse, bis sie getafelt hätten. Außerdem möge man doch die Plätze einnehmen, das Mahl werde sogleich serviert. Die Gäste setzten sich, wobei Julius nicht locker ließ und Lepsius ein weiteres Mal über sein Bein ausfragte, um das es zweifelsohne schlimm bestellt war.

»In der Tat eine sehr lästige Angelegenheit«, erklärte der Ägyptologe, nachdem er seinen Gehstock beiseite gestellt hatte. »Kleine Nachwehen aus Afrika, muss ich gestehen.«

»Wie das?«

»Auf unserer letzten Expedition waren wir teilweise brütender Hitze ausgeliefert. Kein Windhauch streifte die Ruinen von Tanis. Die Temperatur stieg mit jedem Tag, und es gab berechtigten Anlass zur Sorge, dass das Trinkwasser dadurch Schaden nehmen konnte. Ich vermute mal, dass ich mich in dieser Zeit infiziert habe. Entweder da oder wenig später in einer der Siedlungen am Nildelta, wo vielleicht das Wasser nicht abgekocht war.«

»Infiziert? Womit denn?

Inzwischen war der erste Gang aufgetischt worden – er bestand aus den noch relativ unbekannten Erzeugnissen der Erfurter Teigwaren GmbH – und Julius führte soeben eine Gabel mit aufgewickelten Bandnudeln zum Mund, als ihm der Professor antwortete: »Ein Guineawurm natürlich, mein lieber Julius. Ein reizendes, possierliches Tierchen. Übrigens Ihrer Bandnudel nicht unähnlich, was die Länge anbelangt.«

»Guten Appetit«, meinte der Tatortzeichner säuerlich.

Doch der wissenschaftliche Eifer, den er geweckt hatte, ließ den Professor die Ironie nicht erkennen. »Oh, danke. Gleichfalls. – Was ich eigentlich sagen wollte, war jedoch dies: Der Wurm, der sich durch meinen Körper schlängelt, besitzt selbst eine Krebsart als Zwischenwirt, meist einer der Gattung Cyclops, der Ruderfußkrebse.«

Angewidert schob Bentheim den Teller weg und griff nach einem Glas Wasser.

»Diese winzigen, von Wurmlarven befallenen Krebse nimmt man mit dem Trinkwasser auf«, fuhr Lepsius fort und lächelte gütig. »Dieses Schicksal kann leider jeden

Afrikafahrer treffen. So ein Wasserglas zum Beispiel, wie Sie eines in der Hand halten, kann die Wurzel des Übels sein.«

Die Aussicht, ein weiteres Mal am Glasrand zu nippen, erschien Bentheim auf einmal nicht mehr allzu erbaulich.

Ungerührt ging sein Tischnachbar auf die Einzelheiten der Infektionsstadien über. »Die Larven werden im Magen freigesetzt«, dozierte er. »Sie wandern weiter in den Dünndarm und durchdringen die Mukosa. Später dann, im Retroperitonealraum, vollenden sie ihre Entwicklung. Dies alles läuft auf eine Paarung zwischen der weiblichen und der männlichen Larve hinaus. Und wissen Sie was, mein Guter? Das Männchen stirbt und bleibt auf der Strecke. Wenigstens ein schöner Tod, nicht wahr?« Lachend stieß er ihm in die Seite.

»Erzähle ihm doch von dem Dimorphismus«, schlug Elisabeth, die ihnen gegenüber saß, begeistert vor.

»Ach ja, der Geschlechtsdimorphismus«, wiederholte der Professor. »Den hätte ich beinah vergessen. Das ist nämlich wie bei uns Menschen: Während das Männchen also verkümmert und eingeht, ist es das Weibchen, das einen dermaßen plagt, dass man Gott und die Welt verfluchen will.«

»Merken Sie sich das Wort: Dimorphismus«, betonte Elisabeth Lepsius.

»Und wie werden Sie den Parasiten wieder los?«

»Darüber, mein Freund, muss ich Sie zu gegebener Zeit informieren«, ließ er geheimnisvoll verlauten und griff nach einer zweiten Portion.

SIEBZEHNTES KAPITEL

NACHDEM SIE HINLÄNGLICH mit den Abenteuern in Tanis und am Nildelta beglückt worden waren, verabschiedeten sich die Studenten in aller Freundschaft vom Ehepaar Lepsius. Den gefesselten Mann hatten sie vorher von einem nahen Polizeiposten abholen und zwecks einer ersten Befragung ins Palais Grumbkow überführen lassen. Als sie nun in einem Landauer saßen und über das Straßenpflaster holperten, mussten sie noch immer lachen, denn der Nachmittag hatte zweifellos einen allzu absurden Verlauf genommen.

Unter allerlei amüsanten Gesprächen ließen sie sich vom Kutscher nach Hause chauffieren und stolperten von Heiterkeit erfüllt über die Schwelle des trauten Heimes, wo sie den Sonntag auf literarische Art und Weise ausklingen ließen: Filine, die sie freudig erwartet hatte, vertiefte sich in den neuesten Kriminalroman von Wilkie Collins, während Julius ihr eine Kanne Tee zubereitete. Albrecht und Amalia Losch lasen derweil Schauerromane von Johann Hildebrandt.

Der Abend brach herein. Sie aßen eine Kleinigkeit und gingen früh zu Bett, weshalb Julius am nächsten Morgen ausgeruht und munter war. Vor der Verabschiedung von den Eheleuten Lepsius hatten sie vereinbart, dass die Gastgeber zur Aufnahme eines Protokolls in Horlitzens Büro erscheinen sollten. Bentheim zeigte sich deshalb keineswegs überrascht, das Paar im Palais Grumbkow anzutreffen.

»Frühaufsteher, was?«, meinte er in gelöster Stimmung.

»Elisabeth schon«, brummte Karl Richard Lepsius. »Ich weniger.«

Horlitz bot ihnen einen Platz an, und sie setzten sich. Nachdem er Albrecht angewiesen hatte, den Part des Sekretärs zu übernehmen, begann Elisabeth Lepsius mit ihrer Aussage. Albrecht notierte mit gespitztem Bleistift. Nach ein paar Minuten überreichte er Frau Lepsius den Bogen Papier, damit sie ihre Aussage gegenlesen konnte, und stempelte schließlich, da sie alles zu ihrer Zufriedenheit wiedergegeben fand, das Dokument.

Bentheim hatte indes die über das Wochenende angesammelte Korrespondenz geordnet, die eine der Sekretärinnen auf den Schreibtisch gelegt hatte, und fand unter dem Haufen Kuverts die von Richter Karl Otto von Leps ausgestellte Bescheinigung zur Straffreiheit für die Damen Almond. Er wollte sie eben Horlitz weiterreichen, als es an der Tür klopfte. Albrecht und der Kommissar waren noch mit ihrem Besuch beschäftigt, und so erhob sich der junge Tatortzeichner, um einem weiteren Gast Einlass zu gewähren.

»Guten Morgen, Herr Bentheim. Warum so überrascht? Sie müssten mich doch erwartet haben.«

Die so sprach, war in ein weites rotes Kleid gehüllt, das fast bis zum Boden reichte. Ein schwarzer Hut saß auf dem Haupt, und ein Seidenschal gleicher Farbe lag um Vanessa Almonds Hals. Aus der Selbstsicherheit ihres Auftretens schloss Julius, dass es sich um die ältere der beiden Schwestern handelte.

»Fräulein Anna, treten Sie näher«, meinte er, sobald er seine Sprache wiedergefunden hatte. »Sie sehen bezaubernd aus.« Und mit leicht maliziösem Unterton fügte er flüsternd an: »Fast schon zu bezaubernd für eine Gaunerin.«

Lächelnd entgegnete sie: »Aber, aber, werter Julius. Was mich betrifft, so bin ich der Meinung, dass eine Frau, wenn sie schon eine Gaunerin sein muss, besser eine elegante Gaunerin ist. Es macht Sünden oder Verbrechen nicht schlimmer, wenn man sie stilgerecht und à la mode begeht.«

Bentheim hob einen Stapel Papiere und Unterlagen von einem Stuhl hoch und sorgte damit für die letzte noch vorhandene Sitzgelegenheit in Gideons Büro.

Anna raffte den Rock und ließ sich nieder.

Die beengten Platzverhältnisse wollten es, dass Frau Lepsius und die Artistin voneinander abgewendet saßen, wobei sich die Rückenlehnen ihrer Stühle berührten. Julius gab sich den Anschein von Gelassenheit, als er Vanessa – auf ein Kopfnicken Gideons hin – die Bescheinigung aushändigte.

Während sie die Zeilen überflog, nahm ihr Gesicht allmählich entspannte Züge an. Vanessa Almond lächelte zufrieden.

»Morgen treffen wir uns bei der Kreuzung Jägerstraße-Friedrichstraße. Dort, wo bei der Märzrevolution die Barrikadenkämpfe stattfanden. Sie wissen wo?«

Julius nickte, und ein spitzer Aufschrei erregte plötzlich seine und Vanessa Almonds Aufmerksamkeit, als Elisabeth Lepsius sich erhob und verwundert zu Boden guckte. Die Artistin änderte die Haltung, um die Professorengattin anzublicken, und stand schließlich ebenfalls auf. »Was ist denn los, meine Gute?«, erkundigte sie sich.

Lepsius' Blick suchte den Boden ab. Die Verzweiflung einer Frau, der das Liebste abhanden gekommen war, stand ihr ins Gesicht geschrieben. »Verflixt nochmal!«, meinte sie aufgeregt. »Wo ist denn mein Anhänger hin? Das vermaledeite Ding hat sich gelöst.«

Vanessa Almond bückte sich kurz, hob etwas grün Schimmerndes vom Boden auf und hielt es der Dame hin. »Ist es dies hier, dessen Sie verlustig gegangen sind? Ein ägyptischer Smaragd? Auf solche Raritäten muss man ein Auge haben, meine liebe Freundin. Sie sind zu kostbar, als dass man sie verlieren darf.«

»Oh, vielen herzlichen Dank, wertes Fräulein. Fürwahr, Sie sind meine Rettung. Ja, ein Geschenk, das mir sehr teuer ist. Nicht auszudenken, wenn es verloren gegangen wäre.«

Die Artistin übergab ihrer älteren Sitznachbarin den Anhänger und wandte sich daraufhin Bentheim zu, während Elisabeth Lepsius erneut zu Albrecht blickte, der noch immer mit der Reinfassung des Protokolls beschäftigt war.

In der Jägerstraße, welche die Freunde tags darauf abschritten, konnte unter anderem Deutschlands erstes Telegrafenamt, Alexander von Humboldts Geburtshaus sowie eine stattliche Anzahl an Bäckereien, Konfektionsläden und Wohnhäusern gefunden werden. Selbst ein paar billige Etablissements, die sich vollmundig Theater nannten, gab es, eines davon die Wirkungsstätte einer skurrilen Gespenstererscheinung, wie Albrecht zu berichten wusste.

Er ließ es sich nicht nehmen, Julius einen wohligen Schauer zu bereiten, indem er einige mehr oder minder gruselige Anekdoten über ein nahes Schauspielhaus und seinen darin spukenden, wesenlosen Gast zum Besten gab.

»Sie soll einen Dreispitz tragen«, bemerkte der Fotograf leichthin.

»Wer?«

»Die Frau in Grau«, antwortete er. »Sie soll eine alte Schauspielerin sein, die vom damaligen Direktor ermordet wurde, als sie seinem Liebesdrängen nicht nachgeben wollte. Was die Erscheinung jedoch ungemein sympathisch macht, ist ihre Marotte, nur dann zu erscheinen, wenn ein Stück vom Publikum mit besonderem Applaus bedacht wurde.«

»Unsere Geister haben eben Geschmack«, meinte Julius.

»Das wird wohl so sein. Normalerweise tummeln sich deutsche Geister auf verlassenen Friedhöfen und in kalten Kellern, die der Italiener nur in verfallenen Burgruinen und die der Engländer in alten Herrenhäusern. Wenn ich einmal tot bin und umgehen sollte, so hoffentlich auf einer schönen Südseeinsel.«

Bentheim schmunzelte.

Bald darauf traf auch Kommissar Horlitz ein, und die Kirchturmuhr des nahen Deutschen Doms schlug neun Mal. Gerade als der Tatortzeichner die Zeiger seiner goldenen Mercier nachprüfen wollte, tauchte Vanessa Almond auf. Wie aus dem Nichts war sie erschienen, und neidlos musste man ihr zugestehen, dass sie es vorzüglich verstand, einen bühnenreifen Auftritt hinzulegen.

»Meine Herren«, begrüßte sie die Ermittler, »folgen Sie mir!«

Sie schritt voran, zwei, drei Abzweigungen nehmend und einige kleinere Nebengässchen durcheilend, bis sie vor einer rabenschwarzen Kutsche standen, auf deren Bock eine in einen dunklen Mantel eingehüllte Person saß. Ihr Gesicht wurde von einer grässlichen Maske verdeckt. Ein kaltes Augenpaar starrte der Gruppe aus der dämonischen Fratze entgegen.

Fräulein Almond bedeutete den Männern, hinten einzusteigen.

Sie gehorchten und schlossen die Tür. Die Vorhänge waren bereits gezogen, um die Umwelt außen vor zu lassen. Einzig zwei Petroleumlampen spendeten ein fahles Licht. Insgeheim beschlich Bentheim ein diffuses Gefühl, er zerstreute es jedoch, und wenig später rollten sie über das Pflaster. Die junge Frau überreichte jedem von ihnen eine Tasche, deren Inhalt sie staunen ließ. Sie fischten nämlich dunkle, weite Umhänge heraus, die Julius an die Roben von Geheimbündlern erinnerten.

»Ziehen Sie diese über«, meinte Vanessa, wobei sie mit gutem Beispiel voranging. Weiter unten, auf dem Boden der Tasche, lag eine bemalte Holzmaske mit einem gummierten Band, sodass es ein Leichtes war, sie über das Gesicht zu ziehen. Es war eine ähnliche Larve, wie sie der Fahrer trug: Die Schlitze für die Augen waren knapp bemessen, doch verengten sie das Blickfeld nicht allzu sehr. Kaum hatten die Ermittler ihren Mummenschanz zum Abschluss gebracht, begutachteten sie sich gegenseitig, und erneut fiel Julius das Düstere ihrer Erscheinung auf.

»Jetzt, wo Sie uns in so willfähriger Stimmung vorgefunden haben, könnten Sie im Gegenzug den Grund für diese Maskerade angeben«, meinte Gideon Horlitz mit freundlicher Nachsicht, als er die Falten seines Überwurfes geglättet hatte.

»Es findet ein Maskenball statt«, gab die Artistin zur Antwort.

»Wo?«

»Das werden Sie früh genug erfahren. Wichtig ist jetzt bloß, dass Sie sich darüber im Klaren sind, dass wir nicht auf der Gästeliste stehen. Unser Erscheinen könnte einigen Wirbel verursachen, falls wir entdeckt werden. Doch dazu wird es hoffentlich nie kommen. Sind wir einmal ins Innere des Herrenhauses gelangt, mischen wir uns unter die anwesenden Gäste und tauchen so in der Menge unter.«

»Es gilt also eine Kleidervorschrift?«, wunderte sich Albrecht. »Sind denn alle gleich herausgeputzt?«

Ein Lächeln kräuselte Fräulein Almonds Lippen, als sie Albrecht sanft auf den Schenkel tätschelte. Die Intimität, die sie sich herausnahm, fiel Julius auf. Womöglich war von ihrer Seite doch noch mehr vorhanden als die Erinnerung an den flüchtigen Ausgang ihres Treffens im Hotel Herzogin Augusta. Wie sich die Sache bei Albrecht verhielt, vermochte sein Freund weniger gewiss zu sagen: Um ehrlich zu sein, würde sich Krosick an jede ranmachen – mit Ausnahme vielleicht von der *Hässlichen Herzogin* von Quentin Massys.

»Ja, sie alle gleichen sich wie ein Ei dem anderen«, bemerkte Vanessa süffisant. »Weitaus wichtiger ist jedoch, was zum Vorschein kommt, wenn die Roben abgelegt werden.«

»Was denn?«

»Nichts.«

»Das verstehe ich nicht«, meinte Albrecht, und Julius war froh, das wahrscheinlich wieder einmal wie ein Schaf glotzende Gesicht seines Freundes von einer Maske verdeckt zu wissen. Die Antwort, die ihre Begleiterin gegeben hatte, war ebenso aufschlussreich wie anstößig. Nachdenklich lehnte sich der Tatortzeichner zurück. Draußen hatte der Abendverkehr abgenommen, woraus Bentheim schloss, dass sie inzwischen die Stadt verlassen hatten und übers Land fuhren. Gelegentlich schien es ihm, dass der Weg leicht ansteige und dann wieder abwärts gehe; denn die Rosse bekundeten kurzfristig Mühe, die Kutsche zu ziehen, und kurz darauf ging es wieder hurtig voran. Womöglich fuhren sie in Richtung Jungfernheide, vielleicht auch zum Spandauer Forst.

Niemand sprach ein Wort, weshalb Bentheims Gedanken abschweiften und er sich einen Reim auf all dies zu machen versuchte. Irgendwo fand heute Abend eines jener ominösen Treffen statt, über die man alle Schaltjahre wieder an Soireen und Galadinners tuschelte, von denen die Sittenpolizei jedoch nie konkrete Fakten besaß, um all die schlimmen Gerüchte zu verifizieren oder im Keim zu ersticken. Julius selbst hatte sich im Sommer vergangenen Jahres dank seines Zeichentalents als persönlicher Pornograf eines Anwalts der Preußischen Gerichtsbarkeit ein Zubrot verdient.

Nachdem geraume Zeit verstrichen war, hielt Vanessa Almond eine modische Damenarmbanduhr an eine der Lampen. Zufrieden öffnete sie die Vorhänge und zog eines der Fenster ein wenig herunter, sodass sich Julius einen Hinweis auf die Umgebung, in der sie sich befanden, zu erhaschen hoffte. Doch die weit fortgeschrittene Dämmerung machte ihm einen Strich durch die Rechnung. Es war allzu schnell dunkel geworden. Das Fehlen jeglicher Straßenbeleuchtung, aber auch jeglichen Lärms bestätigte ihn lediglich darin, dass sie nicht mehr in der Stadt waren. Aber diese Schlussfolgerung war keineswegs eine Meisterleistung.

Der ländliche Geruch von Gülle und Mist schwebte durch das Fenster herein, und die Kutscheninsassen rümpften allesamt die Nase.

»Riecht, als ob hier der erste Koprophilenkongress stattfindet«, mokierte sich Albrecht und schickte sich an, die Fenster wieder zu schließen.

Einige Minuten später hielt der Kutscher am Wegrand, und durch das eiserne Sprechrohr, das vom Bock durch die Täfelung ins Innere führte, war seine Stimme zu vernehmen: »Wir sind an besagter Weggabelung angelangt, Herzogin«, erklärte er. »Wohin jetzt?«

»Herzogin?« Albrecht sah sie fragend an, doch Vanessa lächelte bloß verschmitzt.

Sie öffnete die Tür, ließ die Ermittler allein zurück und kletterte nach kurzer Zeit wieder herein. Die Kutsche setzte sich rüttelnd in Bewegung und schwenkte nach links. Wenig später hielten sie erneut. Auf ein Zeichen ihrer Führerin stiegen diesmal alle aus. Sie fanden sich auf einem Fahrweg wieder, an dessen linkem Rand sich mehrere Wiesen erstreckten, während die andere Seite von einem Windschutz abgegrenzt wurde, der aus etlichen dicht bepflanzten Baumreihen bestand. Fräulein Almond entrichtete dem Fahrer seinen Lohn und wies ihn an, nicht auf sie zu warten. »Wenn Sie auch auf dem Rückweg bis zur Weggabelung ohne Laternenlicht fahren, springen ein paar Taler extra für Sie raus«, meinte sie.

Erst jetzt fiel Julius Bentheim auf, dass sich ihr Gefährt gar nicht von seiner Umgebung abhob. Das Schwarz der Holzlackierung verschwamm völlig im Dunkel der hereingebrochenen Nacht, und der maskierte Kutscher nahm sich gruselig aus, doch vermeinte Julius, aus seinem Grunzen, das er als Antwort von sich gab, eine zufriedene Zustimmung zu hören. Gekonnt wendete er, indem er einen Bogen durch die Wiese machte, und fuhr langsam davon. Der Mond stand am Himmel, und als der Tatortzeichner der Kutsche nachblickte, war ihm, als sähe er für einen Moment die Silhouette eines zweiten Wagens aufblitzen.

»Mir nach«, meinte Vanessa forsch und drückte einige Weidenruten auseinander, sodass sie einen Durchgang bildeten.

ACHTZEHNTES KAPITEL

Hinter dem natürlichen Windfang erstreckte sich eine Blumenwiese zu einer Ansammlung an Büschen und Weiden hin, welche ihrerseits die Uferpartie einer größeren Wasserfläche säumten. Es war kein Teich im üblichen Ausmaß, sondern eher ein vermutlich künstlich angelegter See. Er besaß zwei Ausbuchtungen, eine größere runde sowie eine längliche, an deren Ende sich die Eindringlinge befanden. Je näher man dem Wasser kam, wurde das Gehölz dichter und bildete eine Art breiten Saum um den Teich. Vanessa Almond führte sie zielstrebig an eine Stelle am Ufer, die mit Ästen und Blätterwerk abgedeckt war. Offensichtlich lag darunter etwas verborgen. Da sie noch immer ohne Licht unterwegs und durch die Gegend getappt waren, konnte Bentheim nur ahnen, dass vor ihnen ein Boot lag.

»Helfen Sie mir«, bat die Artistin und reichte ihm einen der Äste. »Wir müssen den Kahn hier freibekommen.«

Albrecht ließ sich nicht zweimal bitten. Ganz der Herr von Welt, der zu sein er sich einbildete, riss er die Arbeit an sich, und nach wenigen Augenblicken war das Boot freigelegt. Vanessa, der Kommissar und er nahmen bereits Platz, während Julius nach jenem Ende des Seils suchte, mit dem das Heck an einem der Bäume festgezurrt war. Er löste den Knoten, hüpfte zu ihnen ins Boot und griff nach einem Ruder. Mit Albrechts Hilfe stießen sie ab.

»Ein Vivat auf die alte Haugwitz«, sagte Vanessa Almond.

»Ihr Bootsverleih?«, meinte Horlitz sarkastisch.

»So kann man es auch nennen«, antwortete sie. »Eine der Hausangestellten. Ein böses, tückisches Weibsbild, das meinem Geschlecht keine Ehre macht. Sie ist gierig und nicht gerade pflichtversessen. Es war nicht schwer, sie zu diesem Gefallen zu überreden.«

»Wessen Herrschaftsbesitz ist das hier?«

»Hohendorff.«

»Der Name des Besitzers?«

»Nein, der Name des Landguts.«

Sie ruderten weiter, indem sie auf einen Anlegeplatz zuhielten, der im Schein des Mondlichts undeutlich zu erkennen war. Weiter vor ihnen, ungefähr eine halbe preußische Meile von der Wasserfläche entfernt, hoben sich zwei klobige, zinnenbewehrte Türme vom Nachthimmel ab.

»Wir nähern uns von hinten, nehme ich an.«

Vanessa nickte. »Von vorn gelangt man auf einem Kiesweg zu einer breiten, hellen Fassade. Das Gebäude ist ziemlich weitläufig. Es gibt etliche Säle und Zimmer. Letztes Mal fand ebenfalls ein Maskenball statt, und ich hege die Vermutung, dass dieser aus zweierlei Gründen veranstaltet wurde.«

»So etwas habe ich mir auch schon überlegt«, bemerkte Horlitz, während Julius mit dem Paddeln innehielt, um das Boot treiben zu lassen.

»Welche Gründe?«, erkundigte sich Albrecht.

»Gemeinhin sucht man Verbrecher in schäbigen Absteigen und übel beleumdeten Quartieren, wo sie sich unter Ihresgleichen tummeln. Hier aber verbergen sie sich unter dem Deckmantel der geladenen Gesellschaft und halten unter demselben Dach ihre konspirativen Treffen ab.«

»Sie haben's erfasst, Herr Kommissar. Meine Beobachtungen der letzten Tage bestätigen diese Annahme. Sogar einige einflussreiche Herren gehen hier ein und aus: Ministerialbeamte, Offiziere, Staatsräte. Auch wenn sie vorderhand nichts mit den illegalen Umtrieben auf Gut Hohendorff zu tun haben, so werden sie doch eine polizeiliche Untersuchung zu verhindern wissen, falls es eines Tages dazu kommen sollte.«

»Langsam verstehe ich«, meinte Albrecht Krosick. »Das ist Grund Nummer zwei, oder?«

Fräulein Almond nickte.

Gleich darauf waren sie am jenseitigen Ufer angekommen, wo sie eine hölzerne Anlegestelle vorfanden, und Horlitz, der als Erster ausstieg, band das Boot an einem Pflock fest. Als alle festen Boden unter den Füßen hatten, kam der schwierigere Teil der Aktion, denn die Fläche zum Herrenhaus war ziemlich gut überschaubar. Lediglich ein paar wenige Büsche boten Deckung. Und trotzdem schien es, als ob die ungeladenen Gäste unbehelligt ans Ziel kommen würden, da einzig von der Frontfassade her ein Strahlenkranz die Seitenmauern leicht erhellte. Es war ein angenehm flackerndes Leuchten, da der gesamte Vorplatz mit Fackeln illuminiert war.

Sie rafften ihre Kutten und huschten über die Wiese, und aufgrund der vorangegangenen Anstrengung pulsierte das Blut pochend durch Bentheims versehrte linke Hand. Am Gebäude angekommen, kauerten sie an der Mauer nieder. Etwa in zwei Fuß Höhe befand sich ein vorspringender

Pavillon. Ein spitz ausgezogenes Mansardendach fügte sich weiter oben wieder in das Mauerwerk ein. Wenige Schritte weiter – im Dunkeln kaum zu erkennen – fiel eine Art Schacht ab, wie ein Schlund, der in die Tiefe geht: Es war eine steile Treppe, die zu einer Tür führte.

Vanessa Almond ließ die Finger über den oberen Teil des Türrahmens gleiten und griff nach einem dort abgelegten Schlüssel.

»Sie haben wohl an alles gedacht«, bemerkte Albrecht fasziniert.

»Es kam mich auch entsprechend teuer zu stehen.«

Wie Diebe gelangten sie ins Innere. Sie befanden sich in einer der Kellerräumlichkeiten, von wo aus sie durch einige Flure schritten und dann die erstbeste Treppe nach oben ins Erdgeschoss nahmen. Dort hallten die Wände von Musik wider, und es war eindeutig, dass Vanessa Almond sich an diesem Geräusch orientierte. Je lauter die Darbietung wurde, desto näher kamen die Einbrecher der Gesellschaft. Julius warf einen prüfenden Blick auf sein Schuhwerk, ob dieses vielleicht zu dreckig oder zu feucht war, und bemerkte zufrieden, dass es ganz passabel aussah.

Bereits im Parterre liefen ihnen einige beflissene Geister über den Weg: Diener, die Tabletts mit Getränken trugen, und Mädchen, die Häppchen anboten. Ihnen allen war gemein, dass sie unmaskiert waren.

»Wir hätten auch ohne Vermummung auftreten können«, bemerkte Albrecht leise.

»Und dann womöglich noch einem Ihrer Vorgesetzten vor die Augen treten? Wie naiv!«, zischte Fräulein Almond ihm zu.

»Sie meinen doch nicht etwa ...«

Vanessa zuckte mit den Schultern und überließ es ihm, sich eine Antwort zurechtzulegen. Erneut nahmen sie die Stufen nach oben. Diese führten in den ersten Stock, vorbei an einigen blank schimmernden Ritterrüstungen, die den Aufgang flankierten. An den Wänden hingen zusätzlich Waffen der preußischen Armee des 17. und 18. Jahrhunderts: Degen, Säbel, Piken und Musketen. Oben zweigte der Flur nach beiden Seiten ab, wobei die Eindringlinge nach rechts bogen und somit dem Geländer folgten, das den Abschluss eines Balkons bildete. Unter ihnen befand sich die große Eingangshalle.

Just in dem Moment, als ihre Führerin zielstrebig an der Balustrade vorbeigehen wollte, wurde die Tür eines Nebenraumes geöffnet, und ein leicht angesäuselt wirkender Herr stellte sich ihr in den Weg. Eine Larve, die den mittelalterlichen Pestmasken glich, verdeckte sein Gesicht. Darüber hinaus trug er einen Hut sowie einen offenen Frack mit Schwalbenschwanz. Ansonsten war er – bis auf die Socken – gänzlich unbekleidet. In der Linken hielt er ein Glas Champagner, der bedrohlich schwappte, als er Fräulein Almond um den Hals fiel.

»Na, Süße? Willst du meine Lady Godiva sein und mit mir nackt übers Land reiten?«, johlte er. »Ich kann auch dein Pferdchen spielen, wenn du möchtest.«

Albrecht und Julius wechselten einen Blick. Diese Stimme. Wo hatten sie diese schon einmal gehört? Sie war so rau, so brummig mit kehligen Lauten, wie sie etwa ein Bär zustande bringen könnte. Und mit einem

Mal durchfuhr sie die Erkenntnis wie ein Blitz: Es war Graf von Roons Stimme!

Die Veranstalter dieser lüsternen Soiree waren derart verwegen gewesen, sogar ein hochgestelltes Mitglied des militärischen Nachrichtendienstes zu sich zu bitten; und Laster und Verderbtheit hatten diesen Holzkopf von Beamten nicht davon abgehalten, die Einladung anzunehmen. Bentheim hatte keine Ahnung von seinem Zivilstand, doch hoffte er inbrünstig, dass er ledig war.

»Gehab dich nicht so, mein Püppchen«, meinte von Roon und tätschelte Fräulein Almonds Rücken, wobei seine Hand allmählich tiefer rutschte.

Albrecht eilte ihr zu Hilfe, indem er geistesgegenwärtig einen Pfiff von sich gab, der einige der sonst noch anwesenden Damen auf ihn aufmerksam machen sollte. In dem Raum, aus dem der Graf getreten war, erblickte Julius drei maskierte Freudenmädchen, die sich Vanessas erbarmten. Mit wogendem Gang schritten sie auf den Flur, um sich des preußischen Divisionskommandeurs anzunehmen. Sie kicherten derb, und auch sie trugen wallende schwarze Mäntel. Ab und an, wenn diese verrutschten, wurden ihre Brüste sichtbar, was dem Grafen zu gefallen schien. Ohne Widerrede ließ er sich von den drei Grazien wieder ins Zimmer führen und auf eine Ottomane aus gepunztem Leder niederdrücken.

»Das wäre überstanden«, flüsterte Albrecht. »Hatte schon Angst, er würde uns ansprechen. Aber sieh dir mal die Weiber an! Wahrlich: Die größten Nüsser bekommen die besten Karten, wie Pikus der Waldspecht sagt.«

Julius nickte bloß und drängte sie weiter.

Durch ein Labyrinth von Fluren und Salons drangen sie bis zu einer weiteren Etage vor, wo sich deutlich weniger Gäste befanden. Auf der langen Treppe hatten sie noch einige Personen angetroffen, die sich lässig ans Geländer lehnten, hier aber tummelte sich nur mehr eine Handvoll Leute. Julius ahnte ungefähr, wohin Vanessa Almond sie führen wollte. Irgendwo hier musste der Raum sein, in den sie vor einigen Tagen geladen worden war. Da die unteren Stockwerke aus schlichtem Mauerwerk bestanden, musste das getäfelte Zimmer aus Fräulein Almonds Bericht weiter oben zu finden sein.

Eine Treppenbiegung später hatten sie eine abgeschlossene Tür erreicht, die ihr weiteres Vordringen fürs Erste verhinderte. Almond griff unter ihre Maske, wo sie eine mit einer Haarnadel festgemachte Locke zu greifen bekam. Sie löste die Nadel, bog sie auseinander und führte das eine Ende des improvisierten Dietrichs ins Schlüsselloch. Doch die Verschlussbolzen waren zu schwer. Sie trat zurück, um für Julius und den Kommissar Platz zu machen. »Besser, Sie beide betätigen sich hier. Herr Krosick und ich sorgen dafür, dass Sie ungestört sind.«

Bevor Julius sich daranmachte, mit einem eigenen Dietrich das Schloss zu knacken, hielt sie Albrecht an seinem Arm zurück und wandte sich direkt an ihn: »Falls Sie Geräusche im Treppenhaus hören, so stellen Sie sich um Gottes willen nicht allzu täppisch an. Täuschen Sie Geschäftigkeit vor.«

»Geschäftigkeit? Aber wie denn nur?«

Hilflos blickte er sich in dem leeren Treppenhaus um.

»Mit mir, Sie Dummerchen. Sobald es brenzlig wird, küssen Sie mich. Das wird die beste Camouflage sein, die man hier in diesem Sündenpfuhl anwenden kann. Und als einzige Frau hier muss ich mich wohl für das Gemeinwohl opfern.«

»Ich glaube, ich höre schon was«, meinte Albrecht und schürzte bereits die Lippen.

Augenblicklich bückten sich Fräulein Almond, Julius und Gideon Horlitz über das Geländer. Doch weit und breit war niemand zu sehen.

Ein zürnender Blick traf den Fotografen.

»Einen Versuch war es wert«, meinte er spitzbübisch.

Bentheim schüttelte den Kopf und machte sich endlich an dem Schlüsselloch zu schaffen. Einige ungelenke Bewegungen seinerseits, und wenig später sprang die Tür leise auf.

NEUNZEHNTES KAPITEL

JENER TEIL DES HAUSES, in den sie nun vordrangen, war in einem der beiden dunklen Türme gelegen; in welchem genau, vermochte Bentheim nicht zu sagen. Als die Tür hinter ihnen ins Schloss gefallen war, befanden sie sich offenkundig in einem Wohntrakt, der ausnahmslos aus privaten Gemächern bestand und sich von den anderen Räumlichkeiten durch seine persönliche Note unterschied. Alles war durchtränkt von individuellem Stil und gutem Geschmack. Zudem fiel Bentheim auf, dass die Zimmer nur vereinzelt durch Türen abgetrennt waren, als ob die ganze Etage eine einzige große Wohnfläche darstellte.

Die Tür zum ausladendsten Zimmer war nur angelehnt, sodass sie ungezwungen eintraten. Ärarische Wolldecken bedeckten zum Teil das Rustika-Mauerwerk, auch Stiche flämischer Meister waren zu sehen. Alles so, wie von Fräulein Almond beschrieben. Die Funzeln der Öllampen waren angezündet, wie Horlitz missmutig anmerkte, denn die Fensterläden hinter dem großen Schreibtisch waren geöffnet. Doch Julius verdrängte den Gedanken, dass draußen jemand hochblicken konnte.

Da sie sich nun allein wussten, nahmen die Männer die Masken ab.

»Die Bühne gehört Ihnen, meine Herren«, meinte Vanessa Almond, setzte sich in aller Gemütsruhe in einen Sessel und deutete mit ihrer Hand auf den Schreibtisch.

Der Kommissar trat an ihn heran, zog nacheinander die Schubladen heraus und ging die Papiere durch, sorgsam darauf bedacht, keinerlei Spuren zu hinterlassen, die später seine Anwesenheit verraten würden. Stapel für Stapel wurde aus der Lade genommen, durchgeblättert und wieder an den Platz gelegt. Albrecht hatte indessen das Trommelmikroskop auf einem Regal an der Wand entdeckt. Daneben befand sich ein Behälter, der am ehesten einem größeren Vorratsgefäß für Küchenzwecke ähnelte. Neugierig und wohl auch aus einer Laune heraus hob er den Deckel.

Ein leiser Pfiff entfuhr ihm, als er hineingriff und eine Handvoll wertvoller Geschmeide und Smaragde zutage förderte.

»Da haben wir das Corpus Delicti. Beweismaterial en masse.«

»Zu dumm, dass Sie ohne richterliche Erlaubnis hier in Gut Hohendorff eingebrochen sind«, nahm ihm Vanessa den Wind aus den Segeln.

»Wir könnten, damit es nicht auffällt, bloß einen einzigen Stein entwenden«, schlug Gideon Horlitz vor, »und ihn anonym ins Palais Grumbkow schicken lassen. Und zwar von Ihnen, Fräulein Almond. Diesen Freundschaftsdienst wird Ihnen Ihre Amnestie wohl noch wert sein, oder? Anonyme Briefe sind ohnehin Ihr Steckenpferd.«

Schicksalsergeben zuckte sie mit den Achseln, während der Kommissar mit Julius' Hilfe weiterhin den Schreibtisch durchforstete und Aktenfaszikel, Briefe und Geschäftsunterlagen durchblätterte. Das Logo einer örtlichen Reederei, das der Tatortzeichner auf einem Briefkopf erblickte, ließ ihn in seiner Arbeit innehalten. Er überflog die Zeilen, und ein Schauder der Erregung durchfuhr ihn, als er auf den Namen *Hesperia* stieß. Wer auch immer hier in Gut Hohendorff seine üblen Geschäfte abwickelte – hier lag schwarz auf weiß der Beweis für seine Verstrickung in die Affäre um die gestohlenen Smaragde vor. Nun musste lediglich ein offizieller Durchsuchungsbefehl ausgestellt werden, und die Preußische Gendarmerie konnte sich auf die Jagd nach der ganzen verruchten Bande machen.

Während er sich diebisch über den Fund freute, war Vanessa Almond aufgestanden. Sie legte den Finger auf den Mund und flüsterte: »Pst, ich glaube, ich höre Schritte.«

Fieberhaft blickten sie sich um. Albrecht deutete auf einen alten Kleiderschrank, der noch aus dem letzten Jahrhundert stammen mochte, und sah die anderen fragend an.

»Groß genug ist er«, murmelte Julius und machte Vanessa mit Handzeichen auf das Versteck aufmerksam. Eilig schloss sie die Zimmertür und glitt vorsichtig zu den Männern hinüber. Krosick öffnete den Schrank, der glücklicherweise keine Regalbretter enthielt, schob ein paar Zweireiher beiseite und schlüpfte hinein. Der Kommissar tat es ihm nach, gefolgt von Julius und Fräulein Almond, deren plötzliche körperliche Nähe dem Zeichner weitaus weniger zusagte, als es seinem Freund getan hätte.

Just in dem Moment, in welchem sie die beiden Flügeltüren zuzogen, waren leise Stimmen zu vernehmen, die von außen in das Arbeitszimmer drangen. Kurz darauf öffnete sich die Tür.

Sie hielten den Atem an.

Es war finster in ihrem Versteck. Lediglich durch einige dünne Risse in der Täfelung drangen spärlich ein paar Lichtstrahlen. Gideon Horlitz kniff ein Auge zu, während er das andere an einen der Schlitze hielt, um zu beobachten, was geschah. Gleichzeitig tasteten seine Finger nach seinem Revolver. Die Studenten folgten seinem Beispiel und hielten ihre Dienstwaffen – preußische Kavalleriepistolen des Typs M 1850 – schussbereit.

Unterdessen hatte jemand das Zimmer betreten. Die Tür fiel wieder ins Schloss, und der einsetzenden Geräusche nach zu urteilen, waren es sogar zwei Personen, die sich jetzt nur wenige Fuß vor dem Versteck durch den Raum bewegten. Bentheim fragte sich, warum die Fremden ebenso auf Samtpfoten gingen, wie sie selbst es gerade noch getan hatten. Weshalb diese Heimlichtuerei? Er horchte auf jeden noch so geringen Laut: Ein Stuhl wurde verrückt, etwas schepperte kaum hörbar und ein Gehstock klopfte bisweilen auf den Parkettboden. Und dann hob auf einmal ein Gespräch an, dessen Sätze dumpf und verzerrt durch die Schranktür drangen.

»Was suchen wir hier eigentlich?«, fragte eine Stimme, die Julius einem älteren Mann zuordnete. »Ich fühle mich unwohl. Dem Dienstmädchen musstest du ja unbedingt den Bären aufbinden, wir seien heute Abend im Theater. Falls uns etwas zustößt, weiß niemand, dass wir hier waren. Wenn Gideon zu recherchieren anfängt, denkt alle Welt, wir hätten *Macbeth* gesehen ...«

»Himmel, Karl Richard, du sollst diesen Namen doch nicht aussprechen!«

Diesmal war es eindeutig die resolute Stimme einer Dame, und Julius Bentheim ahnte nichts Gutes, als er sich zusammenreimte, wer die beiden Personen waren. Sein Gefühl, von einer zweiten Kutsche verfolgt worden zu sein, hatte ihn also nicht betrogen.

»Aber wir duzen uns, Gideon und ich ...«

»Herrje, mein Schatz. Ich spreche natürlich nicht von Horlitz, sondern von der Shakespeare-Tragödie. Weißt du denn nicht, dass es Unglück bringt, wenn man ihren Namen ausspricht? Jeder Schauspieler kann dir das bestätigen, jeder, der beim Theater beschäftigt ist.«

»Die Theaterleute sind aber auch ein abergläubisches Völkchen. Was soll denn so schlimm an *Macbeth* sein?«

»Jetzt hast du es schon wieder getan! Hüte deine Zunge, Karl Richard. Man nennt es einfach *Das schottische Stück*, und damit basta! Ich bin zwar auch nicht so heidnisch, aber ich sage dir, wir müssen das Schicksal nicht unbedingt herausfordern. Ohnehin ist es mir hier nicht wohl. Hast du die seltsamen Frauen gesehen?«

»Und ob!«

Julius schmunzelte, denn das nun folgende Klatschen einer Ohrfeige war so deutlich zu hören, dass er den Schmerz nachempfinden konnte. Albrecht richtete sich wieder auf, beugte sich zu Gideon hin und flüsterte ihm ins Ohr, ob sie sich zu erkennen geben sollten. Dessen Hand hielt ihn noch zurück.

Draußen suchten die zwei Eindringlinge das Zimmer ab. Ein plötzlicher Ausruf des Erstaunens verriet Bentheim, dass einer von ihnen auf den Behälter mit den Smaragden gestoßen war. Gedämpftes Klirren drang an ihre Ohren, als eine Hand durch den Inhalt des Gefäßes wühlte und die Steine klimpern ließ. Zu dumm, dass Julius nichts sehen konnte.

Doch auf einmal ging alles Schlag auf Schlag.

Wiederum waren Schritte zu hören. Eine Tür wurde geöffnet, zum Glück nicht jene ins Arbeitszimmer, sondern vielmehr jene von der Treppe in den abgesonderten Wohnungsteil. Stimmen wurden laut, und in der Panik, von der das Einbrecherpaar ergriffen wurde, öffneten sie die Schranktür …

»Herr im Himmel! Kommissar Horlitz!«, entfuhr

es Elisabeth Lepsius, während ihr Gatte, der berühmte Ägyptologe, staunend, mit weit aufgerissenen Augen daneben stand.

»Pst! Um Gottes willen, seien Sie ruhig!«, meinte Albrecht, und um sie wenigstens ein bisschen in Sicherheit zu wiegen, deutete er auf seine Pistole. Geistesgegenwärtig schloss die Komponistentochter die Tür, sodass die vier erneut im Dunkeln standen. Dann huschte sie mit ihrem Ehemann von dem Schrank weg, wohl in eine andere Ecke des Raumes, bevor wenige Sekunden später weitere Personen das Arbeitszimmer betraten. Julius hatte Albrecht von dem Guckloch weggedrängt, doch was er nun sah, ließ ihm den Atem stocken.

Vorerst sprach niemand ein Wort.

»Sieh an, das Ehepaar Lepsius«, wurde die tödlich lastende Stille endlich von einer süffisanten, leicht schmierigen Stimme durchbrochen. Der Sprecher verbarg sein Gesicht hinter einer Maske, doch wusste Julius augenblicklich, um wen es sich dabei handelte: um Veysel Al-Hokra, den Sonderbeauftragten des ägyptischen Khediven.

Hier war er also, Fräulein Almonds ominöser Herr Unbekannt.

Al-Hokra trat an das Regal heran, warf einen Blick auf das mit Edelsteinen angefüllte Gefäß und leerte dessen Inhalt auf den Schreibtisch. »Einer fehlt«, bemerkte er schließlich.

Albrechts Hand, die Julius stupste, wies ihn unnötigerweise darauf hin, dass der Smaragd in seinem Besitz war. Der Tatortzeichner griff nach Albrechts Handgelenk, um mit sanftem Druck seine Waffe zu senken. Die Situation war gefährlich, keine Frage. Aber sie sollte nicht komplizierter gemacht werden, als sie es ohnehin schon war. Eine Schießerei könnte unabsehbare Folgen nach sich ziehen. Zum einen würden Lepsius und seine Gattin in die Schusslinie geraten, zum anderen wäre der Ausgangspunkt für eine lärmige, Aufsehen erregende Flucht hier oben im Turmzimmer gänzlich ungünstig.

»Nun, meine Dame, wo ist der Stein? Wir Ägypter sind keine Unmenschen, wir fühlen uns den hiesigen Sitten und Gepflogenheiten verpflichtet. Als Gast ist dies selbstverständlich. Doch schrecken wir auch nicht vor einer kleinen Übertretung dieser Anstandsregeln zurück, falls der Smaragd nicht zum Vorschein kommt. Ich bin sicher, einige meiner Helfer würden Sie zu gern bis aufs Mieder durchsuchen.«

»Nicht nötig, der Herr. Der Stein ist sicher verwahrt. Ihre Patschhändchen kommen da nicht ran.«

»Und wo ist er?«

Veysel Al-Hokra hatte jedes Wort einzeln ausgesprochen, beinah gezischt.

»In meinem Bauch«, improvisierte sie, wofür ihr Julius in seinen Gedanken höchste Achtung zollte.

»Sie haben ihn geschluckt?«

»Natürlich«, flunkerte Elisabeth. Bentheim konnte nicht umhin, ihren Einfallsreichtum zu loben: Nicht nur hatte sie die vier in ihrem Geheimversteck vor einer baldigen Entdeckung bewahrt, nein, sie hatte es dazu noch geschafft, sich zusätzlich Zeit zu verschaffen – Zeit, von der womöglich ihr und Karl Richard Lepsius' Leben abhingen.

Bentheim hörte, wie der Ägypter verdrossen schnaubte.

Schließlich meinte er: »Nun gut, Frau Lepsius. Ich würde wohl an Format verlieren, wenn ich Ihnen gleich hier den Bauch aufschlitzte, um an den Klunker zu kommen. Lassen wir das einstweilen sein. Obendrein sind Sie mir als lebende Geisel ungemein nützlicher. Und Sie, Lepsius, Sie dürfen sich ob Ihrer Berufswahl glücklich schätzen. Wäre nicht Ihr Interesse an meinem Heimatland, ich hätte Sie auf der Stelle massakriert.«

»Das beruhigt zutiefst«, meldete sich der Ägyptologe, der bisher geschwiegen hatte, sarkastisch zu Wort.

Al-Hokra wandte sich an einen seiner Schergen und gab den Befehl, die Eindringlinge zu fesseln.

»Was machen wir mit ihnen?«

»Die Frau bringen Sie aufs Schiff. Unverzüglich«, meinte Al-Hokra. »Den Mann können Sie nach allen Regeln der Kunst verschnüren und dann getrost hier lassen. Wir schließen nachher ab. Die Sache beginnt allmählich aus dem Ruder zu laufen. Wenn schon zwei Durchschnittsbürger ungeniert hinter uns herschleichen, wird mir das Pflaster in England zu heiß.«

»Welches Schiff?«, fragte Elisabeth Lepsius mit deutlicher, lauter Stimme. Wieder einmal musste Bentheim die Auffassungsgabe der Frau bewundern. Leider war die Reaktion des Ägypters nicht die erhoffte.

»Das werden Sie noch früh genug erfahren«, meinte einer der Komplizen noch, als er das Zimmer verließ, um einige Augenblicke später mit einer Gardinenkordel zurückzukommen.

»Wir hätten doch lieber *Macbeth* gucken sollen«, meinte Karl Richard Lepsius angesichts der Fesseln mit fatalistischem Gleichmut.

»Du musstest es ja heraufbeschwören, nicht wahr?«, fuhr ihn seine Gattin gereizt an, kurz bevor ihr einer der Kerle ein Taschentuch als Knebel in den Mund schob.

ZWANZIGSTES KAPITEL

SIE VERBLIEBEN GESCHÄTZTE ZEHN MINUTEN in ihrem Versteck, peinlich darauf bedacht, keinen Laut von sich zu geben und leise und gleichmäßig zu atmen. Im Zimmer wurden währenddessen hektisch die Schreibtische geleert, und der Sonderbeauftragte des Khediven ließ es sich nicht nehmen, den Behälter wieder mit den Smaragden zu füllen und diesen persönlich hinauszutragen. Kaum hatte er mit den Mitgliedern seiner Hehler- und Diebesbande – und natürlich auch mit der Geisel – das Zimmer und bald darauf auch das Stockwerk verlassen, getrauten sich die Eindringlinge vorsichtig aus ihrem Schlupfloch.

Vor dem Schreibtisch lag Karl Richard Lepsius, den man achtlos auf dem Boden zurückgelassen hatte. Während Horlitz ihm die Fesseln löste, schritt Fräulein Almond auf das Fenster zu und öffnete es, um sich Luft zuzufächeln. Bentheim überprüfte derweil den Schreibtisch, ob nicht doch noch etwas vergessen worden war, das vor Gericht Verwendung finden würde. Albrecht fluchte lautstark.

»Bei allen Notheiligen«, zeterte er. »Was für ein verkorkster Fall. Explodierende Kunstwerke, brennende Mumien, geklaute Edelsteine und zwei nichtsnutzige Möchtegerndetektive, die uns in die Arbeit pfuschen. Wie kamen Sie beide überhaupt hierher?«

»Das Verlobungsgeschenk«, stellte Vanessa Almond nüchtern fest, noch ehe Lepsius antworten konnte.

»Das Verlobungsgeschenk? Ich glaube, ich verstehe nicht ganz.«

Lepsius nickte sogleich, als er seinen Knebel endlich los war, und deutete auf die Artistin. »Wir waren zur Protokollaufnahme in Ihrem Büro, als die Dame dort über Ihren Treffpunkt an der Kreuzung Jägerstraße und Friedrichstraße sprach«, führte er aus. »Durch Elisabeths kleinen Trick mit dem verlorenen Anhänger erkannte sie, dass die Dame in diesen Fall verwickelt sein musste.«

»Dieses abgefeimte Luder«, meinte Albrecht anerkennend. »Oh, entschuldigen Sie die Wortwahl, Herr Lepsius.«

»Trödeln wir nicht herum«, unterbrach Horlitz das Geplänkel. »Wir müssen so schnell wie möglich in die Stadt und diesen Halunken zuvorkommen.«

Erneut zogen sie die Masken über und hielten die Waffen unter den schwarzen Mänteln griffbereit.

»Wissen Sie, was mich arg verwundert?«, meinte Albrecht.

Horlitz brummte verneinend, während sie das Arbeitszimmer verließen.

»Nun, ich staune darüber, dass wir noch keiner Leiche begegnet sind. Für einen unserer Kriminalfälle sehr seltsam«, führte er in seiner flapsigen Art aus. »Er fällt richtig aus dem Rahmen, meinen Sie nicht auch?«

»Apropos Rahmen …«, mischte sich Fräulein Almond ein. Anstatt die Tür ins Treppenhaus zu öffnen, durch welches sich Al-Hokras Bande entfernt hatte, deutete sie ans andere Ende der Diele, wo ein düsteres Ölgemälde an der Wand hing. Der auf der Leinwand dargestellte Gegenstand war eine steinerne Gargoyle mit weit geöffnetem Mund, das Haupt leicht erhoben. Hinter der Figur des Wasserspeiers verjüngte sich das Backsteinmauerwerk irgendeines alten Gemäuers zum düsteren Himmel hin. Nur sanft drang der Mond durch die Wolkenschicht im oberen Drittel des Bildes. An der ganzen Sache fiel auf, dass das Kunstwerk das einzige auf dem Flur war, das nicht von einem Rahmen oder einer anderen Einfassung geziert wurde.

Die Artistin schritt darauf zu.

Das Bild hing an der paneelierten Mauer, ohne dass am oberen Rand irgendeine Befestigung zu erkennen war. Dafür gab es an der linken Seite zwei unscheinbare Ausbuchtungen, die aus Scharnieren bestanden. Julius Bentheim verstand die Intention hinter Fräulein Almonds Handlungsweise und kam ihr zuvor, indem er nach der rechten Seite griff, um den Laden, an dem das Gemälde angebracht war, nach außen zu klappen.

Vor ihnen klaffte ein Loch in der Wand. Der Hohlraum wurde durch eine geräumige Kabine ausgefüllt, die Platz genug für eine Person bot. An der Seite befand sich eine Deckplatte mit zwei Knöpfen.

»Ein mechanischer Lastenaufzug«, bemerkte Albrecht anerkennend.

»Ja, wohl für die Wäschekörbe. Der muss direkt in den Keller führen. Da unten ist jetzt sicher niemand anzutreffen, und so umgehen wir den ganzen Trubel, der hier herrscht.«

»Geniale Idee«, pflichtete Horlitz bei. »Schönheit vor Alter?«

Fräulein Almond lächelte, als sie in den Schacht stieg und Albrecht den Knopf drückte, dessen Pfeil nach unten zeigte.

Wenig später – als die Kabine wieder nach oben gefahren war – machten sich nacheinander Lepsius, Horlitz und Albrecht auf die Reise, indem sie sich in den Aufzug zwängten und ruckelnd nach unten fuhren. Für Julius verging die Zeit viel zu langsam, denn mit jedem kleinen Geräusch, das er sich zu hören einbildete, wuchs die Angst, einer der Verbrecher könne womöglich zurückkehren und seine Anwesenheit entdecken. Dann aber, als die Reihe an ihn kam, fiel die Anspannung von ihm ab und er atmete erleichtert aus. Er griff nach der Platte, die sich leicht schließen ließ, da sowohl an ihrer Innenseite wie auch an der Wand kleine Magnete befestigt waren. Die Zeit verstrich, bis endlich jemandem unten im Keller einfiel, dass Bentheim nicht selbst den Knopf drücken konnte, um die Kabine nach unten zu holen.

Sogleich kam Bewegung in den Lift, und Julius fuhr, begleitet von den konstant rasselnden Geräuschen der Eisenketten, hinab.

Ruckartig hielt der Aufzug an.

Das Gesicht seines Freundes, auf dem ein sonderbar wehmütiger Schimmer lag, blickte ihm entgegen. Albrecht half ihm aus dem Gelass, indem er Julius' Beine nach draußen zog, und anschließend deutete er in den weitläufigen, braun gekachelten Keller. Über ihnen spannte sich gewölbeartig die Decke. Einige massive Säulen unterteilten den Raum. In jener Ecke, in welche Albrecht gezeigt hatte, erspähte Julius das mit Strümpfen bewehrte Bein eines weiblichen Körpers, der halbherzig unter schmutzigen Kartoffelsäcken versteckt worden war.

Ein schrecklicher Gedanke durchzuckte ihn, als er unweigerlich an Elisabeth Lepsius dachte.

»Keine Angst«, beruhigte ihn Fräulein Almond, die seine Gemütslage richtig gedeutet hatte. »Es ist die alte Haugwitz. Anscheinend wurde ihre Gefälligkeit uns gegenüber nicht gut aufgenommen.«

»Dafür aber kannst du dich glücklich schätzen«, wandte sich Julius sarkastisch an Albrecht. »Da ist sie ja, die erste Leiche. Eben noch darüber zu Tode betrübt, und nun dieser Glücksgriff.«

»Scherz beiseite, meine Herren«, unterbrach sie der Kommissar. »Wir haben Wichtigeres zu tun.«

Und er erklärte ihnen seinen Plan: Der Kommissar würde das Schiffsregister durchsehen und herausfinden, ob die Eigner der Hesperia noch weitere Schiffe auf ihre Namen eingetragen hatten. Irgendwo würde Al-Hokras Bande ja an Bord gehen müssen. Gleichzeitig sollten Albrecht und Julius im Palais Grumbkow einige ausgesuchte Männer, auf deren Verschwiegenheit man zählen konnte, zu einem geheimen Einsatz im Hafen aufbieten. Horlitz schärfte ihnen ein, weder von Roons Nachrichtendienst noch irgendwelche andere Vorgesetzte über ihre Absichten in Kenntnis zu setzen. Fräulein Almond schließlich oblag es, über ein Fernsprechamt beim nächstbesten kleineren Gendarmenposten einen Mord im Keller des Landsitzes Hohendorff zu melden, ohne sich dabei zu erkennen zu geben.

Um fünf Uhr morgens wollten sie sich wieder im Hafen einfinden. Als Treffpunkt wählten sie sinnigerweise die Kaimauer beim Anlegeplatz der versunkenen Hesperia. Sowie alles geklärt war, stiegen sie aus einem der Kellerfenster und schlichen um das Haus zu den Stallungen, vor denen die Kaleschen und Landauer der Gäste standen. Einem der Kutscher, der ihre Anwesenheit bemerkte und sich anschickte, um Hilfe zu rufen, hielt Horlitz mit grimmiger Entschlossenheit seine Dienstwaffe vor das Gesicht. Augenblicklich verstummte der Mann.

»In die Stadt«, befahl der Beamte.

Sie stiegen ein, und die Kutsche rollte an.

Bei der nächsten Siedlung verabschiedete sich Fräulein Almond, und die Männer, die zurückblieben, schwiegen gedankenverloren. Horlitz war inzwischen elend zumute. Unvermittelt griff er nach den Händen des Ägyptologen. Wildfremden Menschen schlimme Nachrichten zu überbringen, war er gewohnt; das brachte der Beruf eben mit sich. Einem Freund jedoch nun erklären zu müssen, in welcher Gefahr seine Gattin tatsächlich steckte, war etwas ganz anderes. Er sprach ernst und ruhig, führte noch einmal aus, was geschehen war und wie ihre weitere Vorgehensweise aussah.

»Ich bin kein Kind«, erwiderte Lepsius schließlich. »Ich weiß selbst, dass Elisabeths Leben auf Messers Schneide steht.« Er schien beinah in seinem Sitzpolster zu versinken, als er wieder schwieg. »Sie haben das Ihrige getan, Gideon«, brach es plötzlich aus ihm heraus. »Vorwürfe haben Sie sich beileibe keine zu machen. Wir waren Narren, Elisabeth und ich. Aber … So ist eben ihr Naturell. Kein Abenteuer, das sie nicht erleben will, kein Geheimnis, das sie nicht ergründen möchte.«

Zur ausgemachten Stunde fand sich eine überschaubare Anzahl Ordnungshüter auf den Kaimauern bei der Berliner Luisenstadt ein. Sie marschierten an der Kanalschleuse vorbei und hielten zielstrebig auf die größeren Uferpromenaden zu. Die ins Mauerwerk eingelassenen Eisenringe schlugen einen unregelmäßigen Takt, wenn sich die Spannung der an ihnen festgemachten Taue wieder löste. Gideon Horlitz hatte ein Dutzend Männer um sich geschart, und Fräulein Almond, die sich ebenfalls eingefunden hatte, folgte ihnen in sicherem Abstand. Die Männer schwärmten aus, doch nach wenigen Minuten kamen sie wieder zu ihrem Anführer zurück.

Auf Höhe der Anlegestellen humpelte Professor Lepsius auf die Gruppe zu.

»Welches Schiff ist es?«, wollte er atemlos wissen.

»Im Register fand sich keine Spur«, antwortete Albrecht.

»Verdammt.«

»Einer meiner Leute hat eben dies hier um eine Poller-kette gewickelt gefunden«, fügte der Kommissar an und hielt dem Professor eine Kette aus Perlmutt entgegen. Ihr grüner Anhänger besaß die Form einer Katze.

»Die gehört Elisabeth«, bemerkte der Ägyptologe mit Leichenbittermiene.

»An welchem Poller?«, fragte Vanessa, von einer fie-berhaften Erregung gepackt.

»Am Ladeplatz der *Aquila*. Ein alter Dampfer, einge-tragen als aus Hamburg stammend. Natürlich unter der Flagge der Hansestadt fahrend. Deshalb fiel das Schiff auch durchs Raster, als Albrecht nach ihm suchte. Aber es gibt da ein kleines Problem …«

Vanessa Almond schwieg. Es war müßig, jetzt nach-zuhaken, und auch Julius konnte sich die Schwierigkeit ausmalen: Das Schiff war weg. Albrecht bestätigte seine Vermutung, und sie alle standen bedrückt da, als ob sie sich verschworen hätten, als lebendig gewordenes Denk-mal des Weltschmerzes weiterzuleben.

»Herrje! Bis all die Formulare, Anfragen und Bitt-schriften ausgefüllt sind, um die Königliche Marine oder die Küstenwache der Gendarmerie zu einer Verfolgung zu bewegen, fallen Ostern und Pfingsten auf einen Tag«, meinte Horlitz düster.

»Vielleicht wüsste ich einen Ausweg«, riss sie Lepsius aus der Lethargie.

Fräulein Almond, der Kommissar und die Studenten starrten ihn erwartungsvoll an.

Der Professor lächelte versonnen. »Ich kenne da einen Kapitän, der schon so manches Abenteuer an meiner Seite durchlebt hat und der es gar nicht gerne sähe, wenn Elisabeth was zustieße. Wir kennen das Schiff dieser Ganoven, und wir kennen ihr Ziel. In spätestens 48 Stunden nehmen wir die Verfolgung auf.«

EINUNDZWANZIGSTES KAPITEL

DEN KOPF VOLLER GEDANKEN machten sich Julius und Albrecht auf den Heimweg. Sosehr ihn eine Reise nach Ägypten reizte, plagte ihn doch das schlechte Gewissen, wahrscheinlich die Geburt seines Kindes zu verpassen. Es war zwar eine gesellschaftliche Übereinkunft, dass werdende Väter bei der Entbindung nichts zu suchen hatten, aber sein Neugeborenes in den Armen zu halten, wollte sich Julius doch nicht entgehen lassen. Und als die beiden Freunde in den Morgenstunden auf das Haus der Witwe Losch zuhielten, wurden sie von emsiger Betriebsamkeit überrascht. Auf der Straße standen zwei Kutschen, eine davon mit dem Emblem der Charité und dem geschwungenen Schriftzug der staatlichen Hebammenschule, eine andere mit privatem Werbeschild: *Dr. med. Bosenius.*

Die Studenten sahen sich an, und wie auf ein geheimes Zeichen rannten sie los. Julius nahm die Stufen zum Eingang unter einem Mal, huschte ins Vestibül und von dort die Treppe hoch. Eine junge Frau war mit einem Lappen damit beschäftigt, Geländer und Fußboden mit Karbol einzureiben. Die Tür zu seiner und Filines Wohnung war verschlossen; kein Geräusch drang heraus.

Der Schweiß trat Bentheim auf die Stirn. Er wusste um die wesentlichen Schritte beim Verlauf einer Geburt; die Witwe Losch hatte sie dem werdenden Elternpaar aus dem Lehrbuch für Hebammen *Die Kgl. Preußische und Chur-Brandenburgische Hof-Wehemutter* vorgelesen: Rasur der Schamhaare, schmerzhafte Einleitung der Geburt, Dammschnitte ohne Betäubung und vielerlei andere Komplikationen unterschiedlichster Ursachen und Ausprägungen.

Eine Hand legte sich auf Bentheims Arm. Er sah zu der fremden Frau hoch, ein unscheinbares Ding mit rötlichen Korkenzieherlocken.

»Sie sind der Vater?«, fragte sie freundlich. »Kommen Sie in die Küche. Hier stehen Sie doch nur im Weg. Der Doktor wird es schon richten.«

»Wieso ist ein Doktor hier? Gibt es Probleme?«

Er schaute auf die Tür. Doch nichts als dräuende Stille verbarg sich dahinter – kein Schreien, keine gellenden Laute, bloß Stille.

»Kommen Sie, mein Herr«, wiederholte das Fräulein bestimmt. »Es wird alles gut.«

Tags zuvor, als sich Julius Bentheim gerade in Richtung Molkenmarkt aufgemacht hatte, setzten bei Filine die ersten langsamen Wehen ein, wurden kurz stärker, um gleich darauf wieder abzuebben. Ohne Komplikationen nahm sie das Frühstück, das Mittag- und sogar das Abendessen ein, und als eine erneute Woge an Schmerzen sie überkam, diesmal heftiger und länger, sagte sie zu ihrer Vermieterin: »Amalia, meine Gute, es ist so weit.«

Besorgt und aufgeregt ließ die Witwe nach der Hebamme rufen, doch als diese in Gefolgschaft einer jungen Handlangerin bei ihnen ankam und Filine wieder oben in ihrem Bett lag, waren die Wehen schon wieder verflogen.

»Weshalb kommt das Kind nicht?«

Die Geburtshelferin lächelte. »Es ist völlig normal, dass es ein wenig Verspätung hat«, beruhigte sie die werdende Mutter. »Ich habe schon erlebt, dass eine Frau ganze zwei Wochen nach dem eigentlich erwarteten Zeitpunkt niederkam.«

Doch diese Aussage – und mehr noch das Blut, das ihr plötzlich als dünnes Rinnsal an der Innenseite ihrer Schenkel herabrann – konnte Filine nicht beruhigen. Ihr wurde schwindlig, alles drehte sich, und aus dem Rinnsal wurde plötzlich ein Sturzbach.

»Oh Gott!«, entfuhr es der Hebamme, und an ihre Helferin gewandt, befahl sie energisch: »Worauf warten Sie noch? Wir brauchen einen Arzt!«

Eine Dreiviertelstunde später hörte man unten die Tür aufgehen. Amalia rief den Doktor hinauf. Ein Blick auf das geschäftige, jedoch beinahe lautlose Treiben der Hebamme, ihrer Assistentin und der Witfrau Losch genügte dem Neuankömmling, um die Situation einzuschätzen, und automatisch umgriff er die Tasche, in der er seine Messer, Sonden und Skalpelle transportierte.

»Ist die Fruchtblase bereits geplatzt?«, fragte er instinktiv.

Die Hebamme nickte. »Ja, schnell, es eilt.« Sie packte den Arzt am Arm. »Wir haben keine Zeit zu verlieren. Das Kind kommt. Und sie hat starke Blutungen.«

Auf der großen Bettstatt, die mit weichen Decken und Daunenkissen gepolstert war, wand sich Filine Bentheim in einer Art Todeskampf. Über die Schwangere gebeugt stand die Vermieterin, die mit kräftigen Händen die fiebrige Frau in die Matratze drückte und versuchte, ihr mit allen möglichen Geschichten und Gebetssprüchen Trost zu spenden und sie abzulenken. Der Arzt arbeitete wie mechanisch und mit seelenloser Sorgfalt. Schnell hatte er die Sachlage erkannt, und er verlor keinen Augenblick, um der Gebärenden zu helfen.

»Treten Sie zurück«, befahl er. »So machen Sie schon!«

Entschlossen packte er Amalia Losch an der Schulter und zog sie von Filine weg. Um das Fieber zu messen, legte er der Schwangeren sanft die Hand auf ihre Stirn. Besorgt stellte er fest, dass ihr Gesicht glühend heiß war. »Es wird schon gut gehen«, sagte er leise, und er redete dies weniger der Schwangeren denn sich selbst ein. Mit der rechten Hand fuhr er über den prallen Bauch und tastete ihn mehrmals sorgfältig ab. Als er sich vor den gespreizten Beinen der Schwangeren niedergekniet und eingehend ihren erweiterten Muttermund betrachtet hatte, vernahm er plötzlich, wie die Frau mit überraschend kalter und feindseliger Ruhe sagte: »Weg da, verflucht noch mal!«

Dr. Bosenius stand schließlich auf, nahm Amalia am Arm und zog sie aus dem Zimmer. Als erfahrener Arzt war er es gewohnt, den Leuten direkt ins Gesicht zu sehen, jetzt aber, im Hause dieser älteren Wirtin, die so mitfühlend zu sein schien, blickte er zu Boden, als er den Stand der Dinge erklärte: »Der Kanal, durch den das Kind kommen soll, hat sich zu einem Schlauch umgeformt, und ich kann das Kind bereits erkennen. Nur …« Er hielt inne, bevor er weiter sprach. »Es hat sich nicht gedreht. Wenn wir nicht bald etwas unternehmen, werden beide sterben, die Frau und das Kind.« Er stockte erneut, und dann meinte er: »Ich müsste eine Schnittentbindung vornehmen, Sie verstehen?«

»Ein Kaiserschnitt? Sie wollen ihren Bauch aufschneiden?«

Er nickte betrübt.

»Sie ist nicht transportfähig. Es muss sein.« Und in den Raum hinein rief er energisch: »Sie! Desinfizieren Sie die Wohnung. Reiben Sie alles mit Karbol ab! Eine fünfprozentige Lösung. Und tragen Sie Handschuhe!«

Amalia Losch atmete tief aus. Eine Falte zog sich über ihre Stirn, als sie fragte: »Irgendwelche Gefahren?«

»Müttersterblichkeit von über 80 Prozent«, erwiderte der Arzt tonlos.

»Oh mein Gott!«

Am liebsten hätte sie das Gesicht in ihren Händen begraben, doch der Schrecken wich allmählich der Entschlossenheit; und dennoch schwang Besorgnis in ihrer Stimme mit, als sie dem Arzt freie Hand gab: »Holen Sie Bentheims Kind da raus!«

Während die Assistentin die Umgebung von Filines Lager mit einem in Karbolsäure getauchten Lappen abrieb, suchte Dr. Bosenius sein medizinisches Besteck zusammen. Mit einem glänzenden Skalpell in der Hand trat er schließlich an das Bett heran. »Haben Sie Tinte?«, wandte er sich ungeduldig an die Witfrau. »Und Wasser. Wir brauchen heißes Wasser. Und Handtücher.«

Ohne eine Sekunde zu verlieren, schritt sie eilig zur Treppe und vernahm gerade noch, wie sich der Arzt an die Hebamme wandte: »Sie halten Sie so fest, wie Sie nur können, während ich den Eingriff vornehmen werde. Haben Sie mich verstanden?« Die Hebamme nickte. Der scharfe Ton des Arztes ließ mittlerweile keinen Widerspruch mehr zu. »Ich will nicht, dass irgendwas schief geht!«

Kurz und bündig, wie mit dem Schneid eines Generals, erklärte der Arzt, was er zu tun gedachte, als auch schon Amalia mit einem Tintenfass in der Hand angelaufen kam und dieses dem Geburtshelfer reichte. Bosenius griff nach der Feder, ließ die Tinte ein wenig abtropfen, bevor er auf Filines Bauch jene Stelle markierte, an welcher er den Schnitt vornehmen wollte. Wenig später brachte Amalia auch eine Schüssel mit dampfendem Wasser, die sie auf den Nachttisch stellte. Bosenius bereitete derweil einen Schwamm vor, indem er ihn mit einer Mischung aus Pflanzenextrakten und Trichlormethan netzte, mit heißem Wasser befeuchtete und ihn der Schwangeren auf den Mund legte.

Wenige Sekunden lang wand sich Filine noch, bis sie allmählich erschlaffte. Als sie sich beruhigt hatte und ihre Augen zugefallen waren, steckte ihr der Arzt ein Beißholz zwischen die Zähne, und mit eiserner Hand umschloss er das Skalpell, um es auf dem Bauch anzusetzen. Ein letzter

Blick noch auf Amalia und die Hebamme, um sich ihrer Hilfe gewiss zu sein – und dann stach er zu.

Das Skalpell glitt durch die Muskeln der Oberbauchdecke. Trotz ihrer Betäubung gab Filine unvermittelt einen gequälten Schmerzensschrei von sich. Als sie sich aufbäumen wollte, gelang es den beiden Frauen, sie mit ihren Händen wie mit Schraubstöcken festzuhalten. Blut spritzte hoch, eine kleine Fontäne, hell und klar. Zwischen Unterleib und Schoß klaffte eine Wunde, die etwa eine Handbreit lang war. Das durchtrennte Fettgewebe hob sich in eitrig gelber Farbe von seiner Umgebung ab. Auf dem Gesicht der Witfrau vermeinte der Arzt einen Anflug von Ekel zu erkennen, als sich ein Geruch von bitterer Süße aus der geweiteten Öffnung verflüchtigte. Mit der rechten Hand stützte der Mann unterdessen die Gebärmutter, in der, wabernd und pulsierend, das Kind lag. Gekonnt durchschnitt er sie und entnahm ihr einen kleinen blutverschmierten Jungen, der auch sogleich zu schreien begann.

Mit einem scharfen Rasiermesser durchtrennte Dr. Bosenius die Nabelschnur des Kindes; die Hebamme übernahm den Knaben und wickelte ihn rasch in eine Decke.

»Zehn Zehen«, meinte sie beglückt. »Er scheint normal zu sein.«

Noch immer hielt Amalia Losch die junge Frau, die inzwischen ermattet und benebelt in ihre Laken zurückgesunken war. Die kurzen blonden Haare klebten schweißnass an ihrer Stirn, die Adern schimmerten ätherisch durch die bleiche Haut. Bosenius entnahm in aller Ruhe die Nachgeburt, brachte die Gebärmutter wieder an die richtige Stelle und platzierte die Darmfalten, damit diese beim Vernähen der Wunde nicht verletzt wurden. In seinem Inneren tobte es. Der Arzt wusste um die hohe Sterblichkeitsrate bei einem Kaiserschnitt, doch dass eine Überführung der Schwangeren in die Charité oder in eine öffentliche Geburtsstation mit Kreißsaal nicht mehr zu schaffen gewesen wäre, sagte ihm sein gesunder Menschenverstand. Alle nötigen Handgriffe tat er mit kühler, bewundernswerter Beharrlichkeit. Vorsichtig nahm er die beiden Bauchlappen in die Hand und legte den oberen über den unteren. Ein leichtes Zittern überkam ihn. Er beruhigte sich, atmete dreimal kurz ein und aus, bevor er mit einer Nadel, an der eine Schnur befestigt war, durch die Haut stach und die zwei Hälften zusammennähte. Filine Bentheim war mittlerweile nicht mehr bei Bewusstsein. Ihr Gesicht schien verschwommen, aschfahl mit eingefallenen Wangen, ihre Hände waren feucht und abgekämpft.

»Das wäre getan«, sprach der Doktor zufrieden, als er sich erhob. An einem Wasserbecken wusch er sich die Hände und murmelte: »Jetzt können wir nur noch hoffen und beten.«

»Sie wird es wohl schaffen«, meinte Amalia, die einen Anlass suchte, sich selbst Mut zuzusprechen. Der Arzt blickte sie müde an, ehe er sich langsam daranmachte, seine Operationswerkzeuge zusammenzupacken. Die Hebamme hielt es unterdessen für ein Gebot der Notwendigkeit, das Neugeborene vorzeitig und als vorbeugende Maßnahme mit einigen Gebetssprüchen einzudecken. Mit naivem, beinah etwas rührselig wirkendem Blick formulierte die Frau ihre Bitten. Amalia Losch verschränkte die Arme und lauschte.

Albrecht und Julius warteten in der Küche und rauchten. Krosick hatte seinem Freund und sich eine Partagas angesteckt, während das fremde Mädchen ihnen Tee aufsetzen wollte. Unwirsch fuhr der Tatortzeichner sie an: »Einen Schnaps brauche ich, Fräulein, und keinen lauen Aufguss!«

Der Fotograf nickte ihr gütlich zu und deutete auf das Küchenbord, wo eine Auswahl an Mirabellenbränden deponiert war. Sie nahm drei Gläser – sogar eines für sich selbst – und schenkte großzügig ein.

Als oben die Treppenstufen knarrten, horchten sie auf. Die unverkennbaren Laute eines Säuglings drangen durch das Haus, und Julius schnellte in seiner Ecke von der Sitzbank hoch. Die Witwe Losch trug ein kleines Bündel in die Küche, um es dem jungen Vater zu reichen.

»Wie soll er heißen?«, fragte sie.

»Edwin.«

Der kleine Edwin war ein strammer Junge, der einen großen Drang zum Überleben besaß. Noch in diesen Morgenstunden, während Bentheim glückselig sein Kind in den Armen wiegte, wurde Albrecht von Amalia aus dem Haus geschickt, um nach einer Amme zu suchen. Filine war zu erschöpft, um dem Neugeborenen die Brust zu reichen, und so stellte der Fotograf eine junge Mutter ein, deren eigener Säugling seine Muttermilch mit dem kleinen Edwin zu teilen hatte. Die schrillen Schreie des gesunden Kindes waren sogar noch auf der Straße zu vernehmen, und es schien nur dann zu verstummen, wenn es den Warzenhof der Amme mit seinen Lippen umfasste.

Die nächsten Stunden vergingen für Julius Bentheim, als ob er unter Hypnose durchs Haus wandelte. Alles sah er wie durch einen Nebelschleier, und ein ums andere Mal wollte er mit dem Kind auf dem Arm an Filines Bettstatt treten, wurde jedoch von der Witwe Losch energisch daran gehindert.

»Sie sind im Weg, Bentheim. Herrgott, merken Sie sich das endlich einmal. Das arme Ding braucht Ruhe. Sie haben ja keine Ahnung, was eine Wöchnerin durchmachen muss.«

Und dann war wieder die Amme an seiner Seite, die ihm Edwin entriss und an ihre wogende, käsige Brust setzte. Julius ließ sich an dem Ecktisch in der Küche nieder und betrachtete das kleine Wesen, dessen Saugreflex so ausgeprägt war, dass der Student zu keiner Zeit Angst darum hatte, sein Sohn könnte zu wenig Milch bekommen.

Am Abend schaute Dr. Bosenius noch einmal vorbei und versprach, seine Besuche mindestens eine Woche lang täglich fortzusetzen. Als er aus dem Wochenbettzimmer trat und beinah von Julius angerempelt wurde, meinte Amalia unwirsch: »Sie stören schon wieder, Bentheim.«

Julius ging nicht darauf ein. »Wird Sie wieder gesund, Doktor?«, wollte er wissen.

»So Gott will, ja.«

»Das ist keine vertrauenerweckende Antwort.«

»Falls es Sie beruhigt: Sie ist eine Kämpfernatur, soweit ich das beurteilen kann.«

»Wie kann ich mich nützlich machen?«, fragte der junge Vater.

»Indem Sie uns unsere Arbeit verrichten lassen«, fuhr die Witwe Losch grummelnd dazwischen. »Seit Jahrhunderten ist Kleinkindererziehung Frauensache, und just heute sind Sie wie vom wilden Affen gebissen und beeinträchtigen unsere Pflege. Behelligen Sie uns doch nicht alle fünf Minuten.«

Bosenius überging geflissentlich den Einwand der alten Dame und deutete auf den Verband an Julius' Hand: »Woran leiden Sie?«

»Kriegsverletzung.«

»Eiternd?«

»Nicht schlimm.«

Der Arzt legte die Stirn in Falten. »Für eine frischgebackene Mutter mit großer Wundfläche ist das schlimm genug. Es zeugt von Leichtsinn, sich mit dem Wundsekret Ihrer Hand der jungen Dame zu nähern. Die Ansteckungsgefahr wäre zu hoch. Die Umgebung in der Gebärmutter ist warm und nährstoffreich, eine richtige Brutstätte für Keime. Halten Sie um Himmels willen Abstand.«

»Sie haben den Doktor gehört, Bentheim«, ereiferte sich die Witwe Losch. »Lassen Sie Filine Zeit. Alles, was sie braucht, sind Ruhe und Schlaf.«

»Und wo brauchen Sie mich?«

»Am besten weit, weit weg.«

Albrecht Krosick, der den Dialog im Hintergrund verfolgt hatte, nahm den Tatortzeichner am Arm und drängte den Studenten nach unten. »Julius, mein Freund«, hob er an, »ich kenne einen Ort, an dem du niemandem auf die Füße trittst, wo niemand an dir Anstoß nimmt, wo du selbst unserer geschätzten Frau Losch kein Dorn im Auge bist: Dieser Ort heißt – Ägypten!«

ZWEIUNDZWANZIGSTES KAPITEL

AM SPÄTEN NACHMITTAG des 18. Juli 1866 befanden sich Albrecht Krosick und Julius Bentheim an Bord eines Frachtschiffes, das von der Spree erst in die Havel, von der Havel in die Elbe fuhr und dort Kurs Richtung Nordsee hielt. Vanessa Almond, der die ganze Angelegenheit naheging, hatte Professor Lepsius am Hafen verabschiedet. Auch ließ sie es sich angelegen sein, auf Albrechts Bitte hin der Witwe Losch bei der Pflege Filinens beizustehen, während die Sonderermittler der preußischen Gendarmerie ihr riskantes Unterfangen in Angriff nahmen.

Der Ägyptologe hatte Wort gehalten: Der Kapitän, der ihm vorgeschwebt hatte, war ein verdienter alter Seebär namens Andreas Gostkowski. Sein ganzer Stolz war ein Schraubendampfer, der den Namen *Prinzessin Luise* trug und mit dem er in den Kopra-Handel einzusteigen gedachte.

»Schön von Ihnen, alles stehen und liegen zu lassen«, wandte Gideon Horlitz sich an Gostkowski, als dieser sich zu ihrer Gruppe gesellte.

Der Kapitän legte dem Professor die Hand auf die Schulter und meinte: »Na ja, prächtiger Knabe, unser Karl Richard. Hat gut angeluvt bei der schönen Elisabeth. Wissen Sie, wir beide haben uns bereits vor mehr als zwei Jahrzehnten kennengelernt. Damals schiffte ich die Reisegruppe der von Friedrich Wilhelm ausgesandten Expedition nach Ägypten. Beim Neptun, da ist es doch nur selbstverständlich, alten Freunden zur Hand zu gehen!«

Professor Lepsius nickte gedankenverloren und blickte auf den ruhigen Wasserlauf.

»Kopf hoch, Karl!«, meinte Gostkowski.

Albrecht unterstützte die unbeholfenen Versuche, indem er anfügte: »Ich glaube kaum, dass Ihrer Frau etwas Schlimmeres als eine Seekrankheit zustoßen wird. Sobald Veysel Al-Hokra ägyptischen Boden betritt, benötigt er keine Geisel mehr. Im Nu ist sie wieder frei, Sie werden sehen.«

Der Beistand war gut gemeint, doch Julius zweifelte stark an der Richtigkeit von Albrechts Aussage. Zu vieles mochte ihm nicht in den Kopf gehen, zu vieles passte nicht zusammen. Auf welcher Seite stand Al-Hokra? Sicherlich nicht auf jener des zukünftigen Khediven Ismail Pascha. Denn dieser saß ja mit den Preußen im gleichen Boot, wenn es darum ging, die Diebesbanden dingfest zu machen. Also gehörte er womöglich einer nationalistischen Bewegung an?

Er unterbrach seinen Gedankengang, um Karl Lepsius eine Frage zu stellen: »Woher, sagten Sie, stammten eigentlich die Sandkörner aus den Frachtkisten der Hesperia?«

»Aus der Gegend um die Meidob-Vulkane. Nordwestlicher Sudan.«

Bentheim ließ sich die Antwort durch den Kopf gehen. Seit dem Jahr 1820 waren die Ägypter im Sudan im Einsatz, um den Oberlauf des Nils, diese für sie so wichtige Lebensader, unter ihre Kontrolle zu bringen. Über eine Generation lang wurden die Sudanesen mittlerweile schon ausgebeutet, und eine korrupte Oberschicht schürte nur noch mehr den Hass auf die fremden Besatzer. Es ging sogar das Gerücht um, die offiziell verfemte Sklavenwirtschaft werde heimlich in Schwung gehalten.

Seit ein paar Jahren nun machte der Derwischführer Muhammad Ahmad, von seinen Anhängern als Nachfolger des Propheten bezeichnet, den Ägyptern mit einer Gefolgschaft von Unzufriedenen das Leben schwer. Zu einem offenen Aufstand war es noch nicht gekommen, aber vereinzelt hatten die Aufrührer Dörfer und kleinere Siedlungen belagert.

Am Abend zog Julius Albrecht und den Kommissar ins Vertrauen, was seine Überlegungen anging. »Da Al-Hokra offiziell im Dienste des Khediven steht, muss er eine Art Doppelagent sein. Der Raub von ägyptischen Wertgegenständen hat mehrere Vorteile für ihn. Tappen wir bei der Tätersuche weiterhin im Dunkeln, so bleibt alles beim Alten und niemand verdächtigt ihn. Werden die Diebe ermittelt, so nimmt dies die Öffentlichkeit gegen den Khediven ein. Die gestohlenen Smaragde werden zudem auf dem Schwarzmarkt verkauft, wobei der Erlös in den nächsten Jahren mithilft, einen sudanesischen Aufstand zu finanzieren.«

»Er schlägt also zwei Fliegen mit einer Klappe«, meinte Horlitz.

»So könnte man es nennen. Und falls die zweite Variante zutrifft, ist er womöglich längst über alle Berge, wenn wir in Ägypten anlangen.«

Nachdem sie Le Havre hinter sich gelassen hatten, fuhr die *Prinzessin Luise* der französischen Atlantikküste entlang nach Süden. Der Wettergott war den Reisenden gnädig gesinnt, und ein angenehmes Lüftchen hätte die Fahrt zur Vergnügungsreise gemacht, wäre da nicht die Sorge um Elisabeth Lepsius gewesen, die sie alle betrübt stimmte.

Da es nichts für sie zu tun gab, vertrieben sich die Männer die Zeit – ein jeder auf seine Art und Weise: Albrecht stand immer wieder sehnsüchtig am Heck und trauerte seiner Artistin nach, während Bentheim sich in die Lektüre einiger Romane vertiefte, die er in weiser Voraussicht eingepackt hatte, um die Sorgen um Frau und Kind zu zerstreuen und für kurze Zeit vergessen zu machen. Er schmökerte in Eugène Sues *Geheimnissen von Paris*, blätterte leicht beschämt durch John Clelands *Memoiren der Fanny Hill* und führte sich einige kleinere Erzählungen von Gogol zu Gemüte.

Karl Richard Lepsius indes, der es leid war, auf einen Stock angewiesen zu sein, nutzte die Gelegenheit, sich endlich seiner körperlichen Beschwerden zu entledigen. Als Bentheim soeben ein weiteres Kapitel der *Geheimnisse* beendet hatte, bat der Professor ihn und Albrecht um Mithilfe bei einem leicht obskuren Unterfangen.

»Meine Herren, es ist an der Zeit, dem Wurm den Garaus zu machen.«

»So ganz ohne ärztlichen Beistand?« Albrecht war die Sache nicht geheuer.

»Ich bin ein Mann der Tat, Herr Krosick.«

»Das streite ich nicht ab. Ich gebe nur zu bedenken …«

»Papperlapapp!«, fuhr ihm der Professor über den Mund. »Nur keine falsche Bescheidenheit. Was unsere heutigen Kurpfuscher können, schaffen Sie doch auch. Wir brauchen lediglich ein Holzstöckchen und eine Schüssel mit Wasser.«

Noch ehe die Studenten etwas entgegnen konnten, hatte er die Röhren seiner Hose hochgekrempelt. Was zutage kam, war ein Paar käsig bleicher Gelehrtenbeine. Der linke Fuß wies keinerlei Verkrümmungen oder sonstige Deformationen am Rist auf, auch die Zehen waren in Ordnung. Der rechte Fußrücken jedoch war durch zwei dünne und lang gezogene Erhebungen leicht verunstaltet, die sich etwas oberhalb im Gewebe verloren. Am auffälligsten war ein Geschwür am unteren Ende des Unterschenkels, das in etwa die Größe eines Taubeneis hatte.

Julius verstand nur allzu gut, wieso Lepsius eine Gehhilfe gebrauchte.

Albrecht hatte sich in der Zwischenzeit nach einer Wasserschüssel umgeschaut und kehrte mit einem ellenlangen Stock sowie einem blechernen Becken zurück, das in der Kombüse ansonsten zum Waschen verwendet wurde. Er stellte beides dem Professor vor die Füße und verschwand erneut, um einen Eimer Meerwasser heranzutragen.

»Wollen Sie nicht abgekochtes Wasser verwenden? Wegen der Infektionsgefahr«, gab Julius zu bedenken.

Professor Lepsius winkte ab. »Was soll mir denn noch Schlimmeres passieren? Nach der Prozedur gibt's einen Schluck Gin, und alles ist vorüber.«

»Und wie wollen Sie den Wurm loswerden?«

»Davon werden Sie gleich Zeuge sein.«

»Hat Ihr Feind eigentlich einen Namen?«, versuchte Albrecht, der Angelegenheit eine weniger ernste Note abzugewinnen. Der irritierte Gesichtsausdruck des Versehrten ließ ihn schnell erkennen, dass seine Witze fehl am Platze waren, und er bemühte sich, zuvorkommender und hilfreicher zu sein, indem er seine Dienste als medizinischer Assistent anbot.

»Sie können mir die Wade beträufeln, mein Freund«, meinte Lepsius.

Albrecht, der – ebenso wie Julius – den Ablauf des Vorgangs noch immer nicht verstand, tat, wie ihm geheißen. Er hob den Eimer und neigte ihn ein wenig, sodass das Wasser langsam die Wade des Ägyptologen hinabrann. Immer wieder goss er nach. Fasziniert betrachtete Bentheim die geschundene Haut, unter der sich etwas bewegte. Ihm schien, als dehnte sich das Gewebe. Tatsächlich wurde es straffer, dünner, bis es schließlich riss.

Der Professor biss die Zähne zusammen, und Julius wunderte sich noch, weshalb er nicht den Stock in den Mund nahm, um die Schmerzen besser zu ertragen. Die feinen Härchen seines Unterschenkels lösten sich allmählich ab, und die Haut darunter platzte unvermittelt auf. Die Wunde verströmte einen süßlichen Geruch, der von einer ekelerregenden Flüssigkeit stammte, die aus dem Bindegewebe abfloss. Mit bloßem Auge war es nicht zu erkennen, doch nach Aussage des Professors mussten darin Tausende und Abertausende von Larven enthalten sein, welche der Wurm ins Wasser entließ.

»So also überlisten Sie ihn«, bemerkte Julius.

»Ja«, antwortete Lepsius, »aber es gibt noch mehr zu tun. Es genügt nicht, den Wurm denken zu lassen, er befände sich im Wasser. Wir müssen ihn zur Gänze entfernen, solange er sichtbar ist.«

Unter diesen Worten griff er mit den Fingern beherzt in die offene Wunde, um das Vorderteil des Parasiten zu fassen zu kriegen. Er ging achtsam vor, als er ihn herauszog und einmal um den Holzstock wickelte. Dann ließ er von seiner Arbeit ab und verlangte nach einer Flasche Gin, um die Wunde auszuspülen.

»Sie machen nicht weiter?«

»Nein«, beschied er dem Tatortzeichner. »An jedem Tag kommt der Wurm maximal zwei Daumenlängen weit aus dem Bein. Damit wird ein Durchreißen verhindert. Bis wir in Ägypten sind, ist die Prozedur zu Ende, und dann kann ich mich endlich voll und ganz auf unser Vorhaben konzentrieren.«

DREIUNDZWANZIGSTES KAPITEL

IM WEITEREN VERLAUF IHRER REISE erwies sich die *Prinzessin Luise* im gleichen Maße als seetauglich, wie ihr Kapitän und ihre Besatzung tüchtig waren. Andreas Gostkowski navigierte sie sicher an den französischen, spanischen und portugiesischen Gestaden vorbei und erlaubte seiner Besatzung, mit einem alten Karabiner einen Salutschuss abzugeben, sowie sie den Felsen von Gibraltar und einige englische Befestigungsanlagen erblickten.

Die Mannen ihrer Majestät feuerten einige Rikoschettschüsse ab, nachdem sie – sehr zur Belustigung der Preußen – eine Zwölfpfünder-Karronade auf ein unbewohntes Felsmassiv ausgerichtet hatten.

Die Tage waren bis dahin eintönig vorübergezogen. Seit Julius das letzte, versöhnliche Kapitel der *Geheimnisse von Paris* abgeschlossen und Kronprinz Rudolf von Gerolstein endlich seine verloren geglaubte Tochter gefunden hatte, hatten sich Albrecht und der Kommissar einigen Cribbage-Partien gewidmet. Ab und zu begaben sie sich auch unter Deck, um abwechselnd dem Professor Gesellschaft zu leisten. Dieser nämlich hatte es sich auferlegt, den Wurm, den er mittlerweile bis zu anderthalb Fuß weit aus dem Bein gezogen hatte, nicht der prallen Sonne auszusetzen.

Auf Bentheims Aufforderung hin, doch oben bei ihnen den Fahrtwind zu genießen, erklärte er freimütig: »So leid es mir tut, da muss ich passen. Falls mein Untermieter abstirbt, muss man mir das Fleisch aufschneiden und ihn operativ entfernen. Diese Schlachterarbeit will ich mir wirklich nicht zumuten.«

Als sie den Küstenabschnitt entlangfuhren, der früher zum karthagischen Großreich gehörte, hatte Karl Richard Lepsius endlich das letzte Stück des Wurms aus seinem Körper gezogen. Wie eine gelbe Schnur war der Parasit auf dem Holzstock aufgerollt, und mit einer weit ausholenden Bewegung schleuderte der Genesene das verhasste Tier in die Fluten.

Albrecht, Horlitz, Gostkowski und Julius klopften dem Professor nacheinander auf die Schultern und schenkten ihm eine Manila-Zigarre, die sie für diesen Moment aufbewahrt hatten. Er paffte sie genüsslich, und sein Gesichtsausdruck war der eines glücklichen Kindes. Der Kummer um Elisabeth war für einmal vergessen.

Gegen Abend des nächsten Tages kam die Hafenanlage von Rosette in Sicht. Der Ort, der berühmt war für den Hieroglyphen-Stein, den Napoleons Soldaten nach Europa gebracht hatten, lag an einem der vielen Ausläufer des Nils, und Kapitän Gostkowski steuerte sogleich in einen der westlichsten Flussläufe. Das Nilwasser war trübe und schmutzig, da einige Gerberhütten am Ufer standen. Weiter flussauf wurde es besser, und der beißende Gestank nach Urin und tierischem Fett ließ nach. Hier wurden die Männer auch erstmals von einer Art Küstenwache zum Anhalten aufgefordert. Ein halbes Dutzend uniformierter Einheimischer untersuchte ihren Frachtraum, während ihr Anführer – selbstverständlich ein Engländer, der den Namen Ozias Franklin trug – bass erstaunt war, dass sie keine Handelsgüter geladen hatten.

»Sie sind nicht zufällig der Kommissar aus Berlin?«, wandte er sich an Albrecht, der sich ob dieser Anrede ungemein geschmeichelt fühlte.

»Und wenn dem so wäre?«, mischte sich Julius in die Unterhaltung ein.

»Dann würde ich Sie alle gerne als meine Gäste sehen«, erwiderte der Offizier. Erklärend fügte er hinzu: »Auf jeder Polizeiwache Ägyptens sind in den letzten Tagen zwei Telegramme eingegangen. Eines von Sultan Abdülaziz, unterzeichnet vom Sonderbeauftragten Veysel Al-Hokra, das besagt, mehrere zur Fahndung ausgeschriebene preußische Staatsbürger seien unverzüglich festzusetzen. Ein anderes vom preußischen Ministerpräsidenten Bismarck mit der Bitte, besagten Personen jegliche Hilfestellung zuteilwerden zu lassen.«

»Prächtiger Bursche, der alte Junker Otto«, ließ der Kapitän verlauten.

»Und welcher Partei gehören Sie an?«

»Als Polizist schere ich mich nicht um die hohe Politik. Mein salomonisches Urteil lautet: Sie sind hiermit festgenommen, dürfen sich aber frei bewegen. Und falls sich übrigens ein Professor hier an Bord befinden sollte, so kann ich Ihnen einen Abend voller Überraschungen versprechen.«

»Sie sind ein Mann nach meinem Geschmack«, meinte Horlitz und gab sich in der Folge als der gesuchte Kommissar zu erkennen. Officer Franklin strich sich über den Schnurrbart und befahl, die Gruppe möge dem Boot der Küstenwache in den Hafen von Damanhur folgen und dort vor Anker gehen. Er überreichte Gideon Horlitz seine Karte. Mit einer freundschaftlichen Geste ging er schließlich von Bord, bestieg den viel kleineren Kahn und fuhr ihnen voraus.

Der Hafen von Damanhur stellte sich als ganz gewöhnlicher Warenumschlagplatz heraus, wo nach alter Väter Sitte tote und lebende Fische, Fischeier und Krokodilleder getauscht oder verkauft wurden. Bisweilen sah man auch einen mit Elfenbein beladenen Kutter, der flussabwärts kam. Die wenigen Barken, welche die Kaimauern säumten, waren heruntergekommen und keine nennenswerte Konkurrenz für die fremdländischen Handelsschiffe, die bereits in stetig wachsender Zahl den Nil befuhren.

Die Preußen ankerten an einer kleinen Mole, die sich im Vergleich zur *Prinzessin Luise* wie ein Spielzeug ausnahm. Der Kapitän schickte sich an, beim Hafenmeister nach Kohlen zu fragen, um den stark dezimierten Vorrat wieder aufzufüllen, während Albrecht, Professor Lepsius und Julius sich in der nächstbesten Kneipe eine Erfrischung genehmigten.

Als Andreas Gostkowski wieder zu ihnen stieß, standen eine Schale mit gedörrten Datteln sowie ein paar mehr oder minder geleerte Gläser auf dem Tisch. Sie hatten verschiedene Fruchtsäfte getrunken, doch den Seefahrer gelüstete es nach etwas Stärkerem. Der Gastwirt, ein braver Muselmane, war peinlich berührt, als Gostkowski die Bestellung aufgab, und pries ihm als Alternative etwas an, das weder gebrannt noch gebraut war.

»Milch und Sodawasser. Pfui Teufel, also wirklich! Kein Alkohol? Kein Bier? Und da wundert ihr euch, dass euer Mohammed so unerwartet verstarb. Dem war's hier auf Erden schlicht und einfach zu langweilig so ganz ohne Seelentröster. Auf, meine Freunde, hier bleiben wir nicht länger als nötig. Herr Kommissar, die Karte Ihres neuen Freundes, bitte! Wir wollen diesem Offizier einen Besuch abstatten. Es ist spät geworden, und der Kerl sollte mittlerweile in seinen eigenen vier Wänden sein.«

Ein zahnloser Tagelöhner, den sie nach der Adresse fragten, führte sie kurzerhand in ein anderes Viertel, wo er auf ein Eckhaus zeigte. Wie die restlichen Gebäude bestand auch dieses aus gebranntem Lehm, doch waren die Wände mit Kalk geweißt, was die Liebe und Sorgfalt seiner Besitzer offenbarte. Der Kommissar gab dem Führer ein Trinkgeld, und sogleich war dieser in einem Gewühl aus Passanten untergetaucht.

Da Lepsius noch immer ein wenig humpelte, war er der Letzte aus ihrer Gruppe, der sich vor der Haustür einfand. Weil Horlitzens kriminalistischer Instinkt ihn ahnen ließ, woraus Ozias Franklins Überraschung bestehen würde, gebührte wohl dem Professor das Recht, an die Tür zu klopfen.

Er pochte also an das Holz, und ein gravitätisch wirkender Diener in Livree öffnete. Es war beruhigend, dass auch hier, weitab der Heimat, die europäischen Sitten hochgehalten wurden und dem Offiziersrang die Beachtung zukam, die ihm zustand.

»Die Herren Horlitz, Bentheim, Krosick und Lepsius, nehme ich an?«

Unter einer einladenden Bewegung trat der Butler beiseite und bat sie einzutreten. Die Diele war schmal und kurz, jedoch sauber in Schuss gehalten. Der Rauchsalon, in den sie geführt wurden, nahm sich weitaus gemütlicher und größer aus. Die Freunde warteten einige Augenblicke, bis der Herr des Hauses erschien. Er hatte sich umgekleidet und war in Zivilkleidung geschlüpft. Doch dies war nicht der Grund, weshalb Lepsius ein verdutztes Gesicht machte. Mister Franklin war keineswegs allein aufgetaucht: In seinem Gefolge befand sich eine Frau, die sie alle weiter südlich, im staubigen Sudan, vermutet hatten.

»Elisabeth! Mein Augenstern!«, rief der Professor aus. »Alles in Ordnung? Ist dir auch nichts geschehen?«

Mit der größten Herzlichkeit, die Julius diesem trockenen Mann der Wissenschaft nicht zugetraut hätte, umarmte er seine Gattin. Sie herzten sich, dass es eine Freude war und dass ein Minnesänger auf verlorenem Posten wieder Spaß an seiner Arbeit gefunden hätte.

»Dass es dir gut geht, das ist schön! Aber du wärest nie in diese Bredouille geraten, wenn dein hübsches Köpfchen nicht so stur wäre …«

»Dagegen kann man nichts machen«, merkte der Kapitän an. »Alle Frauen sind Närrinnen.«

Albrecht fand diese Behauptung etwas allgemein, beschloss aber, sie durchgehen zu lassen. Und dann, nach weiteren lästigen Unterbrechungen, wollte Elisabeth Lepsius eigentlich mit dem Erzählen beginnen.

»Deiner Neugier ist es zu verdanken, dass wir an diesem Abend in Gefahr geraten sind«, bemerkte ihr Gatte.

»Nenne es nicht Neugier«, meinte die neunmalkluge Komponistentochter.

»Was denn sonst?«

»Ich würde von Streben nach Erkenntnis sprechen.«

»Also gut«, seufzte der Ägyptologe. »Elisabeths Streben nach Erkenntnis führte uns in die Jägerstraße, wo wir angeblich *Macbe...*, äh, wo wir ein schottisches Theaterstück anschauen wollten. Von da an folgten wir Fräulein Almonds Kutsche bis zum Gut Hohendorff, wo wir leider aufflogen.«

»Welcher Teufel hatte Sie eigentlich geritten, sich dieser Gefahr auszusetzen?«

»Ein Bürger muss dem Staat dienen«, bemerkte Elisabeth Lepsius, »selbst wenn es nicht jedem passt. Wir sahen es als Pflicht an, unseren Beitrag zu leisten.«

Bentheim schmunzelte innerlich ob der Dreistigkeit ihrer Aussage. Der Kapitän hob eine Augenbraue, während Albrecht der Dame zuzwinkerte. Ihre Stärke lag eindeutig in der Fähigkeit, sich gefahrvollen Situationen auszusetzen.

»Sprechen wir über Ihre Flucht – oder war es eine Rettung?«

»Veysel Al-Hokra hat uns mitten auf dem Nil diesem Herrn übergeben.« Sie deutete auf Ozias Franklin. »Die Überfahrt war bis anhin angenehm verlaufen; ich durfte mich an Bord frei bewegen, wurde auch gut verpflegt. Als Geiselnehmer kriegt Al-Hokra als Note eine glatte Eins.«

»Sie alter Hering, Sie!«, brauste Kapitän Gostkowski in Richtung Franklin auf. »Da kommt dieser Verbrecher angefahren und übergibt Ihnen ein Entführungsopfer, und Sie nehmen ihn nicht fest?«

»Er besaß noch immer Diplomatenstatus«, warf der Offizier ein. »Das Schiff zu kapern, stand außer Frage, wenn ich nicht einen Skandal heraufbeschwören wollte. Außerdem hatte ich zu diesem Zeitpunkt noch gar keine Ahnung, dass Al-Hokra in irgendeine Affäre verwickelt sein soll. Ich nahm Frau Lepsius einfach entgegen – unversehrt, wenn ich das bemerken darf – und steckte sie ins Gefängnis.«

»Sie musste ins Kittchen! Das wird ja immer schlimmer, Sie falsch angeluvter Kurzkieler«, ärgerte sich der Seemann.

»Beruhigen Sie sich, Kapitän«, meinte Elisabeth mit fatalistischem Gleichmut. »Es kam, wie es kommen musste.«

»Wie soll ich das verstehen?«

»Der Sonderbeauftragte des Khediven lieferte mich mit den Worten ab, ich sei ein blinder Passagier, den es einzubuchten gelte, um mir eine Lektion zu erteilen. Glücklicherweise fiel Mister Franklin bald das Telegramm von Bismarcks Außenministerium in die Hände, welches unter anderem auch über mein Schicksal Aufschluss gab. Und so kam es, dass ich auf freien Fuß gesetzt wurde.«

»Ende gut, alles gut«, sagte der Professor frohgemut, als er sich wieder mit seiner Liebsten vereint sah.

»Noch nicht ganz«, meinte Ozias Franklin geheimnisvoll. »Dank Frau Lepsius sind wir den Halunken mittlerweile wieder auf die Spur gekommen ...«

VIERUNDZWANZIGSTES KAPITEL

Am nächsten Morgen führte Officer Franklin seine deutschen Gäste durch den Ort. Als Hafen eher lausig, war Damanhur, was die Eisenbahn betraf, ein wichtiger Knotenpunkt, der die Provinzhauptstadt mit anderen Ortschaften verband. Franklin hatte deshalb den Bahnhof als Ziel ihres Spaziergangs ausersehen, denn dort wollte er die Ermittler über die Fortschritte der ägyptischen Polizei auf dem Laufenden halten.

»Haben Sie sich irgendwo gestoßen?«, erkundigte sich der Offizier beim Professor, als sie gerade um eine Ecke bogen. »Sie humpeln.«

Dieser schüttelte den Kopf und brummte: »Guinea-wurm.«

»Hätte schlimmer kommen können«, meinte Franklin unbeeindruckt. »Wenn Sie hier im Nil planschen, passiert es zuweilen, dass sich mikroskopisch kleine Fische in Ihre Badekleidung verirren. Wenn Sie noch mehr Pech haben, geraten diese Fische in Ihre Harnröhre und schwimmen sie hinauf. Und wenn Sie völlig von jeglichem göttlichen Beistand verlassen sind, nisten sich die Viecher bei Ihnen ein und wachsen zu schmerzvoller Größe an. Da kriegt das Wort Fischreuse schnell eine ganz andere Bedeutung, was?«

Albrecht, der mit bleichem Gesicht der Unterhaltung gefolgt war, sah seinen Polizistenkollegen entgeistert an und schluckte hart. Für den Rest des Tages mied er dessen Nähe.

Wenige Minuten später hatten sie das Telegrafenamt erreicht. Dem Tatortzeichner war es ein Rätsel, was sie hier erwarten sollte, doch auch auf mehrmaliges Nachfragen hin hüllte sich ihr Führer noch immer in Schweigen. Das Gebäude, in welches er sie gebracht hatte, war auf Augenhöhe mit orientalischen Ornamenten geschmückt. Nebst dieser Vielzahl von Schnörkeln unterschied es sich von anderen Häusern bloß durch ein im rechten Winkel an der Frontmauer angebrachtes Schild, auf dem in englischer Sprache Sinn und Zweck des Amtsbüros kundgetan wurden. Das Interieur war schlicht gehalten. Es gab Holzstühle für die Gäste und gepolsterte Sitzmöbel für die Angestellten, in der Mitte des Raumes ein breiter Tisch, an den zwei Wänden links und rechts der Eingangstür längliche Borde, auf denen einige Typendrucktelegrafen standen. Ein halbes Dutzend Uniformierter saß an den Maschinen. Von Zeit zu Zeit machten sie sich Notizen.

»Nehmen Sie Platz, meine Herren, suchen Sie sich eine Sitzgelegenheit aus. Ich gebe zu, die Auswahl ist gering; aber wenn Sie einfach mit einem Stuhl in Ihrer Nähe vorliebnehmen würden, so könnte ich Ihnen den Grund unserer kleinen Exkursion darlegen.« Sie setzten sich. In fiebriger Anspannung waren ihre Augen auf den Offizier gerichtet, der es verstanden hatte, ihre Neugier zu wecken. »Wie bereits erwähnt, ist es Frau Lepsius zu verdanken, dass wir der Bande um den Sonderbeauftragten des Khediven noch auf den Fersen sind. Besäße Elisabeth nicht ihren gesunden Menschenverstand, so würden wir jetzt vollends im Dunkeln tappen. Ihr fiel nämlich auf, dass Veysel Al-Hokra mit unbekannten Hintermännern telegrafisch in Kontakt stehen musste. Aber wollen wir Elisabeth doch selbst das Wort überlassen, meine Herren, und aus erster Hand die Geschichte mit dem Notizblock erfahren.«

Respektvoll verbeugte er sich in Richtung der Komponistentochter, die seiner Aufforderung nachkam.

»Es war eigentlich eher ein Zufall«, begann sie, indem sie ihr Licht unter den Scheffel stellte. »Seit wir die afrikanische Küste steuerbords hatten, schien mir unser Entführer nervös oder zumindest aufgeregt zu sein. Ganze fünf Mal ließ er einen Hafen anlaufen und schickte einen Matrosen aus, um im Telegrafenamt eine Botschaft abzusenden. Stets gebrauchte Al-Hokra einen Notizblock für seine Nachrichten. Er kritzelte etwas darauf, riss das beschriebene Blatt ab und händigte es dem Boten aus. Als es das sechste Mal so weit war, wartete ich die Prozedur ab. Unter dem Vorwand, für unsere Zerstreuung ein Mühlebrett zeichnen zu wollen, erbat ich einen Bogen Papier und einen Stift. Nichts Schlimmes ahnend, lieh mir der Ägypter den Block. In meiner Kajüte löste ich die obersten Blätter ab, wand sie sorgfältig um die Reifstangen meines Korsetts und bewahrte sie somit in einem sicheren Versteck auf.«

Das Gesicht des Ägyptologen strahlte ob der Klugheit seiner Gattin. »Da würde niemand nachschauen außer mir«, verkündete er treuherzig-naiv.

»Irgendwann wird jemand die Blätter noch gebrauchen können, dachte ich mir«, führte Elisabeth Lepsius weiter aus. »Als ich schließlich in Officer Franklins Obhut übergeben wurde, war es nur eine Frage der Zeit, bis sich die ganze Angelegenheit als abgekartetes Spiel entpuppen würde. Sowie ich aus dem Gefängnis entlassen wurde, überreichte ich Herrn Ozias Franklin die Papiere. Unter Anwendung von feinem Grafitpulver, das wir über die Blätter streuten, kamen die vom Original auf die Unterlagen durchgedrückten Buchstaben zum Vorschein. Es war ein Leichtes, einen Großteil der Wörter zu entziffern und sich den Rest zusammenzureimen. Außerdem stand die Zahlenkombination für den Funker auf dem Zettel.«

»Was Frau Lepsius hauptsächlich sagen will, ist eigentlich dies: Wir wissen nun den elektromagnetischen Zielpunkt, an den Veysel Al-Hokras Botschaften gesendet werden.«

Der Offizier deutete auf die größte der vorhandenen Telegrafenmaschinen, deren Laufwerk von einem Gewicht von beinah 60 Kilogramm bewegt wurde. Links davon stand das Elektromagnetsystem, an dem gusseisernen Apparat angeschweißt war das Typenrad mit der Papierrolle für die eintreffenden Textnachrichten. Auf dem Tisch davor befand sich eine Klaviatur mit mehreren Tasten für Buchstaben, Ziffern und Satzzeichen.

»Bei Nereus! Heißt das etwa, Sie verfolgen den ganzen Verkehr dieser Halunken mit?«, meldete sich erstmals Andreas Gostkowski zu Wort.

»Korrekt, Kapitän. Wir haben ihre Kommunikation angezapft. Und das Beste daran: Sie verwenden weder Steinheilschrift noch Morsealphabet noch sonst einen Code. Alles, was von einem Bandenmitglied zum anderen telegrafiert wird, kommt hier in Druckschrift aus der Maschine.«

»Dann heißt es jetzt also: Däumchen drehen und warten?«, fragte Lepsius.

»Ja, Professor. Aber wir wollen dies wie gesittete Menschen tun: Mittlerweile werden in meinem Heim wohl schon Gebäck und Tee aufgetischt worden sein.«

»Einen Moment noch!«, bat Julius. »Zuerst telegrafiere ich meiner Frau. Sie soll wissen, dass es uns allen gut geht.«

Vier unbeschwerte Tage verbrachten sie im Hause Ozias Franklins. Der Offizier zeigte sich beflissen, ein guter Gastgeber zu sein. Obwohl der Platz beengt war, gefiel den Preußen die Situation, und obgleich fünf unerwartete Gäste ein bisschen viel für den Haushalt waren, hatte Franklins Bediensteter die Lage im Griff, ohne einen Muskel seiner stoischen Miene zu verziehen.

Die Gäste selbst beseelte die Art und Weise, wie sie auf Strohmatten und improvisierten Lagern auf dem Boden übernachteten. Das Ganze hatte den Reiz einer Picknickgesellschaft und stärkte nur das Band zwischen ihrer ohnehin schon verschworenen Truppe. Nachdem sie ihre Liebsten telegrafisch über den glücklichen Verlauf der Reise unterrichtet hatten, schrieben sie an den Abenden noch einige ausführlichere Briefe von Hand. An den Vormittagen erkundeten sie die Stadt und stöberten durch die engen Gässchen. Der Professor war hochgradig ausgelassen. Er genoss sichtlich die Wiedervereinigung mit seiner Gattin und erwies sich als ausgezeichneter Fremdenführer, der seine Freunde auf die Eigenheiten ägyptischer Sitten und Bräuche und auf sonstige Besonderheiten aufmerksam zu machen verstand.

An den Nachmittagen, wenn sich die anderen zurückzogen, um der einsetzenden Hitze zu entgehen, trennten sich Albrecht und Julius von der Gruppe, um in aller Ruhe ihre Lage zu rekapitulieren. Sie sprachen über Samuel Bellachinis Zirkus- und Theaterspektakel, die entwendeten Smaragde und die Belphegor-Statue vor dem Neuen Museum. Jeden Abschnitt ihres Abenteuers gingen sie durch, jede Episode, die sie bis nach Ägypten geführt hatte, wurde wiederholt, bis sie der Gedankenspielerei müde wurden und sich abermals ihren Freunden anschlossen. Der Professor und seine Gattin verhielten sich wie zwei Frischverliebte. Sie hakte sich bei ihm unter, während sie wie ein junges Liebespaar durch das Viertel flanierten, und bedachte jedermann mit einem Lächeln.

Doch jegliche behagliche Zeit geht vorüber, wenn man von der Realität eingeholt wird. Selbst Adam und Eva waren aus dem Paradies vertrieben worden. Dies war Julius stets bewusst. Bei den preußischen Ermittlern kündigte sich der Wandel in Gestalt einer banalen Textnachricht an, die der örtliche Typendrucktelegraf ausspuckte.

»Wir müssen aufbrechen«, befahl Ozias Franklin, nachdem er alle um sich versammelt hatte. »Die Verschwörer um Al-Hokra planen tatsächlich etwas Großes. Wenn man der abgefangenen Botschaft hier trauen kann, soll es Ismail Pascha an den Kragen gehen.«

»Sapristi!«, entfuhr es Albrecht. »Ein Attentat?«

Officer Franklin überging den leicht emotionalen Ausbruch. Er gab an, so schnell wie möglich zu packen und den Zug nach Kairo nehmen zu wollen. Um nicht aufzufallen, werde er vierter Klasse reisen und eine billige Arbeiterkluft tragen. Es liege im Ermessen seiner neuen Freunde, sich ihm anzuschließen oder die Sache ohne ihr Zutun ihren Lauf nehmen zu lassen. Die zuständigen Stellen in der Hauptstadt seien gewarnt, er persönlich habe ihnen auf vertraulichen Wegen alle nötigen Informationen zufließen lassen, und nun könne die Falle zuschnappen. Eigentlich sei nichts weiter zu tun, als die Geschehnisse vor Ort abzuwarten.

Für Kommissar Horlitz und die beiden Studenten war es eine Frage der Ehre, die Sache erfolgreich zum Abschluss zu bringen. Anders betrug es sich mit Kapitän Gostkowski. Doch der Professor pochte auf sein Mitwirken: »Mitgegangen, mitgehangen«, meinte er trocken. »Und diesmal wissen wir, wo die Grenzen verlaufen und wer auf welcher Seite steht.«

Die Zugfahrt nach al-Qahira, wie die Stadt von den Einheimischen genannt wurde, ging in einem ausgemusterten Großraumwagen vonstatten, welcher wohl Ende der 1850er-Jahre seine besten Zeiten gehabt hatte. Wie dieser einstmals luxuriöse Zug nach Ägypten gelangt war, wussten allein die Götter. Lepsius erklärte, dass alles, was in Europa nicht mehr gebraucht werde, einmal seinen Weg nach Afrika fände. Jedenfalls hatte man die Toiletten ausgebaut, die Betten durch wacklige Brettergestelle ersetzt und den samtenen Bezug von den Wänden gerissen.

Dass Ozias Franklin betont hatte, vierter Klasse zu reisen, um das Inkognito zu wahren, war ein billiger Treppenwitz: Er hätte das Fahrgeld für die gepolsterte erste oder die noch immer komfortable zweite Klasse wohl nur mit Mühe aufwenden können. Als die Dampflok sich zischend in Bewegung setzte, hatten sich Horlitz, Albrecht, Julius und das Ehepaar Lepsius im gleichen Waggon wie der Offizier niedergelassen. Sie belächelten seine übertriebene Vorsicht, scherzten ungeniert und vertrieben sich die Zeit mit arglosen Blödeleien. Franklins steifes, unergründliches Gesicht hätte jeder Palastwache zur Ehre gereicht.

Schlecht gelaunt verfolgte er ihren Übermut. Doch als Gideon Horlitz zum x-ten Mal die Lösung einer von Elisabeth gestellten Scherzfrage nicht wusste, stand der stolze Brite abrupt auf und verwarf seine Würde, indem er sich zu den Preußen gesellte und sich lauthals lachend an den Ratespielen beteiligte.

Stundenlang quälte sich der Zug die wenigen Meilen in die Hauptstadt. Manchmal stand eine Schafherde auf den Gleisen, während ihr Hirte nirgends zu sehen war; ein anderes Mal war ein Ziegenbauer gefährlich nah an den Schienen eingedöst, während sich die Tiere seiner Herde in alle Windrichtungen verstreut hatten. Unterbruch reihte sich an Unterbruch, und die Freunde konnten sich glücklich schätzen, die Reise als Gemeinschaft angetreten zu haben: Alleine wäre die Fahrt wirklich zu mühsam gewesen.

An einigen kleineren Stationen stiegen weitere Passagiere zu, manchmal verließen wieder ein paar den Waggon. Die Freunde kümmerte das nicht. Als Julius einmal aus dem Fenster blickte, erkannte er, dass das vorher noch so gewaltig erscheinende Delta des Nils sich allmählich verengte und überschaubarer wurde. Nicht mehr lange, und sie würden durch die Vororte der größten Stadt der arabischen Welt fahren. Als es so weit war und die ersten kargen Hütten und Lehmhäuser an ihnen vorbeizogen, starrte er angestrengt hinaus, um vielleicht irgendwo die Spitzen der im Westen gelegenen Pyramiden von Giseh zu erblicken.

Am frühen Abend fuhren sie in einen Bahnhof ein, der nahe des Gebirgsausläufers Muqattam im Osten lag. Von hier aus, so Franklins Überlegung, war es nicht weit zu dem alten Stadtkern, der in der entgegengesetzten Richtung vom Nil begrenzt wurde. In diesen antiken Vierteln sollte die Geschichte um die Smaragde des Khediven ihr Ende finden, hoffte Julius. Ein paar Eseltreiber versperrten den Weg, als die Passagiere ausstiegen; einige hungrige Bettler gingen sie um ein paar Münzen an. Mit harten Bandagen drängte sich die Gruppe durch die Menge. Dem Kapitän sah man es an, dass er sich zurückhielt, nicht die Fäuste sprechen zu lassen.

Endlich, als der Bahnhofsbereich hinter ihnen lag, besserte sich die Lage und die Gassen wurden allmählich passierbarer. Der Offizier schien sich auszukennen: Er lotste seine Begleiter wie ein Ortskundiger durch das Labyrinth der verwinkelten Gässchen, Fußwege und Laubengänge. Bald hatten sie die Zufahrt zu einer Stadtvilla erreicht, die eindeutig offiziellen Charakter besaß. Die weitläufige Rasenfläche um das Gebäude war trotz der Jahreszeit auffallend grün und mit einer hohen Mauer eingezäunt. Ein mit Kies bestreuter Weg, an dessen Rändern Dornenhecken aus der heimischen Flora gediehen, führte zum Haupteingang.

Sowie sie die Einfahrt betreten hatten, stellte sich ihnen eine Gruppe Wachhabender mit gezückten Handpistolen in den Weg. Einige richteten gar die blitzenden Läufe ihrer Gewehre auf die Fremden.

»Officer Ozias Franklin«, gab sich ihr Anführer zu erkennen und überreichte einem der Soldaten seine Ausweispapiere. »Wir werden erwartet.«

Der Mann warf einen kurzen Blick auf die Dokumente, deutete eine leichte Verbeugung an und meinte: »Folgen Sie mir. Ismail Pascha lässt bitten.«

FÜNFUNDZWANZIGSTES KAPITEL

ISMAIL PASCHA, DER OSMANISCHE VIZEKÖNIG in Ägypten, stellte sich als ein Mann in den Enddreißigern heraus. Er war von gleicher Statur wie Bentheim, die Haare trug er dunkel und kurz geschnitten. Wäre nicht seine weiße Amtstracht mit den blauen Linien gewesen, welche den Nil symbolisierten, so hätte man ihn leicht mit einem einfachen Kuli verwechseln können.

Der zukünftige Khedive war assimiliert genug, den Gästen nicht die Hand zu reichen, sondern sich wie ein waschechter Engländer leicht in ihre Richtung zu verbeugen. Sie erwiderten die Begrüßung, worauf er auf eine Reihe von Sesseln aus geflochtenen Weidenruten wies.

»Im Groben bin ich über die Pläne des Verräters Al-Hokra im Bilde«, begann der Amtshalter ohne Umschweife, nachdem sie sich gesetzt hatten. »Nur die Details kenne ich nicht.«

»Das erleichtert unser Vorgehen enorm, Exzellenz«, meinte Officer Franklin. Als ein paar Dienerinnen eintraten, um die Gäste zu verköstigen, winkte sie der Khedive hinaus. In der Berliner Heimat hätte man die Nase gerümpft ob dieses Verhaltens, doch einem Mann, der Zielpunkt einer tödlichen Verschwörung war, verübelten sie diesen Mangel an Gastfreundschaft natürlich nicht. Ozias Franklin fuhr unbeirrt fort: »Wir haben Grund zur Annahme, dass in den nächsten Tagen ein Attentat auf Eure Exzellenz verübt werden soll. Wie ich vernommen habe, ist ein Besuch des Khediven in einer Koranschule geplant? So zumindest wird es in den abgefangenen Nachrichten erwähnt.«

Ismail Pascha nickte. »Ja, in der Nähe der kleineren Hassan-Moschee. Anschließend gehen meine Berater und ich die Reihen ab. Lediglich einige Lehrer und Schriftgelehrte werden anwesend sein. Eine Handvoll Menschen, nicht mehr und nicht weniger.«

»Dies alles soll im Hof der Schule stattfinden?«

»Ja.«

»Dann, Exzellenz, möchte ich Sie über den aktuellen Stand unserer Ermittlungen aufklären.« Er griff in sein Oberkleid und zog ein Zeichenblatt sowie einen Stift hervor, dessen Spitze er befeuchtete. Mit ein paar Strichen malte er die Grundrisse einiger aneinanderstoßender Gebäude. In der Mitte entstand ein rechteckiges Feld, dessen drei Seiten von Mauern gebildet wurde. Die vierte Seite jedoch besaß einen Durchgang zu einem weiteren Hinterhof. Der Offizier deutete auf den Durchlass. »Hier werden die Verräter zuschlagen. Der Hinterhof lässt ihnen genügend Fluchtwege zu. Ich kenne den Ort. Von mindestens fünf Mietshäusern führt der Hintereingang direkt zur Moschee. Gelingt einem erst einmal die Flucht durch ein Gebäude, so verzweigen sich die Gässchen der Altstadt an der anderen Front der Häuser in alle Richtungen. Es ist ein unübersichtliches Gewirr. Perfekt für solch ein Unterfangen. Man verschwindet, noch ehe jemand in dem ganzen Tumult an die Verfolgung denken kann.«

»Wie werden die Männer vorgehen?«, wollte der Khedive wissen. Es war nur allzu verständlich, dass er ganz Ohr war. Seinem Äußeren nach wirkte er gefasst, die weiß hervortretenden Knöchel seiner Finger jedoch belehrten Julius Bentheim eines Besseren.

»Ich will es in einfache Worte fassen. Den abgefangenen Telegrammen zufolge müsste sich die Sache folgendermaßen abspielen: Nachdem die Schule besichtigt worden ist, nehmen die Würdenträger im Innenhof Aufstellung, wo sie auf den Khediven warten, der vom Schulleiter herumgeführt wird. Gleichzeitig machen sich die Attentäter bereit. Sie haben sich unter das Volk gemischt und treten als Pilger oder betende Einheimische auf, weshalb sie auch unter den Besuchern der Moschee zu suchen sind. Der Ruf des Muezzins, der die volle Mittagsstunde und den baldigen Beginn des Gebets ankündigt, gilt als Signal. Zu diesem Zeitpunkt ist der Khedive im beinah menschenleeren Innenhof.«

»Und dann werden die Anhänger des Derwischführers die Gebetshalle verlassen«, beendete Ismail Pascha mit tonloser Stimme die Ausführungen. »Sie werden Gott und den Propheten anrufen und sich mit gezückten Messern auf mich stürzen. Und am nächsten Tag schon halten die Derwische der Sammanija mit ihrem Scheich Muhammad Ahmad ein ausgelassenes Ordensfest ab.«

Sie schwiegen betroffen.

Nach einiger Zeit wagte es Albrecht, sich durch leises Hüsteln bemerkbar zu machen. »Noch ist nicht aller Tage Abend, Exzellenz, wenn es mir gestattet ist, dies anzumerken. Dass wir über die Schritte des Feindes informiert sind, lässt uns die weiteren Züge exakt planen. Wir werden nicht unvorbereitet sein.«

Die Anspannung wich ein wenig aus dem Gesicht des Khediven. Elisabeth und Karl Richard rekelten sich in ihren Sesseln, vonseiten der Lepsius-Familie war dieses Geräusch auch schon alles, was vorgebracht wurde. Der Amtshalter maß sie mit einem undurchdringlichen Blick.

»Dies alles entnehmen Sie den Telegrammen?«, wandte er sich erneut an den Offizier. »Was, wenn es eine Finte ist? Die Nachrichten könnten fingiert sein und Al-Hokra spielt uns einen Possen.«

Hier meldete sich Horlitz zu Wort: »Das glaube ich nicht, Exzellenz. Woher sollte er von den Abhörmaßnahmen wissen? Außerdem passt alles zusammen, die einzelnen Puzzleteile ergeben nun ein größeres Bild. Sogar die Smaragde, die in meiner Heimat entwendet wurden, haben ihren Platz in diesem abgefeimten Plan.«

»Ich dachte, deren Bestimmung sei die Finanzierung eines Aufstandes«, meinte Professor Lepsius.

»An sich stimmt das schon. Aber ein Teil der Steine wird wohl als Rente zurückgehalten.«

»Als Rente?«

»Die Aufständischen sind Dschihadisten. Sie sehen im Derwischführer Muhammad Ahmad den Nachfolger des Propheten. Was er befiehlt, ist Gesetz. Gebietet er ihnen die Ermordung des Khediven, so ist die Zahl der Freiwilligen Legion. Sterben sie, erhält die Familie eine Rente. Kommt man in Ausübung der Pflicht ums Leben, gilt man als Märtyrer und darf sich rühmen, geradewegs in den Himmel aufzufahren.«

»Ich habe nichts dagegen einzuwenden, ihnen in dieser Hinsicht tatkräftigen Beistand zu leisten«, meinte Albrecht grimmig.

Ein sanftes Lächeln spielte um die Lippen des Khediven. Er erhob sich rührig und schlug den Weg zu einer der Türen ein. Mit einem resoluten Wink gab er zu verstehen, dass seine Gäste ihm folgen sollten. Sie kamen in einen mit Teppichen ausgelegten Gang, den sie entlangschritten, bis er nach rechts abbog und in ein Treppenhaus mündete, das nach unten führte. Sowie sie eine Etage tiefer waren, deutete Ismail Pascha auf zwei gläserne Türflügel, die in einen mit Palmen bestandenen Innenhof führten. Es war erstaunlich, wie weitläufig das Anwesen war.

»Um Sie beim Wort zu nehmen, Herr Krosick«, sagte der Khedive, »so hätten wir etwas im Angebot, das Ihnen dienlich sein könnte.«

Mit einem Ruck schob er die eine der Flügeltüren zur Seite und betrat den Hof. Sie folgten ihm, als er zielstrebig auf eine Art Tisch zuhielt. Auf diesem befand sich ein klobiger Gegenstand, der von einer Plane bedeckt wurde. Ein paar eiserne Füße stachen unter dem Überzug hervor und verrieten, dass irgendein mechanisches Ungetüm vor ihnen stehen musste. Schwungvoll – wie ein Zauberer im Varieté – enthüllte der Ägypter die Apparatur.

»Meine Dame, meine Herren! Ich präsentiere die Gatling-Gun!«

Was zum Vorschein kam, war ein dreibeiniges Gestell, dessen drittes, nach hinten abgewinkeltes Bein beinah dreimal so lang war wie die beiden vorderen Stützbeine. Am oberen beweglichen Schnittpunkt dieser drei Eisenstangen war das Rohr einer Feuerwaffe angebracht, deren hinteres Ende in zwei vertikale Griffe auslief. An das lange Stahlbein war eine Sitzschale geschraubt.

»Ach du meine Güte!«, entfuhr es dem Professor.

Ozias Franklin gab einen anerkennenden Pfiff von sich. Gideon Horlitz hatte bereits in einem Memorandum des Verteidigungsministeriums von dieser Waffe gelesen, die ihren Namen dem Ingenieur Richard Jordan Gatling verdankte. Dieser war es gewesen, der das Maschinengewehr konstruiert hatte. Der Rückstoß beim ersten Abfeuern löst die Automatik aus, und theoretisch konnte somit unendlich lange geschossen werden, insofern ohne Unterlass Patronen nachgeliefert würden.

»Funktioniert dieses Ding?«

Der Khedive nickte. »Meine Offiziere haben die Gatling in den letzten Wochen erfolgreich getestet. Die Amerikaner verwenden sie schon, teilweise auch die Türken und die Russen. Der britische Generalstab sieht Afrika als geeigneten Ort für den Einsatz eines Repetiergewehrs. Im Gegensatz zur Artillerie ist diese Waffe leicht zu transportieren. Sollte es irgendwo zu Aufständen unter den Eingeborenenstämmen kommen, deren Krieger uns mit primitiven Waffen angreifen, werden wir sie salvenweise niedermähen. Genügend dieser Maschinen haben wir ja. Auch überlegen wir uns, sie durch das Anbringen von Rädern mobiler zu machen.«

»Ich kann mir denken, gegen wen die Gatling sonst noch eingesetzt werden kann, Exzellenz«, meinte Franklin ergriffen.

»So Allah will, werden die nächsten Tage eine Antwort darauf geben.«

SECHSUNDZWANZIGSTES KAPITEL

Der Besuch der Koranschule war auf den folgenden Sonnabend angesetzt. Der Leitgedanke der Terminsetzung war logistischer Natur: Das große Freitagsgebet war dann vorüber und die vornehmen Erzieher und Schriftgelehrten würden mehr Zeit für ihren hohen Gast aufbringen können.

Elisabeth und Karl Richard Lepsius sollten ausdrücklich von den Geschehnissen ferngehalten werden. In seiner Funktion als ranghoher preußischer Beamter besprach sich Gideon Horlitz diesbezüglich mit Officer Franklin, welcher ganz seiner Meinung war. Der Ägyptologe selbst nahm die Nachricht, dass man seiner Hilfe entbehren konnte, mit stoischer Gelassenheit entgegen.

»Ehrlich gesagt, bin ich froh darum«, verriet er Julius hinter vorgehaltener Hand, sowie sie einmal für ein paar Minuten ungestört waren. »Dieses Handwerk ist nichts für unsereins. Meine Elisabeth, ja, die schon. Die wäre Feuer und Flamme, um bei den nächsten Aktionen dabei sein zu dürfen.«

»Keine Angst, Professor. Sie und der Kapitän werden schon dafür Sorge tragen, dass sie nicht ausbüxt.«

»Kapitän Gostkowski wird nicht am Finale beteiligt sein?«

»Wieso sollte er?«, entgegnete der Tatortzeichner. »Dies ist eine polizeiliche, wenn nicht gar militärische Angelegenheit. Hier wird soldatischer Geist verlangt. Wir benötigen weder Seemann noch Forscher. Keine Zivilisten sozusagen.«

»Ihr Wort darauf!«, forderte er lächelnd, und sie schüttelten sich die Hände. Die Erleichterung, seine Gattin aus dem Rennen zu sehen, war ihm ins Gesicht geschrieben.

Als der besagte Samstag gekommen war, verhießen die ersten frühmorgendlichen Plusgrade einen schwülen, heißen Tag. Schon vor Sonnenaufgang hatten Kommissar Horlitz, Albrecht und Julius zusammen mit drei britischen Soldaten gegenüber der Hassan-Moschee Quartier in einer Wohnung bezogen, deren Fenster auf den einen der zwei Innenhöfe zeigten. Eine verschleierte Frau saß verschüchtert in einem geflochtenen Korbstuhl und drückte ein weinendes Mädchen an sich. Ein flaues Gefühl der Anteilnahme beschlich Julius, weil sie gewaltsam in die Räumlichkeiten der Ägypterin eingedrungen waren, und er streichelte dem Kind beruhigend über die Haare. Dann nahm er wieder Position am Fenster ein, von wo aus er die gegenüberliegende Fassade beobachten wollte. Das abgemachte Zeichen war ein dreimaliges Ausschütteln eines Putzlumpens am offenen Fenster, was ihnen anzeigen sollte, welche Wohnungen von Soldaten besetzt waren.

»Bald 11 Uhr«, bemerkte Albrecht ungeduldig.

Bentheim nickte bloß.

»Baut die Gatling auf«, meinte Horlitz schließlich, worauf die Soldaten sich an die Arbeit machten und das dreibeinige Gestell der mitgebrachten Feuerwaffe zusammenschraubten.

»Da!«, sagte plötzlich einer der Soldaten und deutete auf die Fensterfront auf der anderen Seite. Von Professor Lepsius hatte Julius ein Jenaer Glas geborgt, das er sich nun ans Auge hielt. Unmerklich musste er schmunzeln, denn der Unterarm der verschleierten Gestalt, die dort einen Lappen schüttelte, war ausgenommen haarig und keineswegs einer zierlichen Ägypterin zuzuordnen. Solch bekannte Schauspieler wie Conrad Ekhof oder der großartige Iffland, fiel es ihm ein, hätten natürlich diese Rolle besser zu spielen vermocht. Zumindest hätten sie als Erstes ihre Arme rasiert.

»Und da!«, meldete sich der andere Soldat: »Ein weiteres Zeichen.«

Horlitz brummte zufrieden, als Ozias Franklin in sein Blickfeld geriet, und er wies Albrecht an, ebenfalls das Zeichen zu geben, dass sie bereit seien.

Nun hieß es warten …

Julius Bentheim malte sich aus, was gerade in der Moschee passierte, und ließ gedankenversunken den Blick über die Häuser schweifen. Sie befanden sich im dritten Stockwerk eines ärmlichen Mietshauses, eines Wohnblocks, wie man ihn auch im Arbeiterviertel Prenzlauer Berg finden konnte. Das Einerlei des Kairoer Dächermeers erstreckte sich in die Ferne, in der Nähe durchbrochen vom jäh aufragenden Minarett aus Lehm und Holzbalken. Als Bentheims Blick wieder auf die Außenwand der Moschee fiel, hatte sich dort eine Tür geöffnet. Es vergingen wenige Augenblicke, bis ein in einen weißen Kaftan gekleideter Mann im Türrahmen sichtbar wurde.

»Der Schulleiter«, flüsterte einer der Soldaten, der sich tags zuvor noch intensiv über die modischen Gepflogenheiten der Geistlichkeit kundig gemacht hatte.

Der Mann gab den Weg in den Hof frei. Anspannung lag in der Luft, als hinter ihm einige Würdenträger folgten und schließlich der Khedive auftauchte, der an der weiß-blauen Amtstracht zu erkennen war. Ismail Pascha legte eine beachtliche Selbstbeherrschung an den Tag, wie Julius zugeben musste. Er bewunderte die Leichtigkeit, mit welcher er sich in seine Rolle schickte. Es kam nicht alle Tage vor, dass man zum Attentatsopfer erkoren wurde, und so mochte er für kein Geld der Welt in der Haut des Khediven stecken.

Die Würdenträger versammelten sich im Geviert des

Hofes. Einige tauschten Floskeln miteinander aus, andere disputierten angeregt. Es war eine Szene, wie man sie in Ägypten wohl jeden Tag aufs Neue erleben konnte – und mittendrin stand ihr Mann, der hin und wieder verstohlen zum Minarett hochschaute, ob der Muezzin sich schon eingefunden habe.

Im Hintergrund wurden Stimmen laut. Von irgendwoher schwappten Gesprächsfetzen und melodischer Singsang zu ihnen herüber.

»Die Gottesdienstbesucher finden sich ein«, bemerkte Albrecht konzentriert.

Ein Blick auf Bentheims goldene Mercier verriet, dass die Mittagsstunde bald nahte. Der Zeiger rückte unaufhaltsam vor, und da, oben an der Galeriebrüstung des Minaretts, erschien auch schon der Kopf des Muezzins.

»Es geht los!«, rief Julius und packte Albrecht am Oberarm. Zusammen mit Horlitz hasteten sie aus dem Raum, sausten das Treppenhaus hinab, drei bis vier Stufen auf einmal nehmend.

Der Lärm der Pilger hob an.

»Schneller!«, fauchte der Kommissar. »Runter! In den Hof!«

Sie zogen ihre Kavalleriepistolen, während dumpf der Singsang der Gläubigen an ihre Ohren drang. Sie waren jetzt beinah im Erdgeschoss angelangt. Immer lauter wurden die Gebete, immer deutlicher wahrnehmbar. Das Anschlagen eines Gongs hoch über ihren Köpfen ließ erkennen, dass der Muezzin gleich zum Gebetsruf ansetzen würde. Vier Schritte noch ... drei ... zwei ... einen ... Bentheim riss die Tür zum Innenhof auf ...

Und starrte direkt in das Gesicht des Khediven!

»Exzellenz, hier rein!«, rief er, als er ihn unsanft packte und hinter sich in den Gang der Mietskaserne schob.

In eben diesem Augenblick erscholl unüberhörbar das »Allahu-akbar« von der Galerie des Minaretts. Julius zog den Khediven mit sich, ihm den Weg nach oben weisend, wo in der besetzten Wohnung eine Arbeiterkleidung zur Tarnung für ihn bereitlag. Der Kommissar verharrte einige Sekunden lang hinter dem Treppengeländer in Deckung. Langsam schwang die Tür wieder zu, und Julius konnte noch einen Blick auf das Geschehen werfen, als die Würdenträger von einigen verdeckten Ermittlern in eine Ecke des Hofes getrieben wurden. Aus den Augenwinkeln heraus sah der Student gerade noch, wie von der offenen Seite des Hofs durch den Durchgang zum Hinterhof zwei bis drei Dutzend Männer herangeprescht kamen: vorwiegend dunkelhäutig, schlank und hochgewachsen, wie man sie im Sudan vorfindet. In den Händen hielten sie Messer und sonstige kleine Stichwaffen, die sie unter der Kleidung versteckt getragen hatten. Ihre Gesichter waren verzerrt, die Augen weit aufgerissen.

Ein wildes, furioses Gebrüll entrang sich ihren Kehlen, als sie die Waffen hoben. Ob sie bereits ahnten, dass ihr Plan fehlgeschlagen war, würden die Ermittler nie erfahren. Gerade als vor Bentheim endlich die Tür ins Schloss fiel und ihm den ersten scheußlichen Anblick ersparte, begann das Rattern der Maschinengewehre aus den Fenstern der Mietskasernen.

Ismail Pascha war bleich, als Julius die okkupierte Wohnung betrat. Jegliche Farbe war aus seinem Gesicht gewichen, das mit dem Weiß der gekalkten Wände zu verschwimmen schien. Dichter Pulverdampf lag in der Luft. Die verschleierte Frau saß noch immer im Korbstuhl, ihr Kind hatte aufgehört zu schluchzen und hielt sich die Ohren zu. Bald rotierte das Maschinenrohr der Gatling im Leerlauf, da die Soldaten keine Patronen mehr hatten. Der Boden war gänzlich mit leeren Hülsen übersät.

»Um Himmels willen!«, entfuhr es Albrecht Krosick. »Haben Sie etwa den ganzen Vorrat verschossen? Mein lieber Schwan! Es heißt zwar: Bei Grand spielt man Ässe oder hält die Fresse, wie Pikus der Waldspecht sagt. Aber das war jetzt doch ein bisschen übertrieben, meine Herren Soldaten.«

Der Fotograf trat ans Fenster und starrte in den Hof hinab. In einer Ecke erblickte er das zitternde Knäuel von Schriftgelehrten und Würdenträgern. In der anderen Ecke häuften sich die Körper der Angreifer, beinah bis zur Unkenntlichkeit zerfetzt. Die Wände ringsum waren mit Blutspritzern besudelt. Abgetrennte Gliedmaßen lagen zerstreut auf dem Boden.

Zwei oder drei Verletzte stöhnten oder schrien.

»Bei Allah! Warum bereitet niemand diesem Gejaule ein Ende?«, entfuhr es dem Khediven. Mittlerweile zitterte er am ganzen Körper.

»Durchatmen, Exzellenz«, riet Horlitz. »Kommen Sie, die Gefahr ist vorüber. Lassen Sie uns ein paar Schritte tun.«

SIEBENUNDZWANZIGSTES KAPITEL

Erneut betraten sie das Treppenhaus, folgten dem Geländer nach unten und fanden sich im Hof wieder. Ägyptische und britische Soldaten schleiften die Leichen aus dem Durchgang weg und stapelten sie an einer der Mauern aufeinander. Officer Ozias Franklin kam auf die Ermittler zu.

»Herr Kommissar, trauen Sie sich zu, Veysel Al-Hokra zu identifizieren?«

Horlitz warf einen kurzen Seitenblick auf den Khediven, der für diese Aufgabe wohl am ehesten infrage kam, doch sah er gleich, dass Ismail Pascha im Moment nicht dazu imstande gewesen wäre. Es war kein schöner Anblick, als Gideon die Reihen der toten Dschihadisten abging: Vor Schmerz verzerrte Gesichter starrten ihm entgegen, zu Fratzen verzogene Grimassen. Er wandte kurz den Blick ab und schaute nach oben. Obwohl die fünf Hintereingänge der Mietshäuser von den Soldaten bewacht wurden, war es unmöglich, die neugierigen Anwohner von den Fenstern zu verbannen. Zu Dutzenden drängten sie sich nun an die Scheiben und verfolgten das Treiben.

Der Kommissar schüttelte den Kopf ob der Sensationslust der Menschen und widmete sich wieder seiner Arbeit. Einige Körper konnte er ausschließen, doch war es ein Ding der Unmöglichkeit, unter den gänzlich in Stücke gerissenen Leichen den besagten Drahtzieher zu finden.

Seufzend wandte er sich ab.

Julius schritt gedankenvoll neben ihm her. Mit Ozias Franklin berieten sie, was zu tun war, und kamen überein, erst einmal den Khediven in die Stadtvilla zu fahren, bevor man weitere Schritte plante. Obgleich das Attentat verhindert worden war und ihre Aktion somit als Erfolg gelten durfte, gingen sie doch in bedrückter Stimmung auseinander. Selbst wenn ihre Feinde verblendet und von religiösem Eifer getrieben sein mochten, so war es für die Ermittler keine Erleichterung, sie tot zu sehen.

Wenn Bentheim später an diesen Moment zurückdachte, kam ihm stets der metallische Geruch von verschossener Munition und Blut in den Sinn. Er sah die Leiber vor sich, und er sah den blassen Khediven, der von einer Menschenmenge umringt war, die ihm die Hände entgegenhielt.

Er sah auch die Schriftgelehrten, die auf ihn einsprachen.

Und er sah das urplötzliche Auftauchen eines Messers, das in die Luft emporschnellte.

»Al-Hokra!«, rief der Tatortzeichner entsetzt.

Ismail Pascha reagierte instinktiv. Sein Arm fuhr hoch, um den Stoß abzufangen. Einer der Schriftgelehrten jedoch, dem das ungnädige Schicksal den wohl ungünstigsten Platz zugewiesen hatte, drehte sich arglos um und geriet in die Bahn des niedersausenden Messers. Die Klinge fuhr dem verdutzten Mann in die Schulter, wo sie knirschend stecken blieb. Ein Fluch entrang sich Veysel Al-Hokras Kehle, sowie er sein Attentat gescheitert sah. Wild schlug er um sich, schubste zwei Männer aus dem Weg und drängte auf einen der Ausgänge zu.

»Haltet ihn auf!«, rief Albrecht.

Die Wachen, die sicherstellen sollten, dass niemand das Haus verließ, hatten von dem bisherigen Geschehen nichts mitbekommen. Als sie sich umdrehten, war es zu spät – und der flüchtige Attentäter stieß einen zu Boden und rammte dem anderen die geballte Faust ins Gesicht. Taumelnd fiel der Soldat hin.

Al-Hokra entwischte durch die Tür ins Innere des Gebäudes.

»Ihm nach!«

Albrecht war an Julius' Seite, als er ins Haus schlüpfte. Sie fanden sich in einer Art Raum wieder, der von den Mietern wohl als Waschzimmer benutzt wurde. Überall hingen Kleidungsstücke, Bettwäsche und Laken an gespannten Seilen. Aus einem dunklen, länglichen Gang, der ins Treppenhaus führte, drangen dumpf verhallende Schritte zu ihnen.

»Er wird über die Dächer wollen«, vermutete der Fotograf.

Noch im Laufen entsicherte er seine Waffe. Stockwerk um Stockwerk erklommen sie. Die schäbigen Flure sahen sich zum Verwechseln ähnlich, und als sie um eine weitere Biegung des Treppengeländers eilten, hatte Bentheim bereits die Orientierung verloren. Ihm fielen die Stufen ins Auge, die nunmehr hölzern und nicht mehr aus Stein waren, und er schloss daraus, dass sie die letzte Etage erreicht hatten. Von hier aus ging es nur noch aufs Dach.

Von dem Flüchtigen war nichts mehr zu sehen, weshalb sie sich auf ihr Gehör verließen und den sich entfernenden Schritten nacheilten. Dieser letzte Flur war heller als die anderen, da das Tageslicht durch eine geöffnete Dachluke drang. Darunter stand ein hölzernes Tischchen, das offensichtlich in aller Eile von seinem angestammten Platz weggezogen worden war. Krosick gab Bentheim stillschweigend ein Zeichen, in Deckung zu bleiben, während er durch die Luke spähte, die Kavalleriepistole in der Rechten und bereit, sie auch ohne zu Zögern einzusetzen.

»Da läuft der Hund!«, sagte er. »Komm, Julius, ich mache die Räuberleiter.«

Es war ein Leichtes für sie, das mit Teerpappe ausgelegte Flachdach zu erreichen, und als sie oben standen, den leicht säuselnden Wind um die Ohren, mussten sie sich erst einmal orientieren. Sie sahen den Innenhof, voller Soldaten und geistlicher Würdenträger, sogar Kommissar Horlitz war noch unten. Anscheinend hatte er Al-Hokras Flucht gar nicht mitbekommen. Einige Meter vor ihnen erblickten sie die Gestalt des Verräters, der sich im Schutze der Schornsteine duckte und den Weg nach links einschlug, wo sich die angrenzende Moschee befand. Nur der schmale Durchgang, durch den die Attentäter gekommen waren, trennte die beiden Gebäude voneinander.

Julius Bentheim streckte den Arm aus und zielte sorgfältig.

Laut krachte der Schuss, und von der kleinen Mauer, die Al-Hokra als Deckung diente, splitterten Lehmbrocken ab.

»Geben Sie auf«, rief der Tatortzeichner, »und Sie erhalten einen fairen Prozess.«

»Niemals«, hallte es zu den Studenten herüber.

Von irgendwoher – Julius vermutete, der Ägypter habe einen losen Teil der Dachblenden abgerissen – hatte der Mann eine Metallplatte zu fassen bekommen und hielt sie wie einen mittelalterlichen Schild vor sich. So gewappnet, bewegte sich Al-Hokra zwischen Mauervorsprüngen und Schornsteinen vorwärts. Bentheim feuerte erneut, doch der Schutzschild erfüllte seinen Dienst. Sie versuchten, sich dem Gejagten zu nähern, doch ehe man sichs versah, hatte der Verbrecher das Ende des Daches erreicht, von wo aus er mit einem beherzten Sprung zur Moschee übersetzte. Diesmal schoss Albrecht, verfehlte Al-Hokra jedoch knapp, bevor er auf das Minarett zuhielt, das dort auf dem mit Zinnen bewehrten Flachdach nadelartig in die Höhe ragte. Ein weiterer Mann tauchte plötzlich in ihrem Blickfeld auf. Es war der alte Muezzin, der soeben die Stufen herabgestiegen war. Die schwere hölzerne Tür, die in den Turm führte, stand noch offen. Wie bereits bei den Soldaten im Hof, so verfehlte auch hier ein Faustschlag Al-Hokras nicht seine Wirkung.

Mehr verdutzt als gepeinigt, sackte der Muezzin im Türrahmen zusammen, während der Attentäter über seinen Körper hinwegstieg. Wie ein gehetztes Tier sah er sich um, warf seinen Verfolgern einen bösen Blick zu und verschwand im Innern des Minaretts.

Albrecht gab Julius Deckung, als er den Muezzin aus der Gefahrenzone zog, und dann blickten sie nach oben. Der Turm besaß vier weitere Geschosse, die durch Balkone abgetrennt wurden. Farbig glasierte Ziegel übernahmen die Aufgabe, die Fassade dekorativ zu gliedern, und ab und an wanden sich kalligrafische Schriftzeichen um die Mauer.

»Gibt es eine zweite Tür?«, wandte sich Albrecht an den Muezzin.

Sich die Schläfen reibend, schüttelte dieser den Kopf.

»Dann sitzt er in der Falle.«

Krosicks Augen verengten sich zu Schlitzen. Der Wille, eine Entscheidung herbeizuführen, war ihm anzusehen. Julius nickte zögerlich. So einfach es auch gewesen wäre, die Ankunft der Soldaten abzuwarten, überwog doch das Verlangen, den Weg, den sie beschritten hatten, bis zum Ende zu gehen. Mit seinem linken Schuh stieß er die Tür an – zu seinem Erstaunen war sie nicht verriegelt –, und mit erhobenen Waffen betraten die zwei das Minarett.

Mochte das Äußere des Turms mit seinem nadelförmigen Dach noch das in den Augen der Preußen so typisch orientalische Erscheinungsbild besitzen, so erinnerte sein Inneres eher an einen vom Sturm umtosten Leuchtturm. Auch hier wand sich eine enge Wendeltreppe nach oben, ein Geländer war keins vorhanden. Dafür boten Halteseile, die sich von einer ins Mauerwerk getriebenen Schraube zur nächsten spannten, ausreichend Halt. Licht war zur Genüge vorhanden, denn nach jeder Windung, die sie weiter anstiegen, durchbrach eine kleine Luke, einer Schießscharte ähnlich, die Mauersteine.

»Geben Sie endlich auf, Al-Hokra!«

»Niemals!«, dröhnte seine Stimme herunter.

Biegung um Biegung hetzten die Freunde den Turm hinauf. Stufe um Stufe zerrann unter ihren Füßen, ein Halteseil folgte dem nächsten. Noch einmal rief Bentheim den Namen des Verräters. Doch diesmal kam keine Antwort.

Schließlich erreichten sie die Plattform, und bereits auf den letzten Stufen erkannten sie die von der Sonne umspielten Umrisse eines Körpers, der sich nur unweit vor ihnen an der Außenseite der Brüstung festklammerte. Langsam näherte sich Julius. Als er bedächtig den Fuß über die Schwelle zum Rundgang setzen wollte, warnte ihn ihr Widersacher: »Bleiben Sie, wo Sie sind, Herr Bentheim. Auch auf Distanz können wir uns bestens unterhalten. Diesen einen, diesen letzten Gefallen werden Sie mir doch nicht ausschlagen?«

Julius und sein Freund verharrten im Inneren des Turms.

Es war unübersehbar, wohin diese Konfrontation führen, in welch schrecklichem Ende sie gipfeln würde. Alles lag klar vor ihnen. Albrecht schluckte hart. Vorher, im Dunkel des Mietshauses oder auf dem unübersichtlichen Dach, hätten sie weder mit der Wimper gezuckt noch eine Sekunde gezögert, als es hieß, einen Verbrecher kaltblütig mit der Schusswaffe zu erledigen. Aber nun einen Märtyrer Allahs zu schaffen, der – für alle weithin sichtbar – vom Minarett fällt, war eindeutig mehr, als sie im Sinn gehabt hatten.

»Es ist nicht zwingend der letzte Gefallen, das wissen Sie.«

Veysel Al-Hokra lachte heiser auf.

»Sie machen Späße. Glauben Sie wirklich, ich lasse mich lebend fassen? Was mich erwartet, sind ein paar Tage Haft und dann der Galgen. Vermutlich mitten auf dem Tahrir-Platz bei der neuen Kaserne unserer Armee. Nein, meine Herren, ich habe keine Lust, dass jeder dahergelaufene Lümmel mich für eine Handvoll Piaster baumeln sehen kann. Vergessen Sie das also. Die Aussicht, hier und jetzt bald alles hinter mir zu wissen, behagt mir mehr.«

Der Glanz in seinen Augen verriet Julius, wie ernst es ihm war.

»Wo sind die Smaragde?«, fragte der Tatortzeichner mit beherrschter Stimme.

»Längst an ihrem Ziel.« Ein bösartiges Lächeln huschte über Al-Hokras Gesicht. »Dereinst werden meine Edelsteine, die Steine des ägyptischen Volkes, den unterdrückten Mahdisten den Weg nach Khartoum ebnen. Der Sudan wird einzig den Muselmanen gehören, und danach kommt Ägypten an die Reihe. Nicht mehr lange, und die Europäer werden den Tag verfluchen, an dem sie zum ersten Mal den Fuß auf afrikanischen Boden gesetzt haben. Euer Blut werden wir saufen, ihr verfluchten Kreuzfahrer! Wir werden es mit Kelchen auffangen, wenn wir euch köpfen, und es in allen europäischen Metropolen zum grausigen Gedächtnis in den Kirchen aufstellen. Zu Zehntausenden werdet ihr Christenhunde das Kreuz schlagen, wenn der Schaitan das bereits geronnene Blut wieder zum Wallen bringt.«

Mit grimmiger Entschlossenheit trat Julius über die Schwelle. Es war nur ein Schritt, doch genügte er, Al-Hokras Zorn weiter zu entfachen. An der roten Farbe, die sein Kopf annahm, war zu ermessen, wie tief der Hass auf die Kolonialherren in seinem Herzen verwurzelt war. Bentheim ahnte, dass der Ägypter sein Leben aus freien Stücken opfern wollte.

»Geben Sie nach?«, fragte er dennoch.

»Gibt ein mathematischer Lehrsatz nach?«, erwiderte er.

Gedanken an all die Fehler, welche die britische – und ansatzweise auch die preußische – Politik auf dem Schwarzen Kontinent zu verantworten hatte, blitzten unwillkürlich in Julius auf. Auch Gedanken an Preußens Hochmut, mit welcher seine Forscher sich bei den Söhnen des Nils bedienten, als gehörte ihnen die Welt. Allein Karl Richard Lepsius hatte rund 1.500 Gebrauchsgegenstände und Kunstwerke des alten Ägyptens in die Berliner Museen überführt. Schließlich erwog er die verquere Idee vom Sendungsbewusstsein des weißen Mannes. Und im selben Atemzug, während ihm diese Überlegungen durch den Kopf schossen, sah Bentheim die nunmehr frei erhobenen Hände des Ägypters in der Luft.

Für kurze Zeit stand er aufrecht, bewegte sich kaum merklich.

Mit einem Schrei des Entsetzens drängten Julius und Albrecht vor. Noch ehe sie Veysel Al-Hokra erreichten, hatte er sich mit den Füßen vom äußeren Sims abgestoßen.

»Allahu-akbar!«, rief er andächtig.

Wie ein böses Omen hallte das Echo dieses Rufs wider und schwebte über die Dächer der Häuser hinweg. Tief unten prallte der Verräter auf den harten Boden des Innenhofs der Koranschule. Die verrenkten Knochen seiner Gliedmaßen zeigten in alle Himmelsrichtungen.

ACHTUNDZWANZIGSTES KAPITEL

»Würde man unsere Abenteuer in einem Kolportage-roman verewigen«, erläuterte Albrecht Krosick an diesem Abend seinem lauschenden Publikum, »so gäbe es für den Chronisten, da nun eigentlich alles von Belang gesagt ist, nicht mehr viel zu berichten. Der Bösewicht ist überführt, und ihn hat sogar seine gerechte Strafe ereilt.«

An einem Glas Limettensaft nippend, lehnte der Fotograf an einer Mauer und ließ mit bedeutungsschweren Worten die Erlebnisse des Tages Revue passieren. Besonders das Ehepaar Lepsius hing an seinen Lippen. Sie alle hatten sich im Garten der Stadtvilla des Khediven eingefunden, und während ihnen die Dienerschaft Linsensuppe, Falafel und Getränke reichte, fuhr Albrecht mit seinem Monolog fort: »Wir wissen jedoch um die Lust der preußischen Leserschaft, selbst am Ende des dicksten Schmökers nach einem Ausblick zu verlangen, was dessen Hauptfiguren anbelangt. So darf unser Autor denn auch nicht hintanstehen und ebenfalls ein paar wenige Worte über unseren Freund Julius und all die anderen wackeren Mitstreiter seines Abenteuers verlieren.«

»Julius wäre also der Protagonist?«, unterbrach ihn Elisabeth lächelnd.

»Gewiss, meine Dame. Wieso auch nicht? Er ist jung, gut aussehend und hat acht Finger. Ein Umstand, der ihn für das schwache Geschlecht interessant macht. Und er hat einen Sohnemann.«

Frau Lepsius gluckste vergnügt.

»Sie mit Ihrem Lebenswandel wären also zum Romanhelden ungeeignet?«, meinte sie kokett.

Unbekümmert überging er die spöttelnde Bemerkung.

»Ich bin zwar älter als Julius«, erklärte er, »und deshalb auch der Erfahrenere von uns beiden, bin auch hübscher und besitze alle Teile meiner Gliedmaßen ... Aber Sie haben es erfasst: Ich bin kein Chorknabe. Womöglich habe ich mir auch schon mal den Duphilis eingefangen.«

»Sie meinen die Syphilis?«

Er machte eine legere Handbewegung. »Einerlei. Wissen Sie, die habe ich schon so oft bei meinem weiblichen Bekanntenkreis angetroffen, dass wir seit undenklichen Zeiten per Du sind.«

Kapitän Gostkowski verschluckte sich derart an seinem Sodawasser, dass er sein Getränk wie einen Sprühnebel prustend über den Rasen verteilte. Elisabeth Lepsius beachtete die unziemende Unterbrechung nicht, sondern fragte weiter: »Welches wäre der Titel Ihres Buchs?«

»Es hieße wohl *Die Smaragde des Khediven*.«

»Oder *Die Dame im Schatten*«, fügte Bentheim, auf Fräulein Almond anspielend, listig an.

Nach drei weiteren Tagen, die sie mehr oder minder angenehm in der Stadtvilla des Khediven zubringen durften, packten die Preußen die Koffer für die Heimfahrt. Officer Ozias Franklins Ausdruck war undurchdringlich und ernst, als er im Hafen von Damanhur von ihnen Abschied nahm. Er strich sich über den Schnurrbart, zwirbelte dessen Enden mit den Fingern und wünschte den Freunden eine gute Reise. Die Gruppe bestieg die *Prinzessin Luise* und nahm an Deck Aufstellung, um der Stadt ein letztes Lebewohl zu winken.

Karl Richard Lepsius blieb so lange an der Reling, bis die Kaimauern außer Sicht waren und der Schraubendampfer die erste Biegung des Flusses hinter sich ließ. Der Nil trug das Schiff nach Norden. Hin und wieder begleiteten sie ein paar Krokodile, deren Schnauzen aus dem trüben Wasser ragten. Es war eine Freude, dem Professor zuzusehen, der wieder wie ein Jungspund über die Planken wieselte.

»Keine Probleme mehr?«, wollte Albrecht Krosick mitfühlend wissen.

Lepsius blieb stehen und schüttelte den Kopf. »Nein, der Wurm ist endgültig weg. Keine Infektion, keine Schmerzen. Ich könnte glatt ein Tänzchen wagen.«

Die Tage zogen ereignislos vorüber. Wie bereits auf der Hinfahrt vertrieben sich die Mitglieder der Reisegesellschaft die Zeit mit Spielen und widmeten sich vor allem einigen Partien Cribbage und – auf Albrechts Drängen hin – Skat.

»Prächtiger Bursche! Toller Rudergänger!«, wurde Lepsius vom Kapitän gelobt, als er von seinem Spiel aufschaute und zu dem Paar schielte, das vorn am Bug stand und seine wiedergefundene Zweisamkeit genoss. »Der hat sich seine Forelle geangelt.«

»Gehen Sie lieber wieder in den Ruderstand«, brummte der Kommissar.

Sie ankerten kurz auf Malta, wo sie frisches Trinkwasser sowie Trocken- und Dosenfleisch an Bord nahmen und sich im Hafen von Valetta die Beine vertraten. Im Schatten einiger gewaltiger Ruinen picknickten sie an diesem Nachmittag, und Julius ließ sich sagen, dass die Mauerreste zu den alten phönizischen und römischen Befestigungsanlagen gehörten. Ein weiterer Zwischenstopp wurde an der galizischen Atlantikküste eingelegt. Dort genoss die Gruppe die letzten unbeschwerten Stunden, bevor sie sich zur Fahrt nach den heimischen Gefilden aufmachten.

Man schrieb den 27. August, als sie wohlbehalten in Berlin anlangten.

Am Luisenstädtischen Kanal verabschiedeten sich die Freunde voneinander. Kommissar Horlitz schützte keine Müdigkeit vor: Schnurstracks ließ er sich von einem Landauer nach Charlottenburg fahren, um den König über die neuesten Geschehnisse und Entwicklungen auf dem Laufenden zu halten. Graf von Roon, der Divisionskommandeur und Politiker, der sich so unrühmlich auf dem Landgut Hohendorff vergnügt hatte, sollte mit einem blauen Auge davonkommen. Sie hatten allesamt ausgemacht, ihn nicht beim Innenministerium anzuschwärzen. Insgeheim musste Julius zwar zugeben, dass es verantwortungslos von dem Politiker gewesen war, sich in solch verrufener Umgebung herumzutreiben, doch »schließlich sind wir alle bloß Menschen«, wie Albrecht sinnig bemerkte.

Bald brachen auch die Ehegatten Lepsius auf, sodass die Studenten nunmehr allein zurückblieben. Sie flanierten über die Hafenmole und hielten auf einen Droschkenstand zu. Unvermittelt blieb Krosick stehen und machte Bentheim auf einen edel herausgeputzten Kaufmann mit

Zweispitzhut und daran befestigter Pfauenfeder aufmerksam. Der Besagte ließ es sich nicht nehmen, persönlich sein an einem Poller festgemachtes Pferd zu striegeln.

»Potzdonner und Pistolenknall, wie Pikus der Waldspecht sagt«, entfuhr es dem Fotografen. »Schau dir mal den Kerl an. Den kennen wir doch!«

Als sie sich ihm bereits auf wenige Meter genähert hatten, hob der Fremde den Kopf. Seine Augen leuchteten auf, als er die beiden Studenten erkannte, die ihm in den letzten Monaten bereits zweimal das Pferd gestohlen hatten – einmal im Kriminalfall um die *Dunkle Muse* und einmal, als die Affäre um den *Bund der Okkultisten* Schlagzeilen gemacht hatte. Mit fatalistischem Gleichmut wandte er sich an den neben ihm stehenden Kutscher: »Der hat me mal jelackmeiat, dit Aas!«

»Julius, ich weiß, wie du schneller zu deinem Finchen kommst«, rief Albrecht, als er den Kaufmann erreicht hatte. »Unser Freund hier leiht dir sein Pferd!«

»Dit juckt mir nich mehr«, meinte der Kaufmann belustigt und reichte dem Tatortzeichner von sich aus die Zügel. »Weeste, da klauste mein Pferd, aber dit is mir schnurzpiepe. So blöde wie ick's brauche, könnt ihr mir janich kommen!«

»Ein Mann, ein Wort«, strahlte Albrecht, während sich Julius auf das Pferd schwang. »Komm, altes Haus, ich spendiere 'ne Runde!«

Der Kaufmann nickte strahlend, legte Krosick kameradschaftlich den Arm um die Schulter und johlte Julius hinterher: »Pass uff, meen Freund, bringste mir den Gaul heile zurück!«

»Wie heißt denn der brave Klepper?«, wollte Albrecht wissen.

»Emilia. Det is 'n feiner Name, watt? Emilia Galoppi.«

Inzwischen gab Julius Bentheim dem Pferd die Sporen. Vom Kanal aus gelangte er zur Sankt-Michael-Kirche, die er rechts liegen ließ, um der Annenstraße zu folgen. Erboste Passanten pfiffen ihm nach, doch er preschte weiter, nahm Kurven und wich Kutschen aus, bog in wahnwitzigem Tempo in Seitengässchen ein und stieg erst vom Sattel, als er vor dem Studentenheim der Witwe Losch ankam. Wie von allen Teufeln gejagt, hetzte er in den Flur, nahm mehrere Stufen auf einmal und stand schließlich mit pochendem Herzen vor seiner Zimmertür. Hier kam er zur Besinnung. Den Stumpf seiner linken Hand betrachtend, die bereits auf der Klinke lag, hielt er inne. Dann verwarf er jeglichen von Dr. Bosenius eingepflanzten üblen Gedanken an Keime und Bakterien, die zusammen mit ihm ins Zimmer schlüpfen konnten, und drückte die Falle nach unten.

In einem Lehnstuhl, der zum Fenster in den hinteren Garten zeigte, saß ein eingefallen wirkendes Wesen, halb Mädchen, halb Frau, mit strähnigem Haar und hohlen Wangen. Sie schaukelte die Kinderwiege neben sich, und als sie die Tür aufschwingen hörte, drehte Filine Bentheim den Kopf.

»Julius!«, rief sie überrascht.

»Mein Finchen«, antwortete er mit aller Herzlichkeit, die er in seine Stimme zu legen vermochte, ohne seine Bestürzung über ihren Zustand zu offenbaren. Sie taumelte leicht, als sie aufstand, um seinen Kuss zu erwidern.

NEUNUNDZWANZIGSTES KAPITEL

DER SEPTEMBER BRACH AN, ein angenehm heiterer Monat, erfüllt von schwülen Herbstabenden. Ihm folgte ein ausgesprochen warmer Oktober. Den kleinen Edwin in den Armen haltend, um ihm das Fläschchen zu geben, saß Julius in der Gartenlaube hinter Amalia Loschs Heim. Auf Albrecht Krosicks Einladung hatte sich ihr engster Freundeskreis eingefunden. Über die Umfassungsmauer drang die Geräuschkulisse der Stadt, doch das schallende Gelächter des Fotografen übertönte jeglichen Lärm, als er seinen Liebsten großartige Neuigkeiten eröffnete.

Noch im August hatte der Tod des Hohenzollern-Prinzen rege Anteilnahme unter der Bevölkerung hervorgerufen. Viereinhalb Wochen lang, nachdem Julius und Albrecht ihn im Lazarett in Königinhof verlassen hatten, darbte Prinz Anton an seinen Schusswunden im Oberschenkel, bis er ihnen schließlich erlag. Das Volk trauerte, doch mit der Ruhe, die mit dem Ende des Preußisch-Deutschen Krieges wieder in Berlin einkehrte, kam auch das Interesse des einfachen Bürgers an Spektakulärem und Trivialem zurück, an Moritaten und Verbrechen. Wie passend musste da das Verschwinden der beiden Akrobatinnen erscheinen, die unter dem Pseudonym Vanessa Almond aufgetreten waren und sich von heute auf morgen in Luft aufgelöst hatten. Ein paar Tage lang hielt der Fall die Öffentlichkeit in Atem, und die Presse verstieg sich in immer groteskere Vermutungen. Samuel

Bellachini beklagte also den Verlust zweier Ausnahme-Artistinnen, und Albrecht lamentierte lang und breit über das Verschwinden seiner Angebeteten.

»Wie der Sommer dem Frühling folgt«, erklärte die Witwe Losch, »so folgt dem Fräulein Almond gewiss bald eine andere Dame, die das weite Herz unseres Fotografen zu erobern vermag.«

Doch Albrecht strafte ihre Aussage Lügen. Lautstark lachend sah er in die Runde, warf Horlitz einen freundlichen Blick zu, bedachte Julius mit einem Augenzwinkern und küsste Filine, die an diesem Abend mehr denn je einer Frau ähnelte, die das Sonnenlicht mit Todsünde verwechselt, auf die Wange.

»Meine lieben Freunde«, erklärte er salbungsvoll, »es ist um mich geschehen. Jungfern aller Länder, weint um mich: Ich gehe den Bund fürs Leben ein.«

Albrecht Krosick und Vanessa Almond alias Anna Ehmsbeck, wie sie in Wirklichkeit hieß, traten Ende Oktober vor den Traualtar. Es wurde ein rauschendes Fest, das Bekannte und Unbekannte aus allen Vierteln der Stadt zusammenströmen ließ. Noch rauschender war der Junggesellenabschied, der auf Jahre hinaus zur Legende verdichtet werden sollte: Trinkfeste Kommilitonen aus dem Prenzlauer Berg fanden sich ebenso ein wie leicht bekleidete Damen von weitem Erfahrungshorizont, und Julius und sogar Kommissar Horlitz gaben ihr Bestes, die vielen Leute für die Zeit der Feierlichkeiten in der Nähe der Kirche unterzubringen, in der Pastor Sternberg die Hochzeitsmesse halten würde.

Am großen Tag selbst waren Bentheim und Filine lediglich Zaungäste. Aus freien Stücken hatten sie sich zurückgezogen, um den kleinen Edwin von all dem Trubel fernzuhalten. Sie standen etwas abseits, als die Zeremonie beendet war und das glücklich strahlende Ehepaar aus der dreischiffigen Matthäikirche schritt. Es war ein klarer Herbstnachmittag, und die Sonne schien wärmend und verheißungsvoll auf die Festgesellschaft hernieder.

Die ehemalige Artistin trug ein cremefarbenes Chiffonkleid. Der Ring an ihrem Finger war von schlichter Eleganz. Aus dem Gotteshaus drang ein altes Kirchenlied von Nikolaus Ludwig von Zinzendorf, und die Augen aller Anwesenden glänzten. Mit einem Gefühl der Zufriedenheit gaben Filine und Julius ihr Kind in die Obhut der Witwe Losch und stellten sich in die Reihe der Gratulanten. Sie wussten mit untrüglicher Sicherheit, dass sich hier ein Paar gefunden hatte, das dereinst genauso glücklich sein würde, wie sie es waren.

»Alles, alles Gute«, wünschte Filine, als sie Vanessa Almond einen Kuss auf die Wangen gab. »Er wird gewiss ein toller Gatte sein.«

»Das muss er. Ich werde ihn dazu abrichten«, entgegnete die Braut lächelnd. »Manchmal glaube ich zwar, ein ernster Gedanke in Albrechts Kopf ist so selten wie ein Dodo. Aber das wird sich mit der Zeit schon legen.«

»Toi, toi, toi!«, flüsterte Julius unterdessen dem Fotografen zu und knuffte ihn freundschaftlich in die Rippen.

Der Rummel vor dem Kirchenportal war groß, die gereichten Appetithäppchen vorzüglich und die Freude ausgelassen. Im Verlauf des Nachmittags fuhr eine Kutsche vor, deren Pferde mit Schabracken verziert waren. Winkend bestiegen die Brautleute ihr Gefährt. Ziel der kurzen Fahrt war der Hafen. Die dreitägige Hochzeitsreise sollte nämlich nach Swinemünde gehen, ein Geheimtipp, den Albrecht bei einem Salonabend von Theodor Fontane erhalten hatte.

Abends dann, als Julius Bentheim mit Filine in Frau Loschs Wohnheim am Küchentisch saß und an einer Tasse Schwarztee nippte, sahen sie sich versonnen an. Amalia hatte sich bereits zurückgezogen und der Kleine schlief an Filines Brust. Wie zufrieden es einen doch machte, wenn man eine gute Ehe eingegangen war. Jetzt, in diesem einen Moment, gab es nichts, was der junge Tatortzeichner misste.

»Jede freie Stunde, die ich gemeinsam mit dir verbringen kann, ist heiter und erfüllt mich mit Freude«, flüsterte er.

»Du bist sentimental, Julius.«

Sie hustete. Ein Nachwirken ihrer Lungenerkrankung vom vergangenen Winter.

»Ich bin Realist, das weißt du.«

Sie stiegen nach oben, wo sie Edwin in die Wiege legten, dann selbst zu Bett gingen und sich im Kerzenlicht ansahen. Für ihn trug sie die Welt in den Augen, das reine Betrachten ihrer Erscheinung war Bentheims größter Schatz. Er küsste sie leidenschaftlich, vergrub den Kopf in Filines Röcken, während sie ihm sanft über das Haupt fuhr und sich ihre Finger in sein Haar krallten. Noch im Einschlafen spürte er die Wärme des Körpers neben sich. Doch als er erwachte, fühlte er nur mehr die

Kälte ihrer leblosen Hand. Starr lag der Leichnam da, mit pergamentenen Zügen und offenen, eierschalenfarbenen Augen.

»Wie lange ist er schon da drin?«

»Drei Tage.«

Albrecht drehte es beinah den Magen um, als ihn Amalia Losch über die Situation aufklärte. Vanessa und er waren soeben aus Swinemünde zurückgekehrt und hatten gerade durch Frau Losch von Filines Hinscheiden erfahren. Die Hand vor dem Mund, starrte er auf die Zimmertür, hinter der sich sein Freund verbarrikadiert hielt.

»Erst gestern durfte ich für ein paar Augenblicke zu ihm rein«, erklärte die Witwe. »Den Kleinen hat er mir Gott sei Dank überlassen. Bei allen Heiligen, ich glaube, er ist tatsächlich wahnsinnig geworden.«

»Nehmen Sie dieses Wort nicht in den Mund«, herrschte Albrecht sie ungewohnt heftig an. »Er ist nicht verrückt. Er trauert. Wer weiß alles von der Sache?«

»Niemand, nicht einmal der Pastor. Aber wir können es nicht mehr lange verheimlichen. Sie beginnt bereits zu riechen.«

Die Nachmittagssonne schien zum Flurfenster herein und plötzlich gewahrte er wie zum ersten Mal die Beschaffenheit der Klinke, ihre Farbe, die Fasern des Holzes, das Gefühl, sie bewusst im Griff zu haben. Die Tür gab nach. Als Albrecht Krosick den Raum betrat, drang ihm der süßliche Geruch des Todes entgegen, der ihm beinah den Atem nahm, und der Gestank von Kot und Urin. Obwohl das Zimmerfenster sperrangelweit offen stand, kämpfte der Fotograf gegen den Brechreiz an. Durch den Mund atmend, näherte er sich seinem Freund, der in einem Lehnstuhl saß, wippend, den Kopf nach vorn gerichtet, die gequälten Augen ganz groß vor Grauen. Zu seinen Füßen lag Filines Leiche. Julius musste ihr die Haare gekämmt und die Hände wie zum Gebet gefaltet haben, durchfuhr es Albrecht. Von dem einstmals Engelhaften im Gesicht der jungen Mutter war nichts mehr übrig, und rote Fäden – die Folgen des nächtliches Blutsturzes – zogen sich spinnennetzartig über ihre Mundwinkel.

In Bentheims Händen, die unbeirrt auf den Eingang gerichtet waren, lag eine Kavalleriepistole. Sein verzweifeltes, ersticktes Schluchzen ängstigte Albrecht mehr, als es all die Schlachten im Krieg getan hatten. Plötzlich begannen die Augen seines besten Freundes wie glimmende Kohlen zu glühen, und Albrecht schaute auf ihn hinab, bis der Tatortzeichner endlich dem Blick auswich. Das, was ihn beherrscht hatte, war verflogen.

Krosick kniete vor ihm hin, umschlang die Leiche und trug sie aufs Bett.

»Wir lieben sie beide, Julius«, bemerkte Albrecht sanft, »aber sie gehört in einen Sarg und nicht in dieses Zimmer.«

»Sie war doch eine tapfere kleine Frau, Albrecht, nicht wahr? Die Schwangerschaft konnte ihr nichts anhaben, auch nicht die Geburt. Selbst den Bauch haben sie ihr aufgerissen, und sie lebte noch. Aber es waren ihre verdammten Lungen, Albrecht. Du weißt, dass sie sich nie ganz erholt hat, das weißt du doch?«

Der Fotograf nickte, als er an das eisige Wasser des Stechlins dachte, in dem sich Filine vor ein paar Monaten ertränken wollte. Die Schwindsucht, an der sie dabei erkrankte, war nie ganz abgeklungen, und letzten Endes, nach all den kräftezehrenden Entsagungen, hatte ihr Herz einfach aufgehört zu schlagen.

»Wann soll die Beerdigung sein?«, meinte er leise.

»Morgen«, flüsterte Bentheim nach einer langen Pause.

»Gut. Ich lasse dir eine Kanne Kaffee brühen.«

»Warte.« Julius hob die Hand. Beschämt deutete er auf seine Hose. »Zuerst könntest du mir einen Waschzuber bringen. Du allein. Ich will nicht, dass man mich so sieht.«

Den Türgriff in der Hand, drehte sich Albrecht noch einmal um. »Ich weiß, in solchen Momenten kann man nichts sagen …«, begann er.

Julius nickte trostlos.

»Nein, da gibt es wirklich nichts zu sagen«, antwortete er matt.

EPILOG

WAS DIE SMARAGDE ANBELANGT, so traf Veysel Al-Hokras Voraussage ein, wenngleich auch viel später, als es Julius Bentheim, Albrecht Krosick oder auch sonst jemand hätte ahnen können. Das Eingreifen des preußischen Justizapparates hatte die Machenschaften der Mahdisten lediglich verzögert, aber nicht aufgehalten: Khartoum, die Wüstenstadt, wurde am 26. Juni 1885 von den Gotteskriegern erobert. Wie Heuschrecken fielen sie über den Ort her, brandschatzten und tobten sich aus. Die englische Regierung, von ein paar schlecht bewaffneten Beduinen an der Nase herumgeführt, sah sich zu einem Gegenangriff unter Lord Kitchener gezwungen. Doch der Schaden war bereits angerichtet. Einige Jahre lang wüteten die Mahdisten nun gegen die Ägypter, und der Mahdi, der stolze Nubier aus dem Derwischorden, für den Al-Hokra seine geheimen Intrigen gesponnen hatte, etablierte sein eigenes Staatswesen im Sudan.

Sich auf diesen Erfolgen ausruhend, wurde der Mahdi jedoch träge. Er übertrug die Regierungsgeschäfte seinen Stellvertretern und ließ sich gehen, worauf ihn eine übertriebene Genusssucht dick und fett werden ließ. Was die englische Armee nicht geschafft hatte, gelang nun den Spezereien und Süßigkeiten, die er in maßloser Gier verschlang. Es dauerte nicht lange, und der große Religionsführer kippte tot vom Stuhl. Man munkelte, Herzverfettung hätte ihn zu Allah gerufen.

Doch bevor all dies geschah, hätte ein Passant, der im Sommer 1869 zufällig den Dorotheenstädtischen Friedhof besuchte, womöglich einen kleinen, beinah vierjährigen Jungen antreffen können, der dort an der Hand seines Vaters die Reihen abschritt. Jeden ersten Sonnabend im Monat trat dieses ungleiche Paar seinen Rundgang an, der sie von ihrem Heim zu den Gräberfeldern außerhalb der alten Zollmauer führte. Stumm gingen sie durch die teilweise vom Efeu überwucherte Anlage, bis sie an dem leicht verwitterten Grabstein anlangten, der Filine Bentheims letzte Ruhestätte kennzeichnete.

Edwin Bentheim war von der Ansteckung durch seine Mutter verschont geblieben. Er durfte sich glücklich schätzen, nicht zu den geschätzten zehn Prozent der Fälle zu zählen, die normalerweise erkranken, sobald sie über drei Monate lang mit einer schwindsüchtigen Person in Kontakt sind. Der Knabe hatte eine Pferdenatur sondergleichen. Er war gesund und stark und für sein Alter hochgewachsen. Und er hatte die Haare seines Vaters, dem er mehr ähnelte als seiner verstorbenen Mutter, von der er die unergründlich tiefen Augen geerbt hatte.

Vater und Sohn pflanzten Chrysanthemen und Vergissmeinnicht, jäteten das Unkraut und legten schließlich einen Strauß Astern auf das Grab, bevor sie sich zum Ausgang aufmachten.

»Papa, die Frau ist wieder da«, meinte Edwin.

»Ich weiß«, murmelte Julius.

In einigen Metern Entfernung machte er die Unbekannte aus. Sie trug einen weiten Hut mit Schleier, aber Bentheim glaubte, dass dies eher der Hitze als der Trauer geschuldet war. Dem Witwer war sie in den letzten Wochen verschiedentlich aufgefallen. Einmal hatte sie beim Grab des Philosophen Hegel gestanden, nun lehnte sie an jenem gusseisernen Obelisken, der anstelle eines Grabsteins bei Johann Gottlieb Fichtes Todesstätte aufgestellt worden war.

Sie schritten weiter, Julius zog sein Kind beinah, und aus den Augenwinkeln heraus erkannte er, dass die Frau auf dem parallel verlaufenden Wegstück unbeirrt neben ihnen herging. Er beschleunigte die Schritte. Sie tat es ihm nach. Er blieb stehen, sie ebenfalls. Obgleich es gegen jegliche Konventionen verstieß, auf geweihter Erde mit jemandem anzubändeln, zog ihn die Rätselhaftigkeit dieser Person an. Auf eine ganz unpersönliche Art hätte er gern herausgefunden, was es mit ihr auf sich hatte, und unvermittelt gab er sich einen Ruck und schritt auf die Fremde zu. Beim Näherkommen erkannte er, dass sie etwa in seinem Alter sein musste. Sie war schlank und von zierlicher Gestalt. Als sie ihren Schleier hob, überraschte ihn das Ebenmaß ihres Gesichts. Ihre Mundwinkel verzogen sich zu einem seltsamen, versteckten Lächeln, als sie ihm die Hand reichte.

»Herr Bentheim?«, sagte sie freundlich.

Julius, der sie scharfsinnig als eine Frau einstufte, die nicht nach alltäglichen Maßstäben gemessen werden durfte, zeigte sich unberührt darüber, dass sie seinen Namen wusste. Offensichtlich hatte sie ihn aus der Inschrift von Filines Grabstein erschlossen. Also nickte er bloß, während er Edwin, der vor ihm stand und die Frau erwartungsvoll betrachtete, mit seinen Händen an den Schultern festhielt.

»Ich möchte Sie gerne kennenlernen, Herr Bentheim. Schon oft habe ich Sie hier gesehen. Auch weiß ich, wann Sie üblicherweise hier anzutreffen sind. Es mag vielleicht ein seltsamer, unpassender Ort sein, um Sie anzusprechen«, fuhr sie weiter, nur um gleich darauf in ihrer Rede wieder verlegen innezuhalten. Julius sah sie an, sah ihre von der Sonne beschienenen Wangen, sah die ganze Frau und fand, er habe schon lange nichts Hübscheres mehr gesehen als die Linie ihres schlanken Halses. Die große Verwirrung, die mit einem Mal von ihm Besitz ergriffen hatte, begann sich zu lösen, als sie weitersprach: »Ihr Sohn?«

»Wie bitte?«

»Ihr Sohn?«, wiederholte sie.

»Ja.«

»Wie heißt er?«

»Edwin.«

Sie ging in die Knie.

»Schön, dich kennenzulernen, Edwin. Mein Name ist Katharina, aber alle nennen mich Käthchen.«

Wortlos gab ihr der Kleine die Hand. Julius verfolgte die Szene wie durch einen Schleier hindurch. Die Vorstellung, diese fremde wunderschöne Frau könnte weggehen, sich außerhalb seiner Reichweite begeben und nie mehr hier anzutreffen sein, überwältigte ihn.

»Weshalb sind Sie hier?«, hörte er sich sagen.

»Meine Schwester«, antwortete sie lakonisch. Nach einer kurzen Pause fügte sie hinzu: »Masern, danach Hirnhautentzündung.«

»Das tut mir leid.«

Zum wolkenlosen Himmel deutend, überging sie diese Allerweltfloskel. »So ein wunderbarer Tag, Herr Bentheim, nicht wahr? Begleiten Sie mich doch zum Ausgang. Kennen Sie das Café Josty? Aber natürlich kennen Sie es, wer kennt es nicht? Laden Sie mich ein? Oder nein, ich lade Sie ein, Herr Bentheim. Sie haben doch nichts dagegen einzuwenden?«

Julius Bentheim, der Tatortzeichner, schüttelte den Kopf.

»Nein«, sagte er tonlos, und der Wind trug diese eine, diese verheißungsvolle Phrase in die Abgeschiedenheit der Gräberreihen fort, als Käthchen den Vater und seinen Sohn an den Händen nahm.

ENDE

HISTORISCHE PERSÖNLICHKEITEN

Bellachini, Samuel (1828–1885), polnisch-stämmiger Varieté-Künstler, einer der beliebtesten Bühnenzauberer des 19. Jahrhunderts. Liebling von Kaiser Wilhelm I.

Bismarck, Otto von (1815–1898), deutscher Politiker und Staatsmann, Preußischer Ministerpräsident, erster Reichskanzler des Deutschen Reiches. Seine Amtszeit war geprägt von den Kriegen gegen Dänemark, Österreich und Frankreich.

Hindenburg, Paul von (1847–1934): deutscher Militär und Politiker, Generalfeldmarschall im Ersten Weltkrieg, Reichspräsident der Weimarer Republik.

Hohenzollern, Anton von (1841–1866): Prinz von Hohenzollern-Sigmaringen und preußischer Offizier, tödlich verwundet in der Schlacht von Königgrätz. Sein Tod erregte großes Aufsehen und Anteilnahme in der Berliner Bevölkerung.

Lepsius, Elisabeth (1828–1899): Tochter des Komponisten Bernhard Klein, Gattin des Ägyptologen Karl Richard Lepsius.

Lepsius, Karl Richard (1810–1884): preußischer Naturwissenschaftler, Sprachforscher und Bibliothekar, gilt als Begründer der modernen Ägyptologie in Deutschland.

Pascha, Ismail (1830–1895): osmanischer Vizekönig von Ägypten, erhielt den erblichen Titel Khedive verliehen. Modernisierte Ägypten; setzte u. a. die Vollendung des Suezkanals durch.

Roon, Albrecht Theodor Emil Graf von (1803–1879): preußischer Generalfeldmarschall und enger politischer Mitarbeiter Otto von Bismarcks.

Wilhelm I. (1797–1888): seit 1861 König von Preußen, seit 1871 als Deutscher Kaiser erstes Staatsoberhaupt des Deutschen Reichs.

*Weitere Krimis finden Sie auf den
folgenden Seiten und im Internet:*

WWW.GMEINER-SPANNUNG.DE

ARMIN ÖHRI
Der Bund der Okkultisten
. . . .
978-3-8392-1500-5 (Paperback)
978-3-8392-4295-7 (pdf)
978-3-8392-4294-0 (epub)

»Atmosphärische, spannende Ermittlungen der Sonderklasse!«

Silvester 1865: Im Landschloss Buckow feiert man den Ausgang des Jahres mit einer Séance. Der Zufall will es, dass dreizehn Gäste anwesend sind – eine Unglückszahl! Prompt liegt am nächsten Morgen eine Leiche im Schlosspark. Da die Berliner Presse reißerisch von einem Fluch spricht, gründet Albrecht Krosick spaßeshalber einen der Okkultisten, der bewusst aus dreizehn Leuten besteht. Wider Erwarten gibt es weitere Tote. Albrecht und sein Freund, der Tatortzeichner Julius Bentheim, ermitteln.

GMEINER SPANNUNG

WWW.GMEINER-VERLAG.DE
Wir machen's spannend

Das Neueste aus der Gmeiner-Bibliothek

Unsere Lesermagazine

Bestellen Sie das kostenlose KrimiJournal in Ihrer Buchhandlung oder unter www.gmeiner-verlag.de

Informieren Sie sich ...

www ... auf unserer Homepage:
www.gmeiner-verlag.de

@ ... über unseren Newsletter:
Melden Sie sich für unseren Newsletter an unter www.gmeiner-verlag.de/newsletter

f ... werden Sie Fan auf Facebook:
www.facebook.com/gmeiner.verlag

Mitmachen und gewinnen!

Schicken Sie uns Ihre Meinung zu unseren Büchern per Mail an gewinnspiel@gmeiner-verlag.de und nehmen Sie automatisch an unserem Jahresgewinnspiel mit »mörderisch guten« Preisen teil!

GMEINER SPANNUNG